퍼스널브랜딩, 문학에서 길을 찾다

퍼스널브랜딩,
문학에서 길을 찾다

발행일 2024년 10월 20일 초판1쇄 발행
지은이 김정응
펴낸이 이재욱
펴낸곳 모두북스
디자인 김성환 디자인플러스

등록일 2017년 3월 28일
등록번호 제 2013-3호
주소 서울 도봉구 덕릉로 54가길 25 (창동 557-85, 우 01473)
전화 02)2237-3301, 02)2237-3316
팩스 02)2237-3389
이메일 seekook@naver.com

ISBN 979-11-89203-55-9(03810)

*책값은 뒤표지에 씌어 있습니다.

퍼스널브랜딩,
문학에서 길을 찾다

김정응 지음

MODOOBOOKS

나는 '퍼스널브랜딩주의자'입니다!

친구가 울먹이다

4월 어느 날, 봄꿈을 햇살에 섞고 있었다. 친구에게서 문자 하나가 날아왔다. 안부 문자라는데 직관적으로 이상함을 감지할 수 있었다. 즉시 전화를 했다. 예감은 빗나가지 않았다. 친구는 울먹였다. 발음도 어눌했다. 농담도 건네 보았다. 이제 낮술을 하고서 술주정도 다한다. 순간 실수했음을 직감했다. 이건 아니다. 친구의 목소리가 한없는 슬픔을 간직하고 있었다.

이유를 물었다. '울화'라고 했다. '화병'이라고도 했다. 해결 방안을 제시할 수 없어 안타깝다는 말만 되풀이했다. 그런데 전화 말미에 이런 말을 했다. 자문자답이 되지 않는다는 것이다. 스스로 하는 질문은 "나는 누구인가?"인데, 대답은 여전히 "모르겠다."라고 한다. 정신이 번쩍 들었다.

인생 열차의 기관사

처음 나서는 길은 낯설다. 인생의 길은 더욱 그렇다. 불확실성이라는 안개를 뚫고 가야하기 때문이다. 그래서 안내자를 찾게 된다. 운전의 내비게이션과 같은 존재 말이다. 내비게이션은 인공위성 GPS 기술을 이용하여 목적지까지 안내해준다. 빠르고 정확하게 도착할 수 있다.

인생 여정에도 다양한 형태의 내비게이션이 존재한다. 찾기 나름이다. 그중에는 멘토(mentor)가 중요한 역할을 한다. 멘토는 자신의 경험과 지식을 바탕으로 조언을 해주는 사람이다. 친구에게 멘토가 있느냐고 물었다. 교회의 목사님이라고 했다. 지금의 상태를 상의해 보았느냐고 물었다. 그렇다고 했다. 목사님이 정답을 주었냐고 물었다. 친구는 묵묵부답으로 일관했다.

그렇다. 멘토는 멘토일 뿐이다. 선택은 내가 하는 것이다.

나는 나다

나는 누구인가?

아이덴티티(Identity)가 있는가?

아이덴티티는 개인이나 단체의 정체성을 의미한다. 큰 중요성을 지닌다. 자신의 정체성을 인식하고 존중함으로써 자기 인식과 자아 존중감을 증진시킬 수 있다. 자신의 정체성을 바탕으로 타인과 상호작용한다. 사회적 관계를 형성하고 유지할 수 있다. 자신의 정체성에 맞는 사회적 역할을 수행할 수 있다. 자신의 정체성을 바탕으로 성장한다. 아이덴티티를 명확히 하고 지속적으로 발전시켜 나가는 일은 아무리 강조해도 지나침이 없다.

퍼스널브랜딩은 개인을 하나의 브랜드로 보는 사상이다. 인생 고민을 돌파하는 중요한 방법이 여기에서부터 시작된다. 대단히 놀라운 발견이자 깨달음이다. 퍼스널브랜드 아이덴티티는 개인의 고유한 가치와 정체성을 나타낸다. 타인과 차별화된 이미지를 구축할 수 있다. 퍼스널브랜드 아이덴티티는 곧 나만의 독특한 개성이다. 차별화된 개성은 경쟁력을 높인다. 장미는 장미의 개성대로 꽃을 피우고 민들레는 민들레의 개성대로 홀씨를 뿌린다. 이럴 때 가장 아름답다.

나만의 개성이 있는가?

퍼스널브랜딩은 '나'라는 브랜드의 나무를 가꾸는 일이다.

내가 누구인지, 무엇을 할 수 있는지, 그리고 무엇을 성취하고 싶은지 분명히 알아야 한다. 유명한 삶을 살고 또한 의미 있는 업적을 남긴 사람들은 공통점이 있다. 자신만의 독특한 정체성, 자기 자신을 잘 알았다. 이를 바탕으로 각자의 분야에서 독창적인 아이디어와 창의성을 발휘했다.

레오나르도 다 빈치(Leonardo da Vinci)는 이탈리아의 화가, 조각가, 건축가, 과학자, 음악가 등 다양한 분야에서 활동한 천재 예술가다. 작품은 독창적이고 혁신적이다. 아이디어와 발명품은 현대 과학 기술 발전에 큰 영향을 미쳤다.

아인슈타인(Albert Einstein)은 독일의 물리학자다. 상대성 이론과 광양자 이론 등을 발표했다. 현대 물리학의 발전에 큰 기여를 했다. 그의 이론은 우주와 시간, 공간에 대한 이해를 크게 변화시켰다.

스티브 잡스(Steve Jobs)는 미국의 기업가이자 애플의 창업자다. 혁신적인 제품과 마케팅 전략으로 애플을 세계적인 기업으로 성장시켰다. 창의성과 열정은 많은 사람들에게 전율을 안겨주었다.

퍼스널브랜딩의 저수지, 문학(文學)

문학은 인간의 삶과 경험, 감정, 가치 등을 언어로 표현하는 예술이다. 이를 통해 인간의 삶을 더 깊이 이해하고 공감할 수 있다. 문학은 창의성과 상상력을 증진시키는 데에도 큰 역할을 한다. 새로운 아이디어와 사고력을 확장시킬 수 있다. 문학은 또한 문화와 전통을 보존하는 데에도 중요한 역할을 한다. 과거를 이해하고 미래를 예측할 수 있다.

문학은 우리가 본보기로 삼을 수 있는 다양한 주인공들을 소개한다. 홍길동은 서자 출신이라는 신분적 차별을 극복하고 새로운 나라를 건설하는 모습을 선보인다. 춘향은 절개와 인내심을 가지고 자신의 사랑을 지킨다. 햄릿은 복수심과 갈등 속에서 고뇌하는 인간의 모습을 그리고 있다. 돈키호테는 이상과 현실 사이에서 갈등하면서도 자신의 꿈을 이루기 위해 노력하는 모습을 보여준다.

　파우스트는 인간의 욕망과 한계를 극복하기 위해 노력한다. 지킬 박사는 　인간의 본성과 선과 악에 대한 고민을 던진다. 어린왕자는 순수한 마음과 호기심을 가지고 세상을 탐험하며 인간의 삶과 가치에 대한 깊은 통찰력을 던진다. 모모 역시 다른 사람의 이야기를 들어주는 것만으로 사람들의 고민과 문제를 해결해 주는 특별한 능력을 가지고 있다.

　문학의 주인공들은 각자의 개성과 매력을 가지고 있다.

　삶의 지혜와 교훈을 발견할 수 있다. 복사(複寫)는 복사(複死)라는 말이 있다. 모방은 창조의 어머니라는 말도 있지만. 자기의 모습으로 살아야 행복한 삶이라는 말이다. 뿌리를 깊게 내리지 못하는 나무는 바람에 흔들린다. 사람도 마찬가지다. 개성, 아이덴티티라는 뿌리가 깊게 내려야 삶이 흔들리지 않는다. 좌고우면하지 않는다. 자기다울 때 가장 빛이 난다. 가능성은 진정한 자신이 될 때 기적같이 분출한다. 문학 속에 등장하는 인물들의 면면을 퍼스널브랜딩의 시선으로 바라보았다. 한조각의 소중한 지혜를 발견할 수 있었으면 좋겠다.

　이태원 글 농장에서
　나는 누구인가?

퍼스널브랜딩, 문학에서 길을 찾다 7

차례

제1장 산

제2장 물

제3장 나무

제5장 별

제1장

산

산은 그 고유한 형태와 풍경으로 매력을 드러낸다. 높은 산일수록 더 시선을 끈다. 퍼스널 브랜딩은 내가 가진 독특한 특성과 가치를 고객인 사람들의 인식 속에 새겨 넣는 일이다.

산을 오르는 과정에서도 나만의 전략을 찾아야 한다. 나의 페이스에 맞춰야 한다. 퍼스널 브랜딩은 나만의 독창적인 길을 찾고, 나의 속도와 방식을 구축하는 일이다. 산의 정상에서 펼쳐지는 아름다운 풍경처럼, 많은 이들에게 감동적이고 기억에 남는 나의 이미지를 제공해야 한다.

찬란한 러브마크 퍼스널브랜드,
김훈의 소설, 이순신과 <칼의 노래>

김훈 작가가 2001년 발표한 작품이다. 충무공 이순신의 삶을 다루고 있다. 인간의 삶과 죽음에 대한 깊은 고민을 전한다. 전쟁 속에서 겪는 인간의 고통과 두려움, 그리고 이를 극복하기 위한 노력을 그린다.

역사적 사건 속에서 개인이 겪는 갈등과 선택을 다루며, 역사와 개인의 관계를 탐구한다. 이순신의 인간적인 면모와 함께, 그가 직면한 역사적 상황과 그의 선택이 가져온 결과를 보여준다.

'갑자기 왼쪽 가슴이 무거웠다. 나는 장대 바닥에 쓰러졌다. 군관 송희립이 방패로 내 앞을 가렸다. 송희립은 나를 선실 안으로 옮겼다. 고통은 오래전부터 내 몸속에서 살아왔던 것처럼 전신으로 퍼져나갔다. 나는 졸음처럼 서서히, 그러나 확실히 다가오는 죽음을 느꼈다.

"지금 싸움이 한창이다. 너는 내 죽었다는 말을 내지 말라."

내 갑옷을 벗기면서 송희립은 울었다.

"나으리, 총알은 깊지 않사옵니다."

나는 안다. 총알은 깊다. 총알은 임진년의 총알보다 훨씬 더 깊이, 제자리를 찾아서 박혀 있었다. 오랜만에 갑옷을 벗은 몸에서 서늘한 한기가 느껴졌다. 서늘함은 눈물겨웠다. 팔다리가 내 마음에서 멀어졌다. 몸은 희미했고 몸은 멀었고, 몸은 통제되지 않았다.'

〈칼의 노래〉를 읽었던 때가 아득한 옛날 같았는데 최근 일련의 일들이 그 책을 다시 펼쳐 들게 했다. 자꾸 이순신이 눈앞에 어른거렸고 무척이나 그가 그리웠다. 보고 싶었다.

영화관에서는 '명량'에 이어서 '한산'이 물결쳤다. 뒤이어 '노량'을 더해서 '이순신 3부작'을 선보인다고 한다.

남해로 가족 여행을 갔다. 여행을 알차게 보내기 위해서 사전에 여행 콘셉트를 정하기로 했다. 가족 구성원 각자가 서로 다른 여행 콘셉트를 내놓았기에 쉽게 정리가 되지 않았다. 아들과 딸의 여행 주 관심사는 인생 사진과 인생 먹을거리였다.

아내도 슬그머니 애들 쪽에 발을 담갔다. 나는 의견을 달리했다. 명량, 노량, 한산, 세병관, 이순신 공원 등 이순신 뵙는 거였다.

각종 모임에서 금기사항이 늘었다. 정치, 그리고 정치인 이야기를 하지 말 것. 이야기만 나오면 치고받을 듯이 싸움이 일어나니까. 이른바 지도자라는 사람들이 통합은 고사하고 분쟁의 불쏘시개 역할만 하고 있으니 울화통이 터진다. 참 리더를 생각하게 된다. 이순신의 그 마음을 헤아린다면 얼마나 좋을까 생각하게 된다.

작가 김훈은 〈칼의 노래〉로 2001년에 동인문학상을 받았다. 김훈의 문장은 그 어느 글보다도 고유의 울림이 있어 좋다. 그의 문장은 곧고 단단하다. 읽는 사람을 찌르고 들어온다.

가슴이 쥐어 짜지고 베어질 듯 아프다. 어느 때는 읽기가 괴롭다. 그래도 툭 덮고 빠져나갈 수가 없다. 이순신의 인간적인 고뇌와 애국심이 가득한 〈칼의 노래〉는 특히 그러하다.

〈칼의 노래〉는 울음이다.

"임금은 멀리서 보채었고, 그 보챔으로써 전쟁에 참가하고 있었다."

〈칼의 노래〉에는 이순신의 백성에 대한 측은지심이 강물처럼 흐른다. 선조 임금을 비롯해서 조정 대신들에 대한 증오도 물결친다. 〈칼의 노래〉는 조선의 역사에 대하여 울분을 토하게 한다. 또한 읽는 나 자신을 울보로 만든다. 이순신의 칼이 울고 있기 때문이다.

〈칼의 노래〉는 식은땀이다.

"임금의 몸과 적의 몸이 포개진 내 몸은 무거웠다. 적과 임금이 동거하는 내 몸은 새벽이면 자주 식은땀을 흘렸다.

이순신의 식은땀은 왜적을 집어삼킬 물길을 찾고, 알맞은 사지(死地)가 있는 죽을 길을 찾고, 불쌍한 백성을 위한 사랑의 길을 찾고, 역사에 길이 남을 옳은 길을 찾느라 애쓰다가 흘리는 그런 땀이다. 꿈속에서 죽은 아들을 생각하느라, 걱정과 울음만으로 전쟁을 치르는 임금을 떠올리느라, 흘리는 땀이다. 나 역시 이순신의 입장이 되어 많은 식은땀을 흘렸다.

〈칼의 노래〉는 분노다.

"오직 적의 종자를 박멸하여 칼 찬 자의 치욕을 씻으려 합니다."

산이 높으면 골이 깊은 법이다. 이순신의 백성과 나라 사랑은 하늘만큼 높다. 그런 백성을 도륙하고 그런 백성이 사는 나라를 죽음의 산, 시체의 바다로 만든 왜군에 대한 분노는 태산 같은 것이었다. 바다 같은 것이었다. 죽어서도 그 만행은 두고 볼 수 없는 노릇이었다. 여전히 강대국의 틈바구니에서 생존을 모색해야 하는 오늘날, 다시 한 번 애국심의 현주소가 어디에 있는지 묻지 않을 수 없다.

멍하니 하늘을 쳐다보았다. 막막함과 허탈함의 바람이 휘감아 돌았다. 그리고 남겨진 질문 하나. 도대체 이 사람 이순신을 무엇이라고 불러야 하나? 민족의 성웅, 충무공. 위대한 리더, 바보 영웅, 역사를 구한 장군……. 물론 이런 것도 좋다만 당신이 생각하는 이순신은 어떤 인물인가?

나는 이순신이야말로 최고의 러브마크(love mark) 퍼스널브랜드라고 생각한다. 실망했다? 그럴 수도 있을 것이다. 그런데 성급한 결론은 금물이다. 브랜딩 관점으로 보면 '러브마크 브랜드'라는 위상은 찬사 중에서도 최고의 찬사다. 러브마크 브랜드라 하면 내가 사랑함은 물론이고 다른 이들에게도 좋아할 것을 적극적으로 홍보하고 권장하는 그런 브랜드이기 때문이다.

브랜드의 힘은 명성과 평판으로 증명된다. 이순신이라는 브랜드의 평판은 어떤 것인가? 당시 그는 눈뜬 봉사 같은 조선의 임금과 조정대신들을 제외하고 그 밖의 사람들로부터는 최고의 평판을 받는 인물이었다. 주적인 왜군에게는 공포의 대상이었고, 연합군인 명군에게서는 존경을 한 몸에 받는 인물이었다. 명군의 진린은 이순신을 이렇게 평가했다.

"통제공의 명성은 중원에서도 우레와 같소. 적은 이제 물러갈 것이오. 내가 보기에 통제공은 이 작은 나라의 장수라 하기에는 재주가 아깝소. 통제공은 큰 판을 주물러야 할 사람이오. 전쟁이 끝나면 좀 쉬었다가 대국으로 들어와 벼슬을 하시오. 내가 우리 천자께 공을 천거하리다."

이순신이라는 개인 브랜드에 대하여 이렇게 놀랄만한 평가를 내리는 구체적인 근거나 이유는 무엇일까? 이순신의 남다름 때문이다. 그 남다름을 퍼스널브랜딩의 핵심 요소인 '3C'로 구체화하여 밝혀 본다.

하나, 고객(Consumer)

이순신이 염두에 둔 최우선의 고객은 누구일까? 조선왕조이니 임금이라고 생각한다면 아쉽게도 나와는 시선을 달리한다. 이순신의 최우선고객은 바로 백성이고 나라이며 조선의 역사다. 이순신은 맹목적으로 임금을 최우선의 고객으로 여기지 않았다.

"백성들은 가렴주구(苛斂誅求)의 혈세를 소장등의 짐처럼 짊어지고 낮게 엎드려 있었다."

이순신의 고객 사랑이 정점을 찍는 것은 '백의종군'이다. 이순신은 두 번의 백의종군을 겪었다.

임진왜란이 발발하기 4년 전인 1588년에 두만강 북쪽 녹둔도(鹿屯島)에 침공했던 여진족들을 토벌하기 위한 전투에 백의종군으로 참전했다. 이후 임진왜란에서 두 번째의 백의종군을 했다.

백의종군은 두 가지의 설이 맞선다. '장수가 병졸로 신분이 강등되어 복무하는 치욕적 형벌'이다. 또 하나는 '단순한 보직 해임 조치로 장수의 신분을 유지한 채 복무하는 처벌'이다. 이순신의 경우가 어디에 해당하든 백의종군에는 거룩한 결심이 필요하다.

세 차례의 파직과 두 차례의 백의종군, 그리고 의금부에서 받은 문초와 깊은 장독의 고통을 견뎌낸 힘은 어디에서 나왔을까? 이순신이 양

어깨에 짊어진 고단한 삶의 무게를 이겨내는 저력은 어디에서 왔을까?

그의 남다른 고객사랑, 다시 말하자면 백성 사랑 나라 사랑에서 비롯되었다. 이 또한 이순신이 차원이 다른 명품 장수로 평가받는 데에 결정적인 계기가 되었다.

둘, 경쟁자(Competitor)

경쟁 브랜드를 정확하게 설정하는 것 또한 매우 어렵고 중요한 일이다. 고객에 대한 애정이 강하면 강할수록 경쟁의식 또한 남달라진다. 전쟁 상황에서의 경쟁자는 주적(主敵)이다.

마찬가지로 백성과 나라에 대한 사랑이 강하면 강할수록 그만큼 적개심(敵愾心)도 더욱 뜨겁게 타오르는 법이다.

이순신은 주적 개념 또한 남달리 했다. 이순신이 꼽은 주적은 '불의(不義)'이고 그것을 행하는 사람들이다. 흔히 이야기하는 장졸들, 즉 병졸이나 장군들이 아니다. 무모한 전쟁을 일으켜서 아군이든 적군이든 수많은 생명을 사라지게 만드는 그 자체를 적으로 삼았다. 그래서 말로 표할 수 없는 적의가 산더미와 파도가 되어서 이순신의 마음에 쌓이고 밀려온 것이다. 결론적으로 이순신은 '불의'를 주적으로 삼았기 때문에 남다름의 가치를 만들어 낼 수 있었다.

전란 중에 임진왜란을 일으킨 도요토미 히데요시가 죽었다. 왜군은 전쟁을 계속할 수 없는 처지가 되었기에 명군과의 강화를 통하여 전쟁을 중단하려 했다. 아마도 조선의 임금을 비롯한 조정에서도 이를 명분 삼아 슬그머니 전쟁을 끝냈으면 하는 희망을 가졌을 것이다. 이순신이 평범한 주적 개념을 가지고 있었다면 그도 그들의 의견에 동조했을 것이다. 그러나 이순신은 그렇지 않았다. 퇴각하는 적을 수수방관하지 않았다. 끝까지 적을 무찔렀고 노량에서 장렬한 최후를 맞았다.

"기어이 원수를 갚겠다고 써라. 적의 종자를 박멸할 것이라고 써라."

셋, 콘셉트(Concept)

고객과 경쟁자를 분명하게 정하면 자신의 콘셉트도 선명하게 그릴 수 있다. 콘셉트는 자신의 정체성을 나타내는 중심개념이고 철학이다. 자신의 좌우명이고 나침반이기도 하다. 그렇기 때문에 콘셉트는 개인 브랜드 파워의 원천이다.

이순신의 콘셉트는 '이기는 장군'이다. 적을 무찔러서 백성과 나라를 편안케 하는 그런 장수가 되는 것이다.
이순신의 콘셉트는 그의 검명(劍名)에 잘 담겨 있다. 그의 모든 것을 함축적으로 말해주고 있다.

삼척서천 산하동색 (三尺誓天 山河動色)
석자 칼을 들어 하늘에 맹세하니 산과 강이 벌벌 떨고

일휘소탕 혈염산하 (一揮掃蕩 血染山河)
크게 한 번 휘둘러서 쓸어버리니, 피가 강과 산을 물들이도다.

콘셉트와 연계된 전략과 전술은 탁월한 상징적 결과를 만들어낸다. 이순신의 상징적 결과는 셀 수 없이 많다. 거북선, 열두 척의 일자진(一

24

字陣), 나의 죽음을 알리지 말라, 필사즉생(必死卽生) 필생즉사(必生卽死) 등 이순신이 전쟁의 신이 될 수 있었던 핵심 요인은 바로 그만의 차별적인 콘셉트다.

"……수군이 비록 외롭다 하나 이제 신에게 오히려 전선 열두 척이 있사온즉…… 신의 몸이 죽지 않고 살아있는 한에는 우리를 업신여기지 못할 것입니다."

작가 김훈은 책머리에서 다음과 같이 이 책을 쓰게 된 이유를 밝혔다.

2000년 가을에 나는 다시 초야로 돌아왔다. 나는 정의로운 자들의 세상과 작별하였다. 나는 내 당대의 어떤 가치도 긍정할 수 없었다. 제군은 희망의 힘으로 살아 있는가.

그들과 나누어 가질 희망이나 믿음이 나에게는 없다. 그러므로 그대들과 나는 영원한 남으로서 서로 복되다. 나는 나 자신의 절박한 오류들과 더불어 혼자서 살 것이다.

(중략)

눈이 녹은 뒤 충남 아산 현충사. 이순신 장군의 사당에 여러 번 갔었다. 거기에, 장군의 큰 칼이 걸려 있었다. 차가운 칼이었다. 혼자서 하루 종일 장군의 칼을 들여다보다가 저물어서 돌아왔다.

사랑은 불가능에 대한 사랑일 뿐이라고. 그 칼은 나에게 말해 주었다. 영웅이 아닌 나는 쓸쓸해서 속으로 울었다. 이 가난한 글은 그 칼의 전언에 대한 나의 응답이다.

작가의 외침을 몸속의 세포가 쪽쪽 빨아들인다. 공감 백배로 다가온다. 쉽게 버려지지 않겠지만 인간에 대한 모든 연민을 버리고 싶다. 자주 몸과 마음이 아프다. 아마도 세상에 온갖 쓰레기가 점점 많아지기 때문일 것이다. 그래서 다시 〈칼의 노래〉를 읽는다.

김훈 작가만큼 가난한(?) 글을 쓸 수 없다면 차선의 방법으로 〈칼의 노래〉에 빠져야 한다. 거기서 인간 이순신을 만나는 그 자체만으로도 큰 위로와 용기를 얻게 될 것이다.

세상에서 가장 가여운 상징을 얻다.
미국 문학의 고전 <주홍글자 The Scarlet Letter>

너새니얼 호손이 쓴 소설이다. 17세기 미국 청교도 사회를 배경으로 한다. 미국 문학의 고전 중 하나로 평가받고 있다. 주인공 헤스터 프린은 간통죄로 인해 주홍 글자를 가슴에 달고 다녀야 하는 형벌을 받는다. 그녀는 간통 상대인 딤스데일 목사와 함께 마을에서 배척당하지만, 자신의 죄를 인정하고 고통을 감수하며 살아간다.

헤스터 프린의 내면과 그녀를 둘러싼 사회적 환경을 묘사하며, 인간의 죄와 벌, 사랑과 희생 등을 다룬다. 또한 청교도 사회의 엄격한 윤리와 종교적 신념이 인간의 삶에 미치는 영향을 비판적으로 그려내고 있다.

"그러나 두 무덤은 하나의 묘비로 충분했다. 주변에는 문장(紋章)이 새겨진 기념비들이 있었고 이 소박한 석판에는 양각으로 새긴 방패 모양의 문장 비슷한 것이 있었다. 거기에는 하나의 도안이 있었는데 이 도안에 딸린 문장의 어구는 우리가 이제 끝낸 전설에 대한 간략한 설명과 제명(題名)의 역할을 할 것이다. 그것은 너무 음울했고, 그림자보다 더 어두운 불타오르는 한 점 불빛에 의해 부드러워졌을 뿐이었다. 검은 바탕에 주홍 글자 A."

A는 어떤 단어의 이니셜(initial)일까?

무엇을 나타내는 것일까?

유능함(Able)의 A. 아니면 천사(Angel)의 A. 물론 둘 다 아니다. 안타깝게도 간음(Adultery)의 A다. 유부녀 헤스터 프린은 청교도 목사 딤스데일와 간통을 했다. 사생아 딸 펄도 낳았다. 청교도들이 눈을 부라리며 윤리를 강조하던 그 시대에 말이다. A는 그 대가로 얻은 상징(symbol)이다. 상징이라기보다는 치욕의 붉은 낙인이다.

사실 상징은 생각과 감정을 표현하고, 정체성을 형성하며, 나아가 문화를 전승하고, 사회적 통합을 이루는 데 중요한 역할을 한다. 예를 들어, 국가는 국기나 국가(國歌) 등의 상징물을 통해 국민들의 정체성을 형성하고, 종교는 종교적 상징물을 통해 신자들의 정체성을 형성한다. 무궁화가 대한민국의 예쁜 상징이듯 말이다.

상징은 마케팅에서도 매우 중요하게 사용된다. 예를 들어, 기업은 로고나 브랜드 이미지 등의 상징물을 통해 소비자들에게 브랜드의 정체성을 전달하고, 제품이나 서비스를 홍보한다. 무엇보다도 상징은 퍼스널 브랜딩에 있어서 핵심 중의 핵심 요소다. 브랜딩은 상징의 형태로 완성된다. 상징은 개인 브랜드의 컨셉이 꽃처럼 피어난 것이다. 상징은 나를 좋은 기억이 되도록 이끈다. 좋은 이미지도 만들어준다. 즉 상징은 나를 남과 차별화하는 역할을 한다. 상징은 나를 지탱하는 동아줄이기도 하다. 물론 좋은 상징을 지녔을 경우에 그렇다.

나의 개성을 나타내는 상징물은 다양하다.

이름이나 별명, 로고 등을 이용하여 자신의 개성을 나타내는 상징물을 만들 수 있다. 개인의 피부, 머리카락, 눈동자 등의 색상과 조화를 이루는 퍼스널 컬러, 자신이 좋아하는 스타일의 옷이나 액세서리, 자신이 좋아하는 음악, 미술, 요리, 운동 등 다양한 취미, 시그니처 아이템, 성격, 자기의 외모나 스타일, 나아가 중요하게 생각하는 가치관을 나타내는 상징물을 선택하여 개성을 표현할 수 있다.

상징은 자신의 정체성을 확립하는 데에도 도움이 된다. 하지만, 상징을 창조하고 선택할 때는 신중을 기해야 한다. 안타깝게도 〈주홍 글자〉의 헤스턴 프린이 가슴에 단 상징 A는 나쁜 상징, 즉 치욕의 대명사가 되었다. 헤스턴 프린은 그로 인해서 자신의 브랜드 이미지에 커다란 상처를 입었다. 붉은 낙인만 새겼다. '붉은 낙인'은 생각만 해도 끔찍하다. 낙인(烙印)은 피부에 도장을 찍듯 인두로 지진다는 뜻이다. 한번 찍히면 쉽게 사라지지 않는 부정적 인식을 의미한다.

'다윗의 별'은 '다윗 왕의 방패'라는 뜻을 가진 히브리어 Magen David에서 비롯되었다. 유대인 그리고 유대교를 상징하는 표식이다. 다윗 왕의 아들 솔로몬 왕은 이스라엘과 유대를 통합한 후 다윗의 별을 유대 왕의 문장으로 삼았다고 전해진다.

다윗의 별은 오늘날 이스라엘 국기에 그려져 있다. 그러나 나치 독일이 유대인을 탄압할 때, 유대인에게 노란색의 다윗의 별을 강제로 부착시켰다. 이는 유대인을 구별하고 차별하기 위한 수단으로 사용되었다. 유대인들은 사회적으로 격리되고 혐오의 대상이 되었다.

에이즈(AIDS)는 인체면역결핍바이러스(HIV)에 감염되어 발생하는 질환이다. 1980년대 초 처음 발견되었을 때는 '동성애자의 질병', '죽음의 병' 등으로 불렸다. 사회적 낙인의 대표적 상징이 되었다. 전과자는 어떤가? '범죄자', '불량배' 등으로 불리며 사회적으로 격리되고 취업 등에 제한을 받는 경우가 많다. 나아가 성소수자들은 동성애자, 양성애자, 성전환자 등 성적 취향이나 성 정체성이 다른 사람들이다. '변태', '호모' 등으로 불리며 사회적으로 차별과 편견을 받는다.

다시 〈주홍글자〉로 돌아가 보자. 헤스턴 프린이 낙인의 오명을 씻고 본래 모습으로 회복할 수 있을까? 세칭 죽을 만큼의 힘을 다해도 모자랐다. 또 다른 바리캉 여인이 된 것이기 때문이다. 2차 세계대전 당시 프랑스 여인이 나치에게 협력했다는 이유로 강제로 머리를 빡빡 밀린 그 여인처럼 말이다. 상징 차원에서는 헤스턴 프린의 A와 바리캉 여인은 한 묶음의 부류이다. 수치의 다발이자 자신을 얽매는 굴레인 것이다.

상징도 진화했다. 경쟁의 핵심은 바로 상징의 경쟁이라 해도 과언이 아니다. 상징은 세 가지 형태가 있다. 텍스트 상징, 비주얼 상징, 사운드 상징이 바로 그것이다. 텍스트 상징은 두뇌를 자극한다.

텍스트 상징은 문학 작품이나 광고 등에서 자주 사용되는 기법이다. 특정 단어나 구절을 반복하거나 변형하여 의미를 강조한다.

예를 들어, "별 헤는 밤"이라는 시에서는 '별'이라는 단어가 반복적으로 사용되어, 시인이 그리워하는 대상을 강조하고 있다. "내 마음은 호수요"라는 시에서는 '마음'을 '호수'에 비유하여, 마음의 고요함과 평화로움을 상징하고 있다.

비주얼 상징은 시각적 자극이다. 로고는 기업이나 단체의 정체성을 시각적으로 표현한 것이다. 나이키의 로고는 그리스 신화의 승리의 여신 니케의 날개를 형상화한 것이다. 역동성과 승리를 상징한다. 캐릭터는 만화나 애니메이션 등에서 등장하는 인물이다. 디즈니의 미키 마우스는 쥐를 모티브로 한 캐릭터다. 친근함과 사랑스러움을 상징한다. 엠블럼은 스포츠팀이나 국가대표팀 등에서 사용하는 상징물이다.

대한민국 축구 국가대표팀은 호랑이를 형상화한 엠블럼을 사용한다. 이밖에 브랜드나 제품의 이미지를 시각적으로 표현한 심볼, 공공시설과 교통수단 등에서 사용되는 픽토그램은 일상생활에서 쉽게 찾아볼 수 있는 비주얼 상징이다.

사운드의 상장은 청각적인 자극이다. TV광고에서 자주 접한다. 친숙해진 CM송이 여기에 해당한다. 그리고 천둥소리, 새소리, 물소리, 바람소리, 웃음소리 등 소리의 상징은 문학, 예술, 영화 등 다양한 분야에서 활용된다. 예를 들어, 영화 '죠스'에서 상어가 등장할 때 나오는 천둥소리는 공포감을 극대화한다. 소설 '소나기'에서 소녀가 조약돌을 던지며 내는 물소리는 소년과 소녀의 첫사랑을 상징한다.

상징의 가치는 개인 브랜딩에도 똑같이 적용된다. 나만의 차별적인 상징은 그 무엇과도 비교할 수 없는 강력한 경쟁 자산이다. 〈주홍 글자〉는 미국 문학의 걸작이라는 소설적인 깊이에다 상징이 제공하는 다양한 가치에 대한 깨달음까지 얻을 수 있다. 금상첨화가 아닐 수 없다. 그래서 고전(古典) 중의 고전이라는 명성을 얻는가 보다.

대체 불가의 존재가 되어라.
앙드레 지드 <지상의 양식>

프랑스의 소설가 앙드레 지드(André Gide)가 1869년에 발표한 에세이다. 삶의 의미와 가치를 탐구하는 내용을 담고 있다. 제목 〈지상의 양식〉은 인간이 살아가는 데 필요한 물질적인 것들을 의미하는 것이 아니라, 삶의 즐거움과 아름다움을 의미한다.

다양한 문학 작품과 철학적 사상을 인용하여 작가의 생각을 더욱 깊이 있게 전달한다. 프랑스의 대표적인 문학상인 콩쿠르상을 수상했다.

"너 자신의 자세를 찾아라. 너 자신이 아닌 다른 사람도 할 수 있었을 것이라면 하지 말라. 너 자신이 아닌 다른 사람도 말할 수 있었을 것이라면 말하지 말고, 글로 쓸 수 있었을 것이라면 글로 쓰지 말라. 너 자신의 내면 이외의 그 어느 곳에도 있지 않은 것이라고 느껴지는 것에만 집착하고, 그리고 초조하게 혹은 참을성을 가지고 너 자신이 아닌 존재 중에서도 결코 다른 것으로 대체할 수 없는 존재로 창조하라."

충청북도 괴산의 촌로(村老)였던 아버지는 일찍이 재야(在野)의 '브랜딩 고수'였던 것 같다. 대추나무와 밤나무를 차별하지 않았다. 대추는 대추대로 밤은 밤대로 저마다 고유의 의미가 있다고 강조했다. 결과적으로 외견상 초라해 보이는 대추나무가 잘려나가는 비극을 막았다. 최고의 가치는 자기의 본질 속에 있다. 자연의 법칙이자 브랜딩 전략의 공식이기도 하다. 아버지의 말씀은 〈민들레는 장미를 부러워하지 않는다.〉는 황대권의 자기 존중 외침과 맥락을 같이 한다. 놀랍다.

불교 경전 화엄경의 화엄(華嚴)을 주목한다. 모든 존재는 서로 연결되어 있다. 그 연결 속에서 각자의 존재는 서로를 비추며 조화를 이룬다. 이러한 화엄의 가르침은 자기 정체성에 대한 중요성을 담고 있다. 만물은 자기 방식대로 자기 삶을 살아간다. 자연의 이치다. 자기 정체성은 자신이 누구이며, 어떤 가치를 가졌는지 인식하는 것이다. 자기 정체성이 명확하지 않으면, 자기의 삶에 대한 방향성을 상실하고, 타인과의 관계에서도 어려움을 겪는다.

자신의 존재를 인식하자. 다른 사람들과의 관계를 존중하자. 자기 정체성을 확립하자. 화엄의 가르침을 통해 자기 정체성을 확립하고, 서로의 존재를 더욱 빛나게 하는 삶을 살아가는 것이 이상세계의 삶이라고 한다면 억지 주장일까?

앙트레 지드의 문장은 화엄의 의미를 절묘하게 함축하고 있다. 물론 퍼스널브랜딩 헌장(憲章)으로 내세워도 손색이 없다. 따라서 지드는 지상 최고의 퍼스널브랜딩 전문가다. 퍼스널브랜딩의 핵심을 이렇게 명쾌하게 표현한 예를 찾아볼 수 없기 때문이다.

'결코 다른 것으로 대체할 수 없는 존재가 되어라.'

무릎을 '탁' 치게 만드는 기가 막힌 표현이 아닐 수 없다. 성형까지도 남을 따라 해서 비슷비슷하게 생긴 여인들이 강남 거리를 활보한다. 본인의 매력을 스스로 지우는 것 같아 안타까웠다. 이들의 귀에 앙드레 지드의 '대체 불가'라는 말은 들리지 않는다.

브랜딩 관점으로 보면 세상에서 가장 경계해야 할 단어는 복사(複寫, copy)다. 자기 자신의 것이 아닌 남의 것을 베끼는 것이기 때문이다. 그래서 복사로 쓰고 복사(複死)로 읽어 경계한다. 복사의 유행을 쫓는 것은 자기의 생각이나 취향을 고려하지 않고 다른 사람들의 의견이나 행동을 따르는 것이다. 자신의 주체성을 스스로 상실하는 행위다.

창의성 저하를 초래한다. 유행만을 따르는 것은 이미 만들어진 것을 따라 하는 것에 불과하다. 새로운 아이디어를 창출하고 이를 발전시키기가 어렵다. 유행을 추종하는 것은 성장과 발전에 부정적인 영향을 미칠 수 있다. 자기의 생각과 취향을 존중하고, 자신만의 개성을 추구하는 일이 급선무다.

어디 브랜딩의 영역에서뿐이겠는가?

창작은 자신만의 세계를 창조하는 일이다. 저작권법으로 늘 골치 아픈 일이 늘어나고 있음을 우리는 잘 알고 있다. 이러한 측면에서 유행이다 하여 이리저리로 우르르 몰려다니는 현상은 가치를 상실한 싸구려 놀음이다.

우리나라 여자 프로 골프 선수들은 성적부터 세계 정상인데 스윙 폼 또한 세계 으뜸이다. 박세리 선수의 영향이 컸다. 박세리 선수의 스윙 폼은 골프 역사상 대단히 아름다운 스윙 중 하나로 꼽힌다고 한다. 타이거 우즈조차도 "흠잡을 게 없다."라고 했다.

박세리와 박인비의 스윙 폼

박세리의 스윙은 간결하면서도 파워풀하며, 정확성이 높다. 또한, 스윙 속도가 빠르면서도 안정적이어서 공을 멀리 보낼 수 있다. 이러한 스윙 폼은 오랜 시간 동안의 연습과 노력으로 만들어진 것이며, 그녀의 뛰어난 골프 실력의 바탕이 되었다. 박세리 선수의 스윙 폼은 골프를 배우는 사람들에게 큰 영감을 주었다. 많은 사람이 그녀의 스윙을 따라 하려고 노력하고 있다. 물론 필자도 그랬다. 그러나 희망 고문으로 끝났다.

예외가 있다. 박인비 선수다. 그녀는 박세리를 꼭 빼닮은 붕어빵 스윙의 유행에 따르지 않았다. 자신에게 맞는 스윙을 만든 것이다.

세계 1위에 올랐고 올림픽에서 금메달을 땄다. '박인비다움'을 만들고 그것을 객관적인 가치로 꽃피웠다. 박인비 스윙의 독창성을 다음과 같이 요약할 수 있다.

부드러운 스윙: 박인비는 스윙할 때 몸의 움직임을 최소화하고 팔과 손목의 움직임을 부드럽게 유지한다. 이를 통해 공에 정확하게 힘을 전달할 수 있으며, 미스 샷을 줄일 수 있다.

정확한 스윙 궤도: 박인비는 스윙 궤도를 정확하게 유지한다. 이를 위해 스윙 전에 몸의 자세를 정확하게 잡고, 스윙 궤도를 일정하게 잡는다.

중심 이동: 박인비는 스윙할 때 중심 이동을 적절하게 조절한다. 이를 통해 공에 정확하게 힘을 전달할 수 있으며, 미스 샷을 줄일 수 있는 것이다.

임팩트: 박인비는 스윙의 임팩트 순간에 공을 정확하게 타격한다. 이를 위해 스윙 전에 몸의 자세를 정확하게 잡고, 스윙 궤도를 일정하게 유지하며, 중심 이동을 적절하게 조절한다.

어쩌다 골프 이야기로 빠져들었는데 조금 더 가보자. 박인비만의 독창적인 스윙을 만들었다. 박인비가 위대한 선수로 꼽히는 이유가 되었다. 앙드레 지드가 살아 있었다면 박인비 선수에게 지상 최고의 찬사를 보냈을 것이다. '대체 불가'의 독창성을 보여주었기 때문이다.

앙드레 지드의 〈지상의 양식〉이 콩쿠르상을 수상한 이유가 또한 그 맥락을 함께 한다. 〈지상의 양식〉은 기존의 종교, 도덕의 구속을 거부하고 열정적 구도 정신으로 문학의 가능성을 실험한 작품이다. 아프리카 여행을 통해 모든 구속에서 벗어나 강렬한 생명력을 향유하는 것이 삶의 길임을 깨달았다. 이를 바탕으로 쓴 작품이다.

앙드레 지드의 사상적 자서전이자 젊은이들에게 보내는 육체와 정신의 해방 찬가다. 당시의 젊은이들에게 큰 호응을 얻었으며, 현대의 독자들에게도 여전히 큰 영감을 주고 있다.

진정한 용기란 앵무새를 죽이지 않는 일.
<앵무새 죽이기·To Kill a Mockingbird>의 울림

강한 사회적 메시지가 울림을 준다. 인종 차별과 편견, 집단의 폭력 등 사회 문제를 다룬다. 이를 통해 인간의 존엄성과 평등의 가치를 강조한다. 주인공인 스카웃의 성장 과정을 통해 인간의 성장과 성숙에 대한 메시지를 전달한다.

언어의 아름다움을 발견한다. 섬세하고 아름다운 언어로 쓰여 있으며, 이를 통해 또 다른 문학적 즐거움을 선사한다. 등장인물들의 성격과 심리에 대한 섬세한 묘사가 공감을 이끌어낸다. 단순한 권선징악의 구조를 넘어서, 인간의 삶과 가치에 대한 깊이 있는 고민을 담고 있다.

"난 네가 뒷마당에 나가 깡통이나 쏘았으면 좋겠구나. 하지만 새들도 쏘게 되겠지, 맞힐 수만 있다면 쏘고 싶은 만큼 어치새를 모두 쏘아도 된다. 하지만 앵무새를 죽이는 건 죄가 된다는 점을 기억해라."

"앵무새들은 인간을 위해 노래를 불러줄 뿐이지, 사람들의 채소밭에서 뭘 따먹지도 않고, 옥수수 창고에 둥지를 틀지도 않고, 우리를 위해 마음을 열어 놓고 노래를 부르는 것 말고는 아무것도 하는 게 없어, 그래서 앵무새를 죽이는 건 죄가 되는 거야."

6공화국 당시 노태우 대통령은 시중에서 '물태우'라고 불렸다. 이에 대해 그는 자신의 신조는 '참 용기'라면서 "참고, 용서하고, 기다리는 것"이 바로 그것이라고 했다. 노 대통령의 '참 용기'는 어찌 보면 그의 성향과 잘 맞아떨어진다는 느낌이 든다. 아무튼 용기 앞에 당당한 사람이 얼마나 될까? 이참에 참 용기를 생각해 보게 된다.

미국의 여류 작가 하퍼 리의 소설 〈앵무새 죽이기·To Kill a Mockingbird〉는 화려한 평판을 자랑한다. 성경 다음으로 많이 읽힌 소설, 20세기 가장 영향력 있는 소설, 전 세계 40개의 국어로 번역된 소설, 현대 고전 중의 고전, 퓰리처상 수상. 물론 영화로 제작되었고 연극으로 각색되었다. 아카데미 시상식에서 8개 부문에 노미네이트되는 쾌거를 이루었고, 애티커스 변호사역을 맡았던 그레고리 펙은 남우주연상을 받았다. 완벽한 남성의 등장에 남자들은 질투를 느꼈고, 여성들은 환호성을 질러댔다. 출간된 지 60년이 넘는 지금까지도 그 소리는 줄어들지 않고 있다. 무엇이 그것을 가능하게 하는가?

1930년대 미국 앨라배마주의 조그만 마을 메이콤을 배경으로 펼쳐지는 이 소설은 그 시대의 민낯을 그대로 드러낸다. 백인 처녀 마이엘라 유얼이 허드렛일을 도와주던 흑인 청년 톰 로빈슨을 유혹한다. 하지만 아버지에게 들킨다. 이에 화가 난 아버지 밥 유얼은 로빈슨에게 성폭행 혐의를 뒤집어씌운다.

변호사 애티커스는 억울하게 구속된 로빈슨의 변호를 맡는다. 법정에서 변론 대결이 벌어진다. 로빈슨의 결백을 믿는 애티커스는 로빈슨의 무죄를 입증할 결정적 증거까지 제시하여 무죄 판결의 가능성을 만든다.

그러나 백인들로 구성된 배심원들은 예상과는 달리 유죄 평결을 내린다. 이유는 단 하나다. 톰 로빈슨은 흑인이었다. 백인을 제치고 흑인이 이기도록 평결을 내리지 않았던 못된 전통을 이어간 것이다.

이 사건은 죽음 두 가지를 동반한다. 하나는 톰의 죽음이다. 그는 법원의 판결에 항소하지 않고 탈옥을 시도한다. 17발의 탄환을 맞고 죽는다. 자신의 무죄를 입증할 유일한 방법이었다. 또 한 사람은 여자의 아버지 유얼이다. 그는 애티커스의 변론에 앙심을 잔뜩 품는다. 변호사의 아들 잭과 딸 스카웃을 해치려다가 본인이 죽는다.

〈앵무새 죽이기〉는 장르를 구분하자면 성장 소설이다. 성인이 된 소녀 스카웃이 화자(話者)가 되어 어린 시절에 겪었던 사건을 회상하며 자신의 성장과 깨달음을 이야기하는 형식이다. 주제는 흑백 갈등의 인종 차별이다. 그러나 이것은 작품의 소재일 뿐이다. 보다 본질적 주제는 인간다운 삶에 대한 문제다. 모든 인간은 평등하게 창조되었는데 현실적으로는 차별과 편견 속에서 불평등하게 살아간다는 그런 문제 말이다. 이러한 주제는 작품 속의 시대적, 공간적인 배경 아래서 극명하게 부각된다. 정의라는 저울은 늘 백인 쪽으로 기울어져 있다. 고장 난 정의의 저울이었고 평등은 빛 좋은 개살구에 지나지 않았다.

이러한 상황에서 애티커스 변호사의 행동은 심금을 울리기에 충분했다. 흑인 등 약자를 위한 배려, 관용, 사랑에 힘을 쏟았다. 만일 그가 변호를 맡지 않았으면 아무 일도 일어나지 않았을 것이다. 형식적인 관선 변호사의 몫으로 돌리면 그만이었다. 그러나 애티커스의 양심은 살아있었다. 변호를 맡아 최선을 다했다. 그에 대한 대가는 혹독한 시련뿐이었다. 편견에 가득 찬 마을 백인들로부터 비난을 받았다. 얼굴에 침 세례를 받는 수모를 당했다. 죽여 버리겠다는 협박도 받았다. 나아가 깜둥이 애인이라는 모멸 섞인 손가락질을 당했다. 그러나 애티커스 변호사는 이 모든것에 맞선다.

용기란 굳세고 씩씩한 기운으로 소중한 가치를 지켜내는 힘이다. 용기란 앵무새를 죽이지 않는 일이다. 용기란 약자에 대한 보살핌이다. 용기란 반칙과 불공정에 대한 저항이다. 용기란 차이의 인정이자 차별에의 도전이다. 용기란 진실을 추구하는 것이다. 애티커스의 용기는 가정에서, 법정에서, 그리고 사회생활 속에서 저 하늘의 별처럼 반짝반짝 빛난다. 그래서 〈앵무새 죽이기〉가 전하고자 하는 핵심 메시지인 진정한 용기라는 것이 무엇인지를 보여준다. 그중 몇 가지를 큰 목소리로 읽어 본다.

하나, 남을 이해할 줄 아는 용기

"누군가를 정말로 이해하려고 한다면 그 사람의 입장에서 생각해야 하는 거야. 말하자면 그 사람 살갗 안으로 들어가 그 사람이 되어서 걸어 다니는 거지."

둘, 양심에 따르는 용기

스카웃: 음. 모든 사람들은 자기가 옳고, 아빠가 틀렸다고 생각하는 것 같아서요.

아빠: 그들에겐 분명히 그렇게 생각할 권리가 있고, 따라서 그들의 의견을 충분히 존중해 줘야 해. 하지만 난 다른 사람들과 같이 살아가기 전에 나 자신과 같이 살아야만 해. 다수결에 따르지 않는 것이 한 가지 있다면 그건 바로 한 인간의 양심이다.

셋, 평등을 실천하는 용기

"이 나라에는 모든 인간에게 평등하도록 창조된 한 가지가 있습니다.

그 앞에서라면 거지도 록펠러와 동등하고, 어리석은 바보도 아인슈타인과 동등하며, 무식한 사람도 어떤 대학 총장과 동등한 하나의 인간적인 제도가 있지요. 배심원 여러분, 그 제도가 바로 사법제도입니다."

러브마크 브랜드 등 이른바 명품 브랜드들의 메시지는 자기 과시보다는 가치 지향적이다. 사랑, 평화, 행복 등. 사람의 경우인 퍼스널브랜드도 마찬가지다. 퍼스널브랜드 파워를 가진 인물들은 시쳇말로 짜친 것에 신경 쓰지 않는다. 봉사, 나눔 등 가치나 본질에 집중한다. 그리고 그것을 자신의 키워드나 콘셉트로 삼고 실천한다.

이런 측면에서 주인공 애티커스는 퍼스널브랜딩 사례의 최고봉임을 보여준다. 용기라는 가치를 키워드로 가지고 있고 그것을 실천하여 주민들에게 증명해 보이고 있으니까 말이다.

〈앵무새 죽이기〉는 탄생할 수밖에 없었다. 당시에 미국 사회에는 앵무새를 죽이는, 즉 흑인 등 약자들을 차별하는 사건이 많았다. 사회적 강자가 사회적 약자를 따뜻하게 바라보지 않았다. 불평등이 심화되었다. 흑인 차별, 신분 차별, 가난 차별, 여성 차별, 장애 차별, 어린이나 노인 차별 등.

많은 세월이 지난 오늘날의 우리 사회는 어떤가?

정치권에서 나오는 목소리들을 들어보면 가슴이 답답해진다. 우리 사회는 여전히 앵무새를 죽이고 있는 사회다. 기득권, 불공정, 비상식, 꼼수, 갈등, 차별 등의 단어들이 주요 쟁점이니 말이다. 리더나 명품 퍼스널브랜드의 덕목 가운데 으뜸은 참 용기, 즉 진정한 용기와 신념이다. 국민들의 지지를 얻는 방법이 이 책에 다 나와 있다. 더 이상 앵무새가 죽지 않도록 보살피겠다는 용기를 보여주면 된다. 대권(大權)주자들과 그들 주위에서 우글거리는 위정자(爲政者)들이 꼭 한 번 읽었으면 좋겠다.

"나는 그려야 해요."
서머싯 몸의 <달과 6펜스>

영국 작가 서머싯 몸(William Somerset Maugham)이 1919년에 발표한 소설로, 프랑스 후기 인상파 화가 폴 고갱의 생애를 모티브로 한 작품이다.

'달'은 이상적인 세계, 혹은 예술적 영감을 상징한다. '6펜스'는 현실적인 세계, 혹은 물질적인 가치를 의미한다. 예술가의 삶과 열정을 다루면서도, 인간의 본성과 욕망에 대한 깊은 통찰력을 담고 있다는 평가를 받고 있다.

'사람들이 대개 틀에 박힌 생활의 궤도에 편안하게 정착하는 마흔일곱 살의 나이에, 새로운 세계를 향해 출발할 수 있었던 그가 나는 마음에 들었다. 나는 지중해의 북서풍으로 물거품이 인 잿빛 바다와 가물가물 사라져가는 프랑스 해안을 바라보고 있는 그의 모습이 눈앞에 선했다. 이 해안을 다시 보지 못한다는 것을 그는 알았을까, 그의 태도와 정신에는 어딘지 용감하고 담대한 면이 있었다.'

주인공 찰스 스트릭랜드는 일반 상식으로 보면 이해할 수 없는 사람이다. 그는 영국 런던에서 좋은 남편이자 좋은 아버지, 정직한 주식 중개인으로 버젓하게 살고 있었다. 그러던 그가 어느 날 180도 다른 삶을 택한다. 아내와 아들, 딸을 포함하여 지금까지의 모든 것을 버린다. 파리로 건너가고 마침내 태평양의 고도(孤島) 타히티로 숨어들듯 떠난다. 이유는 이렇다.

"나는 그려야 해요."

찰스 스트릭랜드의 마음속에 들어선 마귀(魔鬼)는 무자비했다. 그는 미를 창조하려는 열정에 사로잡혀 오직 그림에만 매달렸다. 그 열정은 그를 이리저리로 휘몰고 다녔다. 지나치게 강한 욕망은 자기가 선 세계의 기반마저 부숴버렸다. 말년에는 문둥병에 걸리고 눈도 멀었다. 집 앞 망고나무 밑에 비극적으로 묻혔다. 이런 질문을 하게 만든다.
  '그는 멋진 놈인가, 가엾은 놈인가?'
  그에 대한 평가가 극명하게 엇갈린다. 영화나 책에 대한 평가는 개인의 취향에 따라 다를 수 있다. 하지만 평가가 극명하게 엇갈리는 경우는 그 차이가 매우 크다는 것을 의미한다. 이는 평가자들 간의 가치관, 경험, 배경 등이 다르기 때문일 수 있다. 다양한 시각을 고려하고, 자신의 판단을 중요시하는 것이 좋다. 찰스 스트릭랜드가 그 중심에 있다.

  우선 부정적 의견이다.
  그는 기행(奇行)의 이기주의자일 뿐이다. 가족조차 한 장의 휴지 버리듯 하고 자신을 돌봐준 사람들을 개무시하고 냉소하기를 밥 먹듯이 한다. 오직 자신만의 세계를 찾는 천하의 악한이다.
  반면 괜찮게 보는 의견도 있다.
  그는 진짜 천재 화가다. 천재들이란 그런 것이다. 그는 자신이 감지한 것을 형태와 색채로 표현하지 않고서는 견디지 못한다. 신들린 예술혼을 가진 위대한 화가다.

인간 찰스 스트릭랜드의 컨셉은 '광기(狂氣)'다. 비록 현실에 맞지 않는 측면은 있지만 자신을 사로잡고 있는 그 한없는 갈망을 찾아가는 모습에서는 시사(示唆)하는 바가 크다. 퍼스널브랜딩도 자신만의 유일한 특징을 잡아내서 그것에 미치도록 집중하는 것이다. 그리고 그것에 근거하여 자신만의 가치 또는 매력을 만드는 일이다. 미치지 않으면 얻을 수 없다고 하지 않는가?

불광불급(不狂不及)을 자주 거론한다.

'미치지 않으면 미치지 못한다.'라는 뜻이다.

어떤 일에 열정적으로 몰입하여 그것을 추구하지 않으면 결코 원하는 수준에 도달할 수 없다는 것을 의미한다. 소설 속의 주인공 찰스 스트릭랜드는 그림에 미쳤다. 그림을 업으로 삼는 화가 중에서 불광불급의 사례를 찾아보는 것도 흥미롭겠다.

자신의 작품에 열정적으로 몰입하여 예술적 성취를 이룬 인물을 찾아야 한다. 의외로 애매한 문제라는 결론에 도달했다.

빈센트 반 고흐(Vincent van Gogh)가 맨 앞에 있다.

그는 생전에 단 한 점의 작품만 팔릴 정도로 대중적인 인기를 얻지 못했다. 하지만 자기 작품에 대한 열정과 몰입으로 수많은 걸작을 남겼다. 37세의 나이로 생을 마감하기 전까지 10년 동안 2,000여 점의 작품을 남겼다. 강렬한 색채와 역동적인 붓 터치로 인해 현대 미술에 큰 영향을 미쳤다. 현재 진행형으로 큰 영감을 주고 있다.

또 다른 예로는 파블로 피카소(Pablo Picasso)가 있다.

그는 20세기 미술계에서 가장 영향력 있는 인물 중 하나이다. 열정과 몰입으로 수많은 걸작을 남겼다. 평생 약 2만 점 이상의 작품을 남겼다.

입체주의, 초현실주의 등의 미술 사조를 대표하는 것으로 평가받고 있다. 이처럼 자신의 작품에 열정적으로 몰입하여 예술적 성취를 이룬 화가들은 불광불급의 대표적인 사례라고 할 수 있다. 우리의 주인공 찰스 스트릭랜드는 누구를 닮고자 했던 것인가?

퍼스널브랜딩은 또한 자신의 재능이나 소질의 근원을 찾는 일이다. 그 재능이나 소질은 어디에 있나? 등잔 밑이 어두운 것처럼 정답은 바로 내 마음 속에 숨어있다.

그렇다면 그것을 어떻게 얻을 수 있나?

끊임없는 자문자답을 통해서 찾을 수 있다.

자문자답은 자기의 생각과 행동을 되돌아보고 개선할 기회를 찾을 수 있다. 강점과 약점을 파악하고, 어떤 상황에서 어떻게 행동하는지 이해할 수 있다. 이를 통해 자신의 성격과 가치관을 더욱 잘 이해하고 자신에게 맞는 목표와 계획을 세울 수 있다.

자기 성장의 촉진제가 바로 자문자답이다.

감히 〈달과 6펜스〉의 찰스 스트릭랜드를 따라 하자고 이야기하지는 못하겠다. 스트릭랜드의 광기가 무섭기 때문이다. 그의 결심과 선택은 현실을 벗어난 극히 이상적이고 심지어 잔인하기까지 하다.

퍼스널브랜딩은 미쳐도 현실적인 범위에서 미쳐야 한다. 그렇지 않으면 왕 따를 당하거나 아예 시장 밖으로 퇴출될 수도 있기 때문이다. 시장이 있어야 브랜드도 있다.

시장은 제품이나 서비스를 구매하고자 하는 소비자들이 모여 있는 곳이다. 브랜드가 성장하고 발전하기 위해서는 반드시 시장이 필요하다. 소비자들은 자신이 원하는 제품이나 서비스를 찾기 위해 시장을 탐색한다. 브랜드는 이러한 소비자들에게 자신의 제품이나 서비스를 알리고, 경쟁 업체들과 차별화된 가치를 제공해야 한다. 그런 다음 소비자들의 선택을 받아야 한다.

개인 브랜드도 마찬가지다. 과연 어떤 소비자가 찰스 스트릭랜드라는 인간 브랜드를 선택할 수 있을까?

"이렇게 평생토록 겁쟁이로 사실 건가요?" 셰익스피어의 4대 비극으로 꼽는 <맥베스>

셰익스피어의 4대 비극 중 하나다. 스코틀랜드의 역사를 바탕으로 인간의 권력욕과 그로 인한 비극을 다루고 있다. 맥베스는 스코틀랜드의 장군으로, 전쟁에서 승리한 후 돌아오는 길에 맥베스가 스코틀랜드의 왕이 될 것이라는 마녀들의 예언을 듣게 된다. 맥베스는 권력욕에 빠져 왕을 살해하고 자신이 왕이 된다.

맥베스는 왕이 된 후에도 불안과 죄책감에 시달리며, 자신의 아내와 함께 살인을 저지른다. 권력을 지키기 위해 계속해서 살인을 저지르다 자신도 죽음을 맞이한다. 인간의 권력욕과 그로 인한 비극을 다루면서도 인간의 내면과 심리를 섬세하게 묘사하고 있다. 언어와 문체는 셰익스피어의 대표작 중 하나로 꼽힐 만큼 뛰어나다.

"인간은 언젠가는 죽게 마련이다. 왕비도 인간이니 비껴갈 수야 없겠지. 내일, 내일, 내일, 시간이 천천히 발을 끌면서 역사의 마지막 페이지에 도착할 때까지 걸어가는구나. 과거의 세월은 어리석은 우리들이 무덤으로 들어가는 데 소모되었다.

꺼져라! 눈 깜짝할 사이의 촛불이여! 인생은 비틀거리는 허황한 그림자일 뿐, 얼마 있으면 영영 잊히는 가련한 배우가 아니더냐? 자신이 할당받은 시간만큼 무대 위에서 서성거리지만, 시간이 지나면 어디론가 사라져야 하지, 백치들이나 지껄이는 소리를 하지만 아무 뜻도 없다.”

사람마다 비극의 원인은 다양하다.
여기 주인공 맥베스의 비극은 어리석음에서 비롯된다.

“장차 왕이 되실 분 만세!”

맥베스는 마녀들의 뜬금없는 예언을 듣는다. 정신이 혼미해진다. 왕권을 향한 야심에 빠져 심한 심적 갈등을 일으킨다. 그러나 그는 스스로 이것을 극복하지 못했다. 그의 억센 마누라님에까지 휘둘리는 빌미를 제공하고 만다.

“이렇게 평생토록 겁쟁이로 사실 건가요?”

결국 자신을 총애하던 왕을 살해하고 쿠데타를 일으켜서 왕좌에 앉는다. 쿠데타는 권력을 차지하기 위해 기존의 권력을 무력으로 전복시키는 행위를 말한다. 역사적으로 많은 쿠데타가 일어났으며 그만큼 그 결말은 다양했다. 쿠데타가 성공하는 경우도 있지만, 대부분은 실패로 끝난다. 성공한 쿠데타도 시간이 지나면 저항과 비판을 받아 결국 종말을 맞이하게 된다.

쿠데타의 종말은 다음과 같은 이유로 인해 발생한다. 먼저 국민의 저항이다. 쿠데타는 국민의 동의 없이 권력을 차지하는 행위이기 때문에 국민의 저항을 받게 된다. 국민들은 자신의 권리와 자유를 지키기 위해 시위, 파업 등 다양한 방법으로 저항한다.

또 다른 하나는 내부 분열이다. 쿠데타를 일으킨 세력 내부에서도 분열이 발생할 수 있다. 권력 다툼, 노선 갈등 등으로 인해 내부 분열이 일어나면 쿠데타의 성공 가능성이 낮아진다.

〈맥베스〉는 쿠데타의 흥미진진한 종말 사례를 생산해 냈다.

비록 왕이 되기는 했으나 그 끝은 참담했다. 왕이 된 이후 맥베스와 부인은 온갖 저주를 퍼붓는 유령에 시달린다. 급기야 그의 부인이 죄책감을 이기지 못하고 몽유병에 시달리다 죽는다. 맥베스 본인도 그가 살해한 덩컨 왕의 충직한 신하인 맥더프에게 목이 잘리면서 비참하게 생을 끝맺는다. 추악한 권력욕과 그 뒤에 숨어 엎드린 인간 본성에 대한 권선징악(勸善懲惡)의 교훈을 남기면서 말이다.

맥베스가 어리석음에 빠지게 되는 결정적인 이유는 무엇인가?

여러 가지 각도로 이야기할 수 있을 것인데 퍼스널브랜딩의 관점으로 보면 '정체성의 상실'에 있다고 말할 수 있다. 맥베스는 본래 심성도 착하고 왕과 국가에 충성심도 강했으며 부인과 가정을 잘 돌보는, 참 괜찮은 남자였다.

그런 그가 마녀의 말 한마디에 갈대처럼 휘청거렸다. 급기야 부인의 말에도 휘둘리고 말았다. 자신만의 강력한 아이덴티티(Identity)를 망각한 데서 비롯된 것이다.

정체성이 확고하면 자신의 가치관과 신념에 대한 확신이 생긴다. 자신감을 높여주고, 어려운 상황에서도 흔들리지 않는 멘탈을 유지할 수 있도록 도와준다. 정체성은 삶의 방향성을 제시해준다. 목표를 설정하고 이를 달성하는 데 도움이 된다. 외부의 압력이나 변화에 대한 스트레스를 견디는 힘으로 작용한다.

맥베스의 정체성 상실은 그가 왕위 찬탈자로 급격하게 변하게 되는 결정적인 계기가 되었다. 이는 결과적으로 정체성이 동일하지 않은 이질적인 나무A와 나무B를 강제로 접붙이는 현상과 같은 꼴이 되어버렸다. 어쩌면 그는 왕이 될 수 없는 운명이었는지 모른다. 자기다움을 잃어버리고 죄책감과 미래에 대한 불안감 속에 살았다. 온전한 사람이 아닌, 절반은 짐승인 인간이 될 수밖에 없었다.

사람을 죽이고 폭정을 일삼았다. 백성들의 미움을 받게 된 것은 오히려 당연한 귀결이었다.

21세기 디지털 시대다.

인간의 욕망도 세상이 변한 그만큼 다양해졌다.

맥베스에게 악마의 숨소리를 전했던 세 명의 마녀는 오늘도 도처(到處)에서 우리를 유혹하고 있다. 우리가 미증유로 겪었던 코로나바이러스도 그중의 하나가 아닐까?

어떻게 나 자신을 지킬 것인가?

이참에 자신의 정체성을 꿋꿋하게 지키고 발전시켜 가야 함을 강조하는 '퍼스널브랜딩'을 다시 한번 곱씹어 보면 어떨까 싶다. 나를 지켜주는 것은 나 자신이다.

우리는 살아가면서 수많은 위험과 어려움에 직면하게 된다. 때로는 타인의 도움을 받기도 하지만 결국 모든 것을 이겨내고 극복하는 것은 나 자신이다.

자신을 믿고 사랑하는 마음을 가지는 것이 중요하다. 자신을 사랑하고 존중하는 사람은 타인의 시선이나 평가에 흔들리지 않고 자신의 길을 걸어갈 수 있다. 자신의 강점과 약점을 파악하고 이를 보완하기 위해 노력해야 한다.

자신의 가치관과 신념을 확립하고 이를 지키기 위해 노력해야 한다. 자신의 가치관과 신념이 흔들리면 삶의 방향성을 잃게 되고, 결국에는 자신을 지키지 못하게 된다.

　나를 지켜주는 것은 나 자신이다.
　자신을 믿고 사랑하며, 자신의 가치관과 신념을 지키기 위해 노력하고, 자신을 위한 성찰의 시간을 갖는다면, 어떤 어려움도 이겨낼 수 있을 것이다.
　아무도 나를 지켜줄 수 없다.
　나는 오직 나만이 지킬 수 있기 때문이다.

다른 모두를 합친 것보다 더 가치 있는 개츠비, 진정 그럴까?
아메리칸 드림의 타락과 절망 <위대한 개츠비>

미국의 작가 F. 스콧 피츠제럴드가 쓴 작품이다. 광란의 1920년대 미국 뉴욕이 배경이다. 제1차 세계 대전의 승리 이후 물질적으로는 엄청난 풍요를 누리게 되었지만, 도덕적·윤리적으로는 타락한 미국 사회의 치부를 드러내며 소위 아메리칸드림의 타락과 절망을 담은 소설이다.

개츠비의 사랑과 파멸을 통해 인간의 욕망과 윤리적 문제를 다루며, 미국의 현대 문학을 대표하는 작품 중 하나로 꼽힌다. 다양한 삶과 사랑, 그리고 그들의 선택과 결과를 통해 인간의 삶과 가치에 대한 깊은 고민을 담고 있다.

'개츠비는 그 초록 불빛을 믿었다. 해가 갈수록 우리 앞에서 멀어지고 있는, 환희에 찬 미래의 존재를 믿었다. 그때는 그것이 우리한테서 달아났다. 하지만 무슨 상관인가, 내일은 우리가 좀 더 빨리 달리고, 좀 더 멀리 팔을 내뻗으면 된다. …그러다 보면 맑게 갠 아침이….

그래서 우리는 계속 앞으로 나아가는 것이다. 흐름을 거슬러가는 조각배처럼, 끊임없이 과거로 떠밀려 가면서도.'

<위대한 개츠비>는 작품만큼이나 작가 F. 스콧 피츠제럴드의 유명세

또한 대단하다. 그 이유는 무엇일까?

그는 작가로서 좋은 작품을 많이 썼다. 거기에다 어니스트 헤밍웨이와의 우정과 경쟁도 그 이유 중의 하나일 것이다. 문학이라는 공통점을 빼면 너무도 달랐던 그들이었는데도 말이다.

마초(Macho) 헤밍웨이.

'마초'는 헤밍웨이(Ernest Hemingway)의 별명이다. 그는 남성적인 이미지와 행동으로 유명하며, 그의 작품에서도 이러한 특징이 잘 나타난다. 제1차 세계대전과 제2차 세계대전 참전과 부상. 사냥과 낚시. 술과 담배. 간결하고 강렬한 문체, 그리고 인간의 삶과 죽음, 사랑과 이별 등의 주제 등이 그의 마초 이미지를 상징한다.

피츠제럴드는 마초와 거리가 멀었다.

메트로섹슈얼(Metrosexual)에 가까웠다. 메트로 섹슈얼은 패션과 외모에 많은 관심을 가지는 남성을 이르는 말로, 도시에 거주하는 남성들에게 주로 나타나는 경향이 있다. 1990년대 영국의 작가인 마크 심슨이 처음 사용한 용어다.

기존의 남성상과는 달리 자기의 외모와 스타일을 적극적으로 관리하고, 패션과 미용에 많은 시간과 돈을 투자하는 것이 특징이다.

마초 헤밍웨이와 메트로섹슈얼의 피츠제럴드.

물론 종국에는 절교하긴 했다. 하지만 이들은 서로를 자양분 삼아 치열하게 경쟁했다. 두 사람 모두 지금까지도 여전히 세계인의 사랑을 받고 있으니 대단한 시너지 효과가 아닐 수 없다. 좋은 시너지 효과의 사례를 하나 남긴 것 자체에도 박수를 보낸다.

제목도 관심거리다. 왜 '위대한'이라는 수식어가 붙었느냐는 것이다. 소설의 내용으로만 보자면 위대한 구석이라고는 전혀 찾아볼 수가 없는

데도 말이다. 역설적인 표현이라는 주장에 한 표를 던진다. 즉 개츠비의 비극성을 상대적으로 표현한 것이다.

개츠비도 속물이지만 개츠비 주위 인간들도 한 마디로 인간쓰레기들이었다. 결코 사랑해서는 안 되었던 여자 데이지, 그의 남편 톰, 불륜녀 윌슨 부인 등등. 그들에 비하면 개츠비는 그래도 인간적이다. 순진함과 감수성을 지녔으니까 말이다. 그래서 위대하다고? 작가는 개츠비를 이렇게 표현하고 있다.

"다른 이들을 모두 합친 것보다 더 가치 있는 사람."

개츠비는 가난한 남자였다. 데이지를 좋아했지만 버림받았다. 동서고금을 통해서 볼 때 사람을 가장 극단으로 돌아버리게 만드는 것은 바로 좋아하는 이성으로부터의 내버려짐이다.

가진 것, 즉 돈이 없는 것이 문제라고 생각한 개츠비는 돈을 벌자고 돈에 미쳐 산다.

실제로 성공과 부를 얻고 다시 사랑까지 차지하려고 데이지에게 나타나 발버둥을 친다. 이미 남의 아내가 되어버린 그녀에게 말이다.

개츠비의 비극은 여기서 끝나지 않는다. 사랑을 얻기는커녕 오히려 그녀의 죄를 뒤집어쓰고 그녀의 차에 치여 목숨을 잃은 여인의 남편에게 총을 맞고 허망하게 죽는다.

이 세상에서 가장 바보 같은 남자의 모습이다.

퍼스널브랜딩은 먼저 자신의 전략적인 정체성을 만드는 데서 시작된다. 그리고 그것을 고객과 소통하는 것이다. 최종 목표는 내가 의도한 나의 정체성인 브랜드 아이덴티티와 고객이 인식하는 나의 모습인 브랜드 이미지를 일치시키는 것이다.

그 때문에 가장 중요한 일은 자신의 정체성이 자주 흔들려서는 안 된다는 점이다. 또 진실을 벗어나지 않아야 하는 것이다.

이러한 기준에 어긋나면 단기적으로는 통할 수 있으나 장기적으로는 절대 통하지 못한다. 시쳇말로 진짜 모습이 들통나기 때문이다.

개츠비도 그랬으면 좋았을 것이다. 개츠비의 가장 좋은 전략은 데이지를 보기 좋게 차버리는 것이다. 물론 개츠비 입장에서는 채택하기 어려운 선택이었으리라. 차선책이라면 어린 시절의 순수한 모습으로 밀고 나가거나 과거는 싹 지워버리고 돈 많고 출세한 상남자의 모습 중에서 하나를 선택하는 것이다.

사람들도 그렇겠지만, 개츠비도 두 가지 모두 잡으려고 했던 것이 실수였다. 이것도 저것도 아닌 것이 되어 버렸으니 말이다. 물론 개츠비는 전자의 '일편단심 민들레 사랑'을 선택했다고 주장할 수 있을 것이다. 다만 그의 비극적인 파멸이 아쉬울 뿐이다.

브랜딩은 차별화 포인트 하나를 딱 골라서 의미를 극대화하는 일이다. 퍼스널브랜딩도 마찬가지다. 나의 핵심역량 하나를 잡아서 그것의 매력을 극대화하는 일이다. 즉 가장 나다운 나의 삶을 사는 일이다. 그런데 그런다고 모든 일이 술술 잘 풀리는 것은 아니다. 그래도 될까 말까 한다. 왜냐하면 언제나 상대편이 있기 때문이다.

사랑도 소비자도 언제든지 도망간다.

하물며 한 여자를 두고 두 남자가 벌이는 삼각관계는 말할 것도 없다. 개츠비처럼 아무리 용을 써봐야 불륜남의 입장인 주제에서는 말할 것도 없다. 사랑도 브랜딩도 정정당당하게 자기다운 매력으로 경쟁해야 후회가 없는 것이다.

"환경을 지배하지 못하면 결국 그 환경에 지배당한다." 혁명 이후 러시아 배경의 소설 <모스크바의 신사>

미국 보스턴 출신의 작가 에이모 토울스가 쓴 소설로, 프랑스 피츠제럴드 상을 수상한 작품이다. 혁명 이후 러시아를 배경으로 하며, 귀족 출신의 주인공 알렉산드르 일리치 로스토프 백작이 호텔에 감금되어 살아가는 이야기를 담고 있다.

러시아 제국의 몰락과 혁명을 배경으로 하여 알렉산드르가 자신의 삶을 되돌아보고 새로운 삶을 모색하는 과정을 통해 성장하는 모습을 보여준다. 인간의 삶과 가치에 대해 곰곰이 생각해 볼 수 있다. 러시아 문학의 전통을 계승하면서도 현대적인 요소를 담고 있다.

"배가 난파되어 '절망의 섬'에서 살게 된 로빈슨 크루소처럼 백작은 실질적인 일에 헌신함으로써 자신의 결의를 유지해 나가야 하리라. 이 세상의 로빈슨 크루소들은 피난처와 깨끗한 물이 나오는 곳을 찾는다. 그러한 것을 빨리 찾아낼 수 있으리라는 꿈도 없이 찾는다. 그들은 부싯돌로 불을 피우는 법을 익힌다. 그들은 섬의 지형과 기후, 그리고 섬에서 자라는 식물과 동물을 연구한다. 그러는 내내 수평선에 돛이 보이거나 모래밭에 발자국이 나타났는지를 유심히 지켜보는 것을 잊지 않는다."

귀신에도 여러 유형이 있다고 한다. 그 가운데 '책 귀신' 하면 어떤 느낌이 드는가? 책 귀신은 사전적인 의미로 보면 책을 매우 좋아하거나 책에 빠져 사는 사람을 비유적으로 이르는 말이다. 단순히 책을 많이 읽는 것뿐만 아니라 책을 통해 자신의 삶을 변화시키고, 성장을 추구하는 사람을 의미하기도 한다.

1년에 대략 360여 권의 책을 읽어대는 책 귀신이라 불리는 후배가 있다. 어느 날 그가 재미있다며 책 한 권을 추천했다. 또 정기적인 독서 모임에서 공교롭게도 후배가 권한 그 책과 동일한 책을 읽게 되었다. 에이모 토울스의 〈모스크바의 신사〉는 그렇게 내 앞에 나타났다.

결론적으로 이 책은 재미가 있다. 우선 미국 작가가 굳이 소련을 작품 배경으로 삼은 것부터 흥미를 끈다. 실제 모스크바 크렘린궁 근처에 자리 잡은 메트로폴 호텔을 비롯한 지역적 배경도 그렇고, 1922년 볼셰비키 혁명 이후부터 1954년까지 32년 동안의 역사적 배경도 그렇다.

그런데 무엇보다도 재미의 으뜸은 주인공 로스토프라는 매력적인 남자에게 있다. 그는 성 안드레이 훈장 수훈자, 경마클럽 회원, 사냥의 명인이었다. 어린 시절부터 방이 20개나 되고 집안일을 해주는 사람이 열네 명이나 되는 대저택에서 자라온, 요즈음 말로 이른바 '금수저'였다.

그러나 혁명이 몰아친 이후 갑자기 달라졌다.

어느 날 내 집처럼 묵었던 메트로폴 호텔 스위트룸에서 허름한 하인용 다락방으로 거처를 옮겨야 했고, 러시아 귀족 백작으로서 누리던 모든 특혜를 몰수당한다. 호텔은 감옥이 되었고 그의 전부가 되어버린 것이다. '호텔 종신 연금'을 당했는데 한 걸음이라도 호텔 바깥으로 나간다면 총살될 것이라는 조건이 붙어 있었기 때문이다.

다락방은 침대 하나와 책상, 옷장 등 생활에 꼭 필요한 가구 외에는 그 어느 것도 들일 수 없이 작았다. 그러나 그는 그곳에서도 스스로 또 하나의 비밀 공간을 개척해낸다. 옷장과 붙은 벽을 뚫어 옆방의 짐이 가득 들어 있던 방을 자신만의 비밀 서재로 만들어낸 것이다.

그는 어떤 환경이 닥쳐와도 그 안에서 자신만의 즐거움을 찾아내는 사람이었다. 호텔에 갇혀 있는 32년 동안 무대에서 퇴장하기는커녕 오히려 특유의 '신사 기품'과 인간적인 매력을 잃지 않는다. 보란 듯이 새로운 환경에 적응하는 차원을 넘어 리드하는 삶을 산다.

이 대목에서 노래 하나가 생각난다.

아는 이는 알고 낯선 이는 낯선 노래다.

〈다락방〉이라는 노래다. 혼성 포크 듀오인 '논두렁밭두렁'의 독집 앨범의 타이틀곡이었다. 1978년 발매된 곡으로 컨트리 송 스타일의 포크 송인데 정겨운 가사와 친근한 멜로디로 애청(愛聽)되는 노래다. 60년대 중반 이전 출생자들은 모두 알고 즐겨 불렀었던 곡이다.

"우리 집에 제일 높은 곳 조그만 다락방
넓고 큰 방도 있지만 난 그곳이 좋아요~~~♬"

퍼스널브랜딩(personal branding)에 있어서 중요한 포인트 가운데 하나가 바로 Ing의 개념이다. Ing는 현재 진행의 의미다. 다시 말해 브랜드는 멈춤 없이 꾸준히 현재 진행형으로 관리해야 함을 나타낸다. 그러기 위해서는 환경 분석과 그에 대한 대응이 필수다.

이른바 3C, 그러니까 나(company), 경쟁자(competitor), 소비자(consumer)에 대한 분석과 대응이다.

좋은 퍼스널브랜딩은 좋은 환경 분석과 그에 따른 변화 관리다.

이른바 환경을 장악하는 기술이다. 환경을 장악하는 기술의 핵심은 '

수처작주(隨處作主) 입처개진(立處皆眞)'에 있다. 말하자면 언제 어디서 어떤 상황에 놓여도 진실하고 주체적이며 창의적인 주인공으로 살아가면, 그 자리가 바로 행복의 자리, 진리의 자리에 이르게 된다는 말이다.

아마도 소설 속의 주인공 로스토프는 이 말을 삶의 지표로 삼은 것 같다. 아주 낯선 새로운 환경에도 기가 막히게 잘 적응해 가니 말이다.

"인간은 자신의 환경을 지배하지 못하면 결국 그 환경에 지배당한다."

로스토프는 어린 시절 대부가 들려준 이 말을 인생의 모토로 삼았는데, 그 핵심은 바로 주인 정신이다. 이것은 또한 퍼스널브랜딩의 핵심이 되는 전략 개념의 하나다. 그는 그것에 힘을 받았는지 몰락한 상황에서도 품위를 잃지 않고 오히려 유머러스하게 삶을 꾸려간다.

사실 인생을 사는 데 있어서 '주인 정인'이야말로 지녀야 할 최고의 가치다. 주인 정신은 자신이 주인이라는 생각을 갖는 것이다. 책임감, 적극적인 태도, 주도적인 일 처리, 문제가 발생했을 때 적극적인 해결 자세 등을 가지게 된다.

또한 주인의식을 가진 사람은 조직 내에서도 신뢰도가 높다. 자신이 맡은 일에 대해 책임을 다하고, 적극적으로 일을 처리하기 때문에 동료들과 상사들로부터 신뢰를 받게 된다. 더불어 자신이 맡은 일을 성공적으로 수행하기 위해 노력하는 과정에서 자신의 역량을 향상시킬 수 있으며, 이는 자기 발전으로 이어진다.

우리는 지금 저마다 환경을 이끌어 가고 있는 사람인가, 아니면 끌려가고 있는 사람인가? 주인인가, 종인가?

주인 정신은 자연에서 나무가 뿌리를 내리는 이치와 같다. 나무가 뿌리를 깊게 내리면 바람이 불어도 흔들리지 않는다. 가뭄이 들어도 오래 버틸 수 있다. 주인 정신을 가진 사람은 자신이 맡은 일에 대해 책임감을 발휘하고 최선을 다한다. 어려움이 닥쳐도 포기하지 않고 끝까지 노력한다. 나무가 생태계에 중요한 역할을 하듯이 주인 정신을 가진 사람은 사회에 긍정적인 영향을 미친다.

여전히 뭐가 뭔지 모르겠다면 지금 당장 '신사' 로스토프의 일생을 따라가서 그의 환경 지배 기술을 배워볼 일이다. 아마도 여러분의 퍼스널 브랜드 파워도 그만큼 지배력이 높아질 것이다.

아내와 20년 만에 극적으로 동침(同寢)하다!
호메로스의 서사시 <일리아스-오디세이아>

고대 그리스의 시인 호메로스(Homeros)가 쓴 서사시다. 그리스와 트로이 사이에서 일어난 트로이 전쟁이 배경이다. 그리스의 영웅 아킬레우스와 트로이의 왕자 헥토르의 대결이 중심 내용이다. 전쟁 속에서 일어날 수 있는 인간의 다양한 감정과 행동을 보여주며, 이를 통해 삶과 죽음, 사랑과 우정 등에 대해 깊이 생각할 수 있다.

고대 그리스의 문학 작품 중 대단히 유명한 작품 중 하나다. 뛰어난 문체와 구성으로 인해 많은 사람에게 사랑받고 있다. 서양 문학에 큰 영향을 미쳤다. 많은 작가가 이 작품을 참고하여 작품을 썼다.

"여보! 고난이라면 우리 두 사람 다 원도 한도 없이 많이 겪었소. 당신은 여기서 내 귀향이 몹시 염려되어 눈물을 흘리느라 그랬고, 나는 제우스와 다른 신들께서 귀향에 대한 나의 열망에도 불구하고 고향 땅에서 멀리 떨어진 곳에 고통으로 나를 꽁꽁 묶으셨기에 그랬지요. 그러나 이제는 우리 두 사람 다 고대하던 잠자리에 이르렀으니, 당신은 집안에 있는 재산을 돌보시오. 오만불손한 구혼자들이 먹어 치운 작은 가축들은 내가 몸소 나서서 상당수 약탈해 올 것이고, 나머지는 내 우리들이 다시 찰 때까지 아카이오이족이 돌려줄 것이오. 이제 나 때문에 마냥 괴로워하셨던 훌륭한 아버지를 뵈러 수목이 우거진 시골로 나가볼까 하오."

호메로스의 서사시 〈일리아스〉와 〈오디세이아〉를 완독했다. 이 벅찬 감흥을 무엇에 비유할 수 있을까? 에베레스트 산을 등정했다면 이런 느낌일 것이라면서 호들갑을 떨었다. 그만큼 힘든 여정이었다. 물론 보람도 크고 깊었다. 신과 인간이 함께 어울려 노는 등 재미도 풍성했다. 인간적인 삶의 본질을 처음으로 노래했다는 최초의 가치가 내 몸속으로 전해졌다. 짜릿한 전율에 몸을 떨었다. 걸출한 두 영웅이 맹활약한다. 임영웅의 노래를 듣는 것만큼이나 행복하다.

〈일리아스〉는 전설적인 영웅 아킬레우스가 주인공이다. 트로이와의 10년 전쟁을 배경으로 한다. 상대편 장군인 헥토르와의 대결, 그리고 헥토르의 죽음과 그의 아버지 프리아모스와의 대화를 통해서 인간 본성과 진정한 영웅의 모습을 전한다.

그는 치명적 약점이라는 의미의 아킬레스건으로 우리에게 친숙하다. 아킬레스건의 유래를 다시 읽어 보자. 아킬레우스는 트로이 전쟁에서 활약한 영웅으로, 그의 유일한 약점은 발뒤꿈치였다. 파리스가 쏜 화살에 발뒤꿈치를 맞아 사망한다. 이후 그의 이름을 따서 발뒤꿈치에 있는 힘줄을 아킬레스건이라고 부르게 되었다.

〈오디세이아〉는 오디세우스라는 인물이 주인공이다. 그는 아킬레우스와 함께 그리스 연합군 영웅 가운데 한 사람이다. 전쟁이 끝난 뒤 바다 위를 떠돌며 모진 고생을 한다. 하지만 구사일생으로 살아남아 귀향한다. 〈오디세이아〉는 고난을 극복하는 성장 스토리의 원조인 셈이다.

퍼스널브랜딩 관점에서 볼 때 아킬레우스와 오디세우스 둘 중에서 누가 더 매력적인 인물인가? 두 남자의 면면을 따져보는 일도 즐거운 고민 중의 하나다. 필자는 결론적으로 오디세우스를 택했다. 그 선택 과정을 하나하나 살펴본다.

첫째, 아이덴티티(Identity)

둘 다 뚜렷한 정체성을 지니고 있다는 점에서 우열을 가리기가 어렵다. 그런데 브랜드는 늘 진화해야 한다. 그러한 측면에서 보면 아킬레우스보다는 오디세우스가 개인 브랜딩을 더 잘했다고 평가할 수 있다. 그는 주변 환경과 경쟁 환경의 변화에 신속히 대응했다. 그 덕분에 살아남을 수 있었는지도 모르겠다.

둘째, 분명한 컨셉

오디세우스는 '지략(智略)'이라는 자신만의 분명한 컨셉이 있다. 이는 객관적으로 얻어진 자신의 키워드다. 그러기에 경쟁력을 검증받은 컨셉이다. 이 컨셉을 중심으로 그의 상징이 만들어지는데 요즈음 쓰이는 용어로 치자면 흥미진진한 개인사적 콘텐츠다. 그의 고난 극복 열쇠는 그의 지혜와 재능, 빛나는 아이디어 바로 그 자체다.

물론 아킬레우스도 컨셉은 있다. 그 컨셉은 '분노와 용맹'이다. 그러나 관건은 그 컨셉을 객관적으로 인정할 수 있느냐 하는 것에 있다. 특히 상대편인 트로이아군의 입장에서 보면 그 컨셉은 인정받기가 어려울 것이다. 그래서 오디세우스의 컨셉에 비해 상대적으로 덜 매력적인 콘텐츠로 느껴지는 것이다.

셋째, 성장성

브랜딩은 쉼 없이 자기 발전을 도모하는 행위다. 사람으로 치자면 타고난 것보다는 후천적(後天的)인 노력의 의미가 여기에 근접한다. 이러한 기준에서도 두 인물은 약간의 차이가 있다.

아킬레우스는 타고난 금수저다. 어머니가 바다의 여신 테티스다. 잘생기고 용맹스럽고 게다가 전투도 잘하니 부족한 점이 없다. 어쩌면 그에게는 자신의 가치를 높이고 자기관리를 잘하는 방법인 브랜딩이라는 것이 필요 없을지도 모른다.

그런데 오디세우스는 다르다. 오디세우스는 최고의 참모였다. 그의 주위에는 수많은 경쟁자가 있었다. 리더인 아킬레우스의 환심을 사고 그를 움직이게끔 하는 데에 무의식적으로 브랜딩 전략이 구사된 것이다. 신이 아닌 인간 오디세우스가 스스로 선택하는 모험과 도전의 과정이기에 더 돋보이는 것이다. 그래서 공감 가는 스토리가 많다. 아내 페넬로페와의 20년 만의 극적 동침(同寢)은 그 가운데 하나일 뿐이다.

물론 그는 현명하고 지혜롭고 참을성 많고 언변에도 능한, 그야말로 탁월한 인물로 그려지고 있다.

그러나 비판적인 평가도 있다. 목적을 위해서는 수단과 방법을 가리지 않는 비정하고 약삭빠른 인물로 평가받기도 하는 것이다. 어쨌거나 그는 매우 매력적인 퍼스널브랜드가 틀림없다.

넷째, 지속 가능성

브랜딩 관련 용어에 '제품 수명 주기(Product Life Cycle)'가 있다. 도입기, 성장기, 성숙기, 쇠퇴기로 구분된다. 사람의 인생을 구분하는 생로병사(生老病死)와 마찬가지 의미인데 Product를 Person(사람)으로 대체해서 사용한다.

관건은 성장기와 성숙기, 즉 사람으로 치면 전성기를 최대한 길게 늘이는 것이다. 여기에서 지속 가능성이 중요한 요소로 대두된다. 이런 측면에서 보면 오디세우스가 지속가능한 브랜딩을 더 잘한 것이다.

그는 살아서 고향으로 갔기 때문이다. 아킬레우스는 고향으로 돌아가지 못하고 적진 트로이에서 죽었다. 그래서 역사에 전설적인 영웅으로 남았지만 말이다.

아킬레우스와 오디세우스, 이런 영웅담의 인물들이 그립다.

요즘같이 어려운 시절에 이런 리더들을 만날 수 있다면 얼마나 좋을까 하는 생각이 책을 읽는 내내 머리에서 떠나지 않았다. 난세의 영웅은 자연에서 태풍과 같은 존재다. 태풍은 거칠지만, 새로운 질서를 만든다. 마찬가지로 난세 영웅은 혼란스러운 세상을 평정하고, 새로운 질서를 만들어내는 역할을 한다. 기존의 관습과 제도를 개혁하고, 새로운 가치관을 제시하여 사람들에게 희망과 용기를 준다.

난세의 영웅은 나무와 같은 존재이기도 하다.

나무는 비바람과 눈보라를 견디며 뿌리를 내리고, 잎과 열매를 맺는다. 자신의 그늘을 내어주어 휴식을 제공하고, 생태계의 다양성을 유지하는 데 이바지한다. 난세 영웅은 어려운 상황에서도 포기하지 않고, 자신의 신념을 지키며 사람들에게 영감을 주고, 사회의 발전에 이바지한다. 난세 영웅은 세상을 변화시키는 원동력이 된다.

우리 시대 이 땅의 난세 영웅은 과연 누구인가?

"그 어떤 상처도 인간 성숙에 도움을 준다."
톨스토이의 <전쟁과 평화>

　러시아 작가 레프 톨스토이가 쓴 대표적인 장편소설이다. 나폴레옹 전쟁 시기의 러시아를 배경으로 하고 있다. 1805년부터 1820년까지 러시아 귀족들과 민중들의 삶을 그리고 있다. 전쟁의 참상과 인간의 삶과 사랑, 그리고 역사와 철학 등 다양한 주제를 맛볼 수 있다.

　인간의 삶과 가치에 대한 깊은 통찰력을 보여준다. 러시아의 역사와 문화를 잘 반영하고 있다. 문학적 가치와 역사적 가치를 두루 인정받는다. 세계 문학사에서 중요한 작품 중 하나로 평가받고 있다.

　"'사랑? 대체 사랑이 무엇이지?' 그는 생각했다. '사랑은 죽음을 방해한다. 사랑은 삶이다. 모든 것, 내가 이해하는 모든 것, 내가 그것들을 이해하는 이유는 단지 내가 그것들을 사랑하기 때문이다. 모든 것은 존재하는데, 다만 내가 사랑하기 때문에 존재한다. 모든 것은 이 하나로 이어져 있다. 사랑은 하느님이다. 그리고 죽는다는 것은 사랑의 한 부분인 나에게 보편적이고 영원한 근원으로 돌아가는 것을 의미한다.' 그 생각은 그에게 위안을 주는 듯했다. 그러나 생각에 불과했다. 그 안에는 무언가가 결여되어 있었다. 일방적일 만큼 개인적이고 직접적인 무언가가 있을 뿐 명확한 것이 없었다. 그리고 똑같은 불안과 모호함이 있었다. 그는 잠들었다."

버지니아 울프가 이렇게 말했다.

"톨스토이는 모든 소설가 중에서 가장 위대하다. 〈전쟁과 평화〉의 작가를 달리 뭐라 부를 수 있겠는가?"

네이버의 평가도 장난이 아니다.

"19세기 러시아가 낳은 위대한 인간, 톨스토이가 창조한 현대의 〈일리아스〉〈오디세이아〉. 역사와 삶, 영웅과 민중, 힘과 숭고를 거쳐 사랑을 통해 성장하는 젊은이들의 놀라운 초상."

토마스 만도 〈전쟁과 평화〉에 대해 한 마디 보탰다.

"세계 문학사에서 가장 뛰어난 전쟁소설이다."

〈전쟁과 평화〉에 대한 필자의 정의도 하나 얹으려고 안간힘을 써봤다. 역부족이었다. 오히려 그러한 작업은 부질없는 짓이라는 결론에 도달했다. 소설 작품도 그렇고 작가인 톨스토이도 그렇다.

가치의 꼭대기를 나타내는 화려한 상징이 넘쳐난다. 소설 〈전쟁과 평화〉의 위상은 이런 것이다.

우선 〈전쟁과 평화〉는 장르 구분을 허락하지 않는다.

역사소설, 전쟁소설, 철학소설, 윤리소설, 성장소설 등. 물론 필자는 성장소설이라는 데 꽂혔다.

퍼스널브랜딩을 연구하는 직업병의 발로일 것이다. 그런데 실제로 〈전쟁과 평화〉는 퍼스널브랜드 연구의 보고(寶庫)이기도 하다.

여기에도 박경리의 〈토지〉처럼 500명 이상의 인물이 등장한다. 문학은 인간의 운명을 탐구하는 것이다. 그리고 톨스토이에게 있어서 무엇보다 지대한 관심의 대상은 인간의 구체적인 삶이었다. 거대한 역사의 흐름 속에서 각 개인은 어떻게 생존하고 성장하는지를 들여다보는 것이다. 그래서 〈전쟁과 평화〉는 가장 꾸밈없는 인간 군상의 면면을 발견할 수 있는 곳이다.

주인공 격인 세 사람의 퍼스널브랜드를 선택했다.

피에르, 나타샤, 안드레이가 그들이다. 어떤 기준으로 그들의 성장을 파악할 것인가?

파악할 수 있는 기준 요소는 엄청나게 많을 것이다. 그러나 그 중에서 가장 핵심은 '불행'을 어떻게 극복하는가에 있다고 판단했다.

극단적인 상황에서 사람의 진면목이 나타날 수 있기 때문이다. 위기나 불행을 대하는 자세에서 그 사람의 진가가 나타난다. 난세에 영웅 나듯이 말이다. 깨달음을 얻고 변화를 하게 된다. 성장하는 좋은 결과를 얻는다. 그래서 이런 말도 가능하다.

"끝이 좋으면 다 좋다."

피에르

피에르의 첫인상은 기대 이하다. '허당'끼도 다분하고 외모도 봐줄 만한 것이 없다. 성격도 수동적이고 관조적이다. 거기에다 순진해서 향락의 유혹에 잘 빠지기도 한다. 그런 그가 일신우일신(日新又日新)의 과정을 밟는다. 그 도약의 징검다리는 아이러니하게도 '불행'이다.

그는 빵빵한 배경의 아버지를 두었지만 사생아였다. 그러나 주눅 들지 않았다. 그래서인지 아빠 찬스의 행운이 찾아온다. 상속자가 된 것이다. 돈이 붙은 그는 일약 사교계의 스타가 된다. 주위에서 그를 가만두지 않는다. 결국 사악한 노인과 그의 딸 엘렌의 함정에 걸려든다.

엘렌과 결혼을 하지만 사랑이 없기에 결혼 생활이 잘 유지될 리가 없다. 유부녀인 엘렌은 제 버릇 개 못 주듯이 몸뚱이를 함부로 놀린다. 추문(醜聞)을 일으킨다. 둘은 갈라서게 되고 파국을 맞는다.

여기에서 첫 번째 깨달음을 얻는다. 삶의 주인은 자기 자신이어야 한다는 주체 의식이 싹튼 것이다.

그의 내적 세계를 더욱 강화해 준 것은 나폴레옹이다. 그는 원래 나폴레옹 신봉자였다. 그러나 나폴레옹의 러시아 침공을 계기로 정반대의 입장으로 돌아선다. 급기야 나폴레옹을 죽이고 러시아를 구하겠다는 환상에 사로잡혀 모스크바에 남았다가 프랑스군의 포로가 된다.

갖은 고생을 다 하지만, 거기에서 민중 출신의 플라톤 카라예테프를 만난다. 인생에 대한 새로운 깨달음을 얻고 다시 부활한다. 그래서일까. 비록 굼뜨지만, 끊임없이 자각하며 성장을 한다. 그래서일까. 죽은 친구 안드레이의 약혼녀였던 아름다운 나타샤의 남편이 된다. 행복한 가정을 이루는 해피엔딩의 주인공이 됐다.

안드레이

"내 아내는……."

안드레이 공작이 말을 이었다.

"멋진 여자야. 명예에 대해 안심하고 같이 살 수 있는 드문 여자들 중 하나야. 하지만, 오, 하느님. 독신이 될 수만 있다면 지금 무엇인들 내놓지 못하겠나! 자네를 좋아하기 때문에, 자네한테만 처음으로 이런 말을 하는 거야."

모든 것이 멀쩡했던 안드레이도 허점이 하나 있었다. 바로 결혼이다. 그는 친구 피에로에게 "절대로, 절대로 결혼하지 마."라며 언성을 높여 그를 놀라게 했다. 그렇다고 부인 리즈가 특별한 잘못을 한 것도 아니다.

하여간 그의 독특한 결혼관으로 인해 부인 리즈만 속절없이 속을 썩인다. 급기야 리즈는 자식을 낳다가 죽는 비극의 주인공이 된다. 안드레이도 사람인지라 이 불행에서 인생에 대한 깨달음을 얻는다.

안드레이 또한 나폴레옹의 옹호자였다. 그런 그에게 나폴레옹에 대한 재평가와 환멸은 세상의 삶이 더욱 무의미하다는 것만 듬뿍 안겨주었다. 그런 그에게 나타샤는 행복 충만의 꿈, 그 자체였다. 한 줄기 희망의 빛이었다. 그런데 안드레이에게 있어서 나타샤가 최고의 행복이었지만, 끔찍한 고난을 안겨준 이도 역시 나타샤였다.

믿었던 나타샤가 배신한 것이다. 안드레이와의 사랑을 약속하고서 유부남이자 나쁜 남자인 아나톨의 꾐에 빠진다. 결국 그들의 관계는 깨진다. 나타샤를 진정 사랑했고 믿었기 때문에 안드레이의 충격은 표현할 수 없이 크고 아팠다.

그러나 안드레이는 나타샤에 대한 용서를 택했다.

이러한 결정을 하는 데는 안드레이의 심성도 크게 작용했을 것이다. 그런데 그보다는 엄습하는 죽음의 길목에서 영원히 살 수 있는 방법에 대한 깨달음 덕분이 아닐까 싶다. 그의 모습에서 이순신 장군의 '생즉사 사즉생(生卽死 死卽生)' 정신이 보이는 것은 우연이 아니다. 그가 나타샤에 대한 사랑을 확인하는 깨달음의 정점을 함께 느껴보자. 가슴 저미는 비극적 드라마를 선사하기도 하지만 그 끝은 허망하다.

나타샤

당돌한 13세 소녀에서 성숙한 여인이자 억척스런 어머니로 변모한다. 피에르와 안드레이라는 두 중심인물에 대한 운명의 교차점이면서 작품의 중심 역할을 한다. 그녀 또한 이런 성장의 발판은 불행과 고난 속에서의 깨달음이다.

깨달음이 있다는 것은 곧 발전이 싹트는 것이기도 하다. 그녀는 안드레이와 굳은 사랑의 약속을 하고서도 그녀가 파혼의 빌미를 제공했다. 이 지점이 소설 전체에 커다란 변곡점이 되고 그녀를 둘러싼 두 남자가 운명의 소용돌이에 더욱 거세게 휩싸이게 된다.

그녀는 책임을 통감하고 그것을 회복하기 위해서 더욱 더 안드레이에게 헌신적인 사랑을 베푼다.

그러나 안타깝게도 안드레이는 죽는다. 뭐든 잘못을 했다면 그것을 인정하는 것이 더욱 중요하다. 그래야 그것을 발판으로 해서 새로운 것을 다시 세울 수 있다. 명품 사람 브랜드인 이른바 영웅이나 위인들의 길이 그것을 증명한다.

"병아리가 암탉을 설득했구나."

마침내 나폴레옹 군대가 모스크바를 점령했다. 모두들 피난을 가야 할 상황이 되었다. 나타샤 가족 마차에는 가구와 생활필수품으로 가득 차 있었다. 그런데 그때 마침 부상병들이 그 지역에 들이닥쳤다. 나타샤는 가구 대신에 부상병들을 데리고 가자고 엄마를 설득해서 실제로 그렇게 만들어냈다. 소신이 있는 것이다.

그런 측면에서도 나타샤는 개성이 넘치는 퍼스널브랜드임에 틀림없다. 나중에는 피에르와 결혼해서 딸 셋과 아들 하나를 둔 억척 엄마로 살아간다. 듣기 좋은 넋두리가 그녀의 입에서 쉴 새 없이 나왔다.

"이때가 가장 행복하다."

현재 우리 사회도 위기다.

21세기형 〈전쟁과 평화〉를 치르고 있다. 물론 전쟁의 대상은 나폴레옹도 아니고 러시아군도 아니다. 바로 갈등이다. 개인, 집단, 국가 간 갈등. 나아가 환경 갈등까지 이럴수록 〈전쟁과 평화〉 속에서 그들이 어떻게 불행을 대하고 극복했는지를 헤아려 보는 것도 의미가 있을 것이다. 피에르의 '주체 의식', 안드레이의 '용서', 나타샤의 '책임 인정' 같은 것들 말이다.

"어떤 상처도 인간 성숙에 도움을 준다."

이렇게 말하지 않았던가! 톨스토이 형님이.

제2장

물

물은 그 자체로도 중요하다. 하지만 그 물이 담기는 용기에 따라 그 모습과 역할이 달라진다. 물은 투명하고 유연하여 다양한 형태로 변할 수 있다. 그러나 본질은 언제나 같게 유지된다. 퍼스널브랜딩도 마찬가지다.

퍼스널브랜딩은 나의 독특한 가치를 인식하고, 이를 일관되게 표현하는 과정이다. 마치 물이 다양한 용기나 환경에 맞춰 그 형태를 조절하지만 본질적으로는 물인 것처럼, 퍼스널브랜딩도 나의 진정한 가치를 다양한 상황과 환경에 맞춰 표현하는 일이다. 하지만 핵심 정체성은 유지해야 한다.

자기 이름에 이름값을 부여하라!
인생 소설의 명작 <스토너>

미국 작가 존 윌리엄스가 1965년에 발표한 작품이다. 전 세계의 숱한 문학 애호가들이 인생 소설로 손꼽는 명작이다. 스토너라는 인물의 일생을 다루고 있다. 학문에 대한 열정과 사랑, 결혼과 가족, 그리고 죽음에 이르기까지 다양한 경험을 담고 있다.

스토너의 일상적인 삶과 그가 겪는 작은 변화들을 세심하게 그린다. 그의 삶이 가지는 의미와 가치를 깊이 있게 탐구한다.

묵묵히 자신의 길을 걷고자 했던 한 남자의 삶이 시간과 공간을 넘어 지금 우리의 마음을 파고든다.

"자네도 도망칠 길은 없어, 친구. 없고말고. 자네가 누군가? 소박한 땅의 아들? 자네가 행세하는 것처럼? 아니, 아니지. 자네도 환자일세. 자네는 몽상가이고 광인이야. 세상은 더 미쳤지만. 산초가 없는 우리만의 돈키호테. 푸른 하늘 밑에서 뛰놀고 있지. 자네는 꽤 똑똑해. 어쨌든 우리들의 친구인 저 녀석보다는 똑똑하니까. 하지만 자네에게는 오점이 있네. 오래된 약점. 자네는 여기에 뭔가가 있다고 생각하지. 여기서 뭔가를 찾아낼 수 있다고. 하지만 세상에 나가면 곧 알 수 있을 걸세. 자네 역시 처음부터 실패자로 만들어졌다는 걸. 자네가 세상과 싸울 거라는 얘기가 아냐. 세상이 자네를 잘근잘근 씹어서 뱉어내도 자네는 아무것도 못할 걸세. 그냥 멍하니 누워 무엇이 잘못된 건지 생각하겠지. 자네는 항상 세상에게 실제로는 있지 않는 것. 세상이 원한 적이 없는 것을 기대하니까. 목화밭의 바구미, 콩 줄기 속의 벌레, 옥수수 속의 좀벌레, 자네는 그런 것들을 마주보지도 못하고, 싸우지도 못해, 너무 약하면서 동시에 너무 강하니까. 이 세상에 자네가 갈 수 있는 자리는 없네."

거듭되는 우연의 일치는 필연인가?

그런 것 같다. 특히 읽을 책을 선택하는 경우에 종종 그 같은 주술적 명제를 경험한다. 책 귀신이라고 불리는 후배가 추천했다.

"스토너, 제 인생의 소설입니다."

독서 모임에서 읽을 책을 고르는데 진도가 잘 나가지 않았다.

새해 첫 책 선정이라서 그런지 신중함을 더했기 때문이다. 한 회원이 단호하게 말했다.

"스토너로 합시다."

존 윌리엄스의 장편소설 〈스토너〉. 솔직히 잘 몰랐던 작품이었다. 겨우 읽게 되었는데 한 장 한 장 넘기고 난 후의 느낌은 묘하게 강력했다. 그 느낌은 이전 그 어느 독서 경험에서도 느껴보지 못했던 독특한 것이었다. 뭐라 콕 집어 말할 수 없는 긴 여운이 남았다. 가뜩이나 텅 빈 가슴이 낙엽 지는 그 숲 속처럼 휑하니 비어버렸다. 그리고 무엇보다도 내 이야기 같은 느낌을 받았다.

이 소설은 책 제목으로 쓰인 '스토너'라는 한 인물의 생애를 다루고 있다. 그런데 그는 너무도 평범하다. 그렇다고 책의 주제에 전대미문의 교훈이 담긴 것도 아니다. 구성도 그렇다. 극적 반전도 없다. 막장의 뒤틀림도 없다. 단지 하나만은 인정할 만하다. 문체가 매우 독특하다. 특히 인물, 사건, 배경 등 소설의 전반적인 면에 대한 묘사가 탁월하다. 그래서 그런가, 유명 소설가들이나 책을 좀 안다는 사람들은 지나치다 싶을 정도로 칭찬의 엄지 척을 세운다.

캐릭터 강한 인물들이 등장한다. 주인공 스토너를 기준으로 둘로 나뉜다. 하나는 선(善)의 축(軸)인데, 딸 그레이스, 평생 우정의 친구 고든 핀치, 진짜 사랑 캐서린 등이 여기에 해당한다. 반대편 악(惡)의 축에는 잘못된 인연인 부인 이디스, 교활한 학과장 로맥스 교수, 건방진 대학원생 찰스 워커 등이 있다.

퍼스널브랜딩과 관련하여 최종적으로 선택하여 살펴본 인물은 스토너다. 선택의 이유를 꼽자면 그가 주인공이라는 점보다는 그의 독특한 스토리에 있다.

그는 깡촌 출신이다. 부모의 기대에 맞춰 영농후계자가 되려 했으나 인생길을 극적으로 전환하여 영문과 교수가 된다. 그는 순수하고 정직하지만, 외골수의 인상을 풍긴다. 그 대가는 왕따의 삶이었다. 정년 보장의 혜택을 받는 교수였지만, 평생 외톨이 조교수를 벗어나지 못했다.

두 차례의 세계대전 와중에 친구와 사위를 전사로 잃는다. 특히 하나도 통하는 것이 없는 부인은 그의 인생을 더욱 황폐화시킨다. 못된 역할을 한다. 그렇다고 40대에 찾아온 진짜 사랑도 잡지 못했다.

그는 그렇게 슬픔과 고독을 견디며 살다가 60 중반의 나이에 암으로 생을 마감한다.

그에 대한 평가는 너울처럼 출렁이는데, 대체로 동정적인 측면이 많다. 그런데 퍼스널브랜딩 관점으로 살펴보면 그는 성공적인 삶을 산 사람으로 분류할 수 있다.

퍼스널브랜딩은 자신의 이름에 값(가치 Value)을 남기는 것이다. 물론 좋은 값을 남기면 더 좋을 것이다. 그러나 그 이전에 타인이 자신을 기억하기 쉬운 요소 하나라도 남기면 성공한 대열에 선다.

스토너의 이름에는 '전설'이라는 단어가 붙었고 '캠퍼스의 괴짜'라는 별명과 함께 전설을 뒷받침하는 흥미로운 스토리가 뒤따르니 그는 분명 성공한 퍼스널브랜드임에 틀림없다. 자신이 선택한 자신만의 뚜렷한 인생관, 그리고 교육철학 덕분이다.

그런데 좀 아쉽다.

스토너의 긍정적이고 옳은 생각과 삶의 방식이 성공의 꽃으로 활짝 피어나지 못했기 때문이다. 물론 후반부에 답은 나온다. 비록 생이 얼마 남지 않은 시점이지만 말이다. 좀 더 일찍 그런 태도로 삶을 변화시켰으면 어땠을까 하는 아쉬움이 드는 것이다. 이런 대목이다.

'그는 자신이 끌어낼 수 있는 모든 에너지를 지금 이 순간에 쏟으면서, 이제는 학자로서 자신이 해온 일을 통해 알려지기를 바랐다.'

특히 아쉬운 부분은 고객 관점에서 발견된다.

브랜드는 고객과 함께 존재하는데 그는 외골수 이미지를 지니고 있다. 브랜딩에서 차별화를 위한 차별화라는 말이 있다. 이는 고객의 욕구를 무시한 나 홀로의 차별화를 비판적으로 이르는 말이다. 스토너에게서 그러한 이미지를 볼 수 있다. 돈키호테처럼 나 홀로 사는 그런 사람.

브랜딩은 나의 매력과 고객의 바람 사이에 상호이익이 되는 교집합을 만드는 것이다. 그렇다면 스토너의 고객은 누구인가? 집에서는 부인 이디스와 딸 그레이스다. 특히 메인 고객인 이디스와의 교감은 빵점이다. 학교에서도 마찬가지다. 학과장, 별난 대학원생도 그들을 하나의 고객이라고 생각하고 소통했으면 더 좋은 결과로 이어지지 않았을까 하고 생각해 보게 되는 것이다.

내일의 불확실성을 걱정하는 목소리가 높아진다. 어떻게 살 것인가? 물론 정답을 구하기가 어렵다. 인터넷을 뒤져보고 전문가의 의견을 구해보니 '전략'과 '좌고우면(左顧右眄)'을 차선책의 키워드로 요약할 수 있었다. 이는 주변에 휘둘리지 말고 분명한 목표를 세워 자신의 길을 가야 한다는 뜻일 것이다.

필자의 견해로 말하면 전략적인 퍼스널브랜딩이다. 즉 자신의 확고한 브랜드 아이덴티티(Identity, 정체성)를 세우고 치열하게 노력하는 것이다. 소설 속의 아처 슬론 교수의 말과 스토너의 뒤늦은 후회의 말을 빌리자면 이런 것이다.

"나는 무엇이 되고자 하는가?"

"자신이 끌어낼 수 있는 모든 에너지를 순간순간 쏟아부으며 살자."

"자네가 어떤 사람인지, 어떤 사람이 되기로 선택했는지, 자신이 하는 일의 의미가 무엇인지 잊으면 안 되네."

"인생이란 그렇게 좋지도 않고 나쁘지도 않은가 봅니다." 모파상 장편소설 <여자의 일생>

1883년 프랑스 작가 기 드 모파상(Guy de Maupassant)이 발표한 장편소설이다. 한 귀족 여성의 평범하고도 고난에 찬 일생을 그렸다. 순진하고 착하게 성장한 여주인공 잔은 라마르 자작과 결혼하였으나 품행이 난잡한 남편에게 버림을 받고 어두컴컴한 인생길을 걷는다.

당시 프랑스 사회의 모습을 사실적으로 묘사하고 있는 <여자의 일생>은 인간의 삶과 사랑, 배신, 죽음을 다루고 있다.

모파상의 대표작 중 하나다.

'잔은 바로 앞의 하늘에서 아치형을 그리며 화전(火箭)처럼 나는 제비들을 바라보았다. 그러자 갑자기 부드러운 온기가, 살아있는 체온이 그녀의 옷을 뚫고 다리를 통해 살까지 스며들었다. 그것은 그녀의 무릎 위에서 잠들어 있는 갓난애의 체온이었다.

그러자 끝없는 감동이 넘쳐흘렀다. 그녀는 갑자기 아직까지 보지 못한 아이의 얼굴을 보았다. 내 자식의 딸이다. 강한 빛을 받아 떠는 연약한 생물이 입을 오물거리며 파란 눈을 뜨자 잔은 아이를 두 팔로 들어 올려 미친 듯 갓난애에게 입을 맞추었다. 홍수 같은 키스를 퍼부었다. 그러자 로잘리가 흡족한 듯이 무뚝뚝한 목소리로 그녀를 저지했다.'

"자, 자, 잔 마님, 그만 하세요. 그러다 아이를 울리시겠어요."

그리고 그녀는 자기의 생각에 대답하듯이 덧붙였다.

"인생이란 보시다시피 그렇게 좋지도 않고 나쁘지도 않은가 봅니다."

〈여자의 일생〉은 명불허전의 고전이 그렇듯이 작품의 명성만큼이나 작가도 또한 유명하다. 모파상은 프랑스 자연주의 문학을 대표한다. 간결하고 사실적인 문체로 인간의 삶과 감정을 섬세하게 그려냈다.

일상적인 소재를 다루면서도 인간의 내면을 깊이 있게 탐구하여, 현대 문학의 발전에 큰 영향을 끼쳤다.

인간의 삶과 죽음, 사랑과 배신, 욕망과 좌절 등을 다루며, 이를 통해 인간의 본성과 가치에 관한 질문을 던지고 있다.

〈여자의 일생〉은 모파상 최초의 장편소설이자 또한 경이로운 베스트셀러다. 1883년 당시 8개월 동안에 2만 5천 권이 판매되었다고 한다. 여자의 일생이라는 제목처럼 잔이라는 여자의 소녀 시절부터 할머니가 되는 시점까지의 파란만장한 일생을 다루고 있다. 마치 한편의 슬픈 영화를 보는 것 같다. 잔은 문학 작품 속에 등장하는 비련의 여인 중에서도 최상위에 속한다. 그만큼 그녀의 삶은 불행의 연속이다.

비관주의, 염세주의 등 페시미즘(pessimism)의 그림자가 작품 내내 드리워져 있다. 행복과 축복은 결혼한 이후부터 삶의 고비마다 그녀를 멀리한다. 그렇다고 해서 마냥 안쓰러운 눈물샘만을 자극하지는 않는다. 통쾌함과 미소도 제공한다. 줄거리가 주도면밀하고 작중인물 각각에 대한 캐릭터를 애정 있게 그려냈기 때문이다. 거기에다 모파상의 고향이자 작품의 배경이 되는 노르망디의 바다와 평야에 대한 풍광(風光) 묘사는 가히 환상적이다.

사실 소설의 줄거리는 특별한 것이 없다.

우리 이웃에도 있을 법한 이야기를 다룬다. 네 사람을 축으로 하여 스토리가 전개된다. 잔, 줄리앙, 로잘리. 폴. 한 마리의 미꾸라지가 온 웅덩이를 흐린다는 말이 있다. 마냥 평온하기만 했던 잔의 가족은 그녀의 잘못된 결혼으로 인하여 불행과 걱정이 꼬리에 꼬리를 무는 인생을 살게된다. 못된 한 마리의 미꾸라지는 바로 잔의 남편 줄리앙이다.

줄리앙은 이기적이고 난폭한 성격, 돈에 집착하는 짠돌이에다 타고난 바람기를 주체하지 못한다. 불륜을 일삼는다. 나중에 정부(情婦)와 함께 숨어있던 오두막에서 절벽으로 굴러 떨어져 비참하게 죽는다. 그렇게 치욕적으로 남편이 죽던 그날 밤, 잔은 그녀가 첫아들 폴에 이어 어렵게 잉태했던 여자아이를 사산(死産)하고 만다.

그래서일까. 어머니 잔은 외아들 폴에게 상상을 넘는 사랑을 퍼붓는다. 그것도 모자라서 할머니, 할아버지, 이모할머니 등 온 집안사람들도 폴 사랑 경쟁에 뛰어든다. 그렇지만 나중에 폴은 이와는 정반대의 응답을 한다. 어머니로 하여금 견디기 어려운 불행의 늪을 걷게 만든다. 그는 사창가를 전전하고 노름빚에 시달린다. 어머니의 돈을 빨아먹는 기생충이나 다름없는 인간이 된다. 다행히 딸 하나를 두었는데 그 갓난애는 어머니 잔의 남은 생애에 있어서 유일한 희망의 불빛임을 예고한다.

로잘리. 잔 집안의 하녀이지만 잔과는 젖형제였으므로 잔의 가족들은 그녀를 딸처럼 대우했다.

그러나 잔과는 돌이킬 수 없는 관계가 되기 때문에 헤어지고 만다. 잔의 아들 폴과 이복형제가 되는 아들을 낳은 것이다.

그 아이의 아버지는 잔의 남편 줄리앙이다. 불륜이 아닌 위력에 의한 성폭력의 비극이다. 로잘리는 25년이 흐른 뒤 잔의 곁으로 와서 평생 동반자가 된다. 잔과 끝까지 함께하고 잔이 불행을 끝내고 행복이 시작될 수 있도록 도와준다.

〈여자의 일생〉에도 퍼스널브랜딩과 관련한 내용들이 많이 등장한다. 퍼스널브랜딩은 이름에 가치 있는 값을 만드는 일이다. 그러려면 먼저 명명(命名), 즉 탁월한 네이밍(Naming) 감각이 있어야 한다. 이 점에서는 다들 수준급 실력을 갖췄다.

"비틀거리는 기사" "용감한 여왕" "폴레의 눈금"의 의미를 담고 있다.

퍼스널브랜딩의 그 다음은 자신의 이름을 명예롭게 만드는 일이다. 바로 아들 폴이 어머니 잔에게 보내는 편지에 뻔질나게 등장한다.

"어머니, …유산 중 1만5천 프랑쯤 미리 보내 주시면 '명예(名譽)'에 상처를 입는 일도 없을 뿐 아니라…."

그런데 그는 명예를 실추시키는 등 정반대의 일만 저지른다. 퍼스널브랜딩은 또한 나를 하나의 상징적인 존재로 만드는 일인데 이런 반가운 문장도 있다.

"…우리는 힘을 합해 이곳의 모범이 되고 상징적인 존재가 되어야 합니다."

주인공 잔은 세상의 많은 여성이 눈물을 자아내도록 한다. 그녀를 나와 동일시하게 만들기 때문이다. 실제로 잔은 일생을 순수한 소녀의 마음으로 살았다. 그래서 더욱더 그녀의 불행을 안타깝게 생각하는 것이다. 그러한 잔을 퍼스널브랜딩이라는 차가운 프레임으로 분석한다는 것이 왠지 꺼림칙하다.

소설을 읽으면서 '여자 팔자 뒤웅박 팔자'라는 해묵은 속담이 떠올랐다. 그러나 잔이 진작 퍼스널브랜딩의 의미에 눈을 떴더라면 이 같은 모진 불행을 줄일 수도 있었을 것이라는 상상도 해보게 된다. 퍼스널브랜딩은 가장 자기다움의 장점을 뭉쳐서 자신만의 정체성(Identity)을 구축하는 것이다. 그것이 있어야 뿌리 깊은 나무가 되어 바람에 흔들리지 않는다. 자립, 즉 홀로서기가 정답이라고 하는 이유가 거기에 있다.

그런 측면에서 잔은 좋은 평가를 받을 수 없다. 어린 시절부터 혼자 해낸 것이 별로 없다. 결혼도 마찬가지다. 어찌 보면 충동적으로 한 것이 아닌가 하는 의구심이 든다. 아무리 그 당시 남성우월주의 같은 못된 관습이 있었지만 말이다.

"저는 당신 거예요, 여보."

맹목적 사랑은 퍼스널브랜딩 관점에서는 가장 경계해야 할 선택지다. 이것은 사랑이 아닌 집착이고 순종적인 체념일 뿐이다. 사랑은 지나치게 매달리면 오히려 도망간다. 특히 여자 입장에서는 더욱 그런 것 같다.

잔이 줄리앙에게 일방적으로 기댄 것이 그녀에게 불행의 단초로 작용했다. 애초에 "나는 남편을 사랑하고 있는 것일까?" 이런 생각에 대하여 좀 더 주체적이고 비판적인 답을 구하는 노력을 기울였어야만 했다.

슬픔, 권태, 공상, 감상, 집착, 눈물, 수동적, 포기 등 우울한 단어들이 잔의 삶을 포위한다.

그런데 그녀가 그것을 극복하는 데 도움을 얻기 위하여 손잡아야 할 사람은 의외로 가까이에 있다. 바로 그녀의 하인인 로잘리다.

로잘리에게는 잔과는 정반대로 구분이 되는 키워드가 연상된다. 주관, 현실, 냉정, 의리, 감사, 긍정, 희망 등이다. 퍼스널브랜딩 관점에서는 서로 입장이 뒤바뀐다. 잔이 로잘리의 하녀 격이 된다. 로잘리의 일갈을 들어보자.

"마님, 그런 게 아니에요. 불행이라면 결혼을 잘못하신 것뿐이지요. 잘 모르는 사람에게 시집을 갔다고 해서 다 마님처럼 되는 건 아닙니다."

오늘날에도 여전히 잔과 같은 애틋한 여인들의 삶이 많을 것이다. 어떻게 살 것인가를 고민해야 한다. 그럴 때 퍼스널브랜딩을 적극적으로 고려해보면 좋겠다. 퍼스널브랜딩은 별 것 아니다.

니체 식으로 말하면 '운명애(運命愛)'이고 요즈음 유행가로도 잘 알려진 '아모르파티(Amor fati)'다.

나 자신을 사랑하고 내 인생의 주인공으로 사는 것이다. 그렇지 않으면 잔처럼 남에게 휘둘리며 살지도 모른다.

그래도 여전히 느낌이 오지 않으면 잔의 안타까운 삶을 묘사하고 있는 다음의 문장을 곱씹어볼 일이다.

'아들을 찾아 나섰다가 길을 잃고 방황한 것처럼 인생도 방황한다. 다른 사람들의 지시만을 따르다가 아주 길을 잃어버린 것이다.'

"그녀가 악마와 함께 있는 것을 보았어요."
매카시즘 폐해 비판하는 아서 밀러의 <시련>

    아서 밀러의 소설이다. 17세기 미국 뉴잉글랜드에서 일어난 마녀사냥을 소재로 한 작품이다. 세일럼이라는 마을에서 소녀들이 집단으로 마녀에 홀린 사건을 중심으로 전개된다. 소녀들은 목사 아서 딤스데일과 엘리자베스 프락터 부부를 마녀로 지목한다. 마을 전체가 마녀사냥의 광기에 휩싸인다.

    인간의 권력욕과 집단적 광기에 대한 비판이 담겨 있다. 종교적 맹신과 편견이 인간의 삶을 어떻게 파괴할 수 있는지를 보여준다. 1950년대의 미국은 매카시즘이라는 광풍이 불던 시기다. 밀러는 이 작품을 통해 매카시즘의 폐해를 비판하고자 했다.

    '이웃에게 품어 온 오랜 증오심은 이제 공공연히 드러낼 수 있게 되었고, 성경이 자비를 가르침에도 불구하고 복수를 할 수 있게 되었다. 토지 경계선과 거래를 둘러싼 끝없는 말다툼으로 표출되던 땅 욕심은 이제 도덕적인 영역으로 승격되었다. 즉 이웃을 마녀라고 모함할 수 있었고 게다가 덤으로 정의감을 맛볼 수도 있었다. 해묵은 원한은 하느님과 악마의 대결이라는 천상의 차원에서 결론지을 수 있게 되었다. 행복한 자들을 향해 불행한 자들이 품었던 의심과 질시가 평범한 보복행위로 터져나올 수 있었으며 또 실제로 그런 일이 일어났다.'

아서 밀러는 1915년 미국 뉴욕에서 태어났다. 빵집 배달원, 자동차 부품회사 점원 등 다양한 직업을 거친 후에 극작 활동을 시작했다. 희곡에 집중한 그는 〈세일즈맨의 죽음〉으로 퓰리처상을 수상하면서 국제적인 명성을 얻었다. 20세기 미국 연극의 거장으로 영원히 빛나고 있다.

아서 밀러는 작품에서뿐만 아니라 사생활에서도 그의 개성을 뚜렷하게 드러냈다. 당대 최고의 여배우인 마릴린 먼로와 결혼했다. 마릴린 먼로는 최고의 화제를 뿌리던 유명 영화배우였다. '금발의 미녀' '섹스 심벌'로 불린 그녀는 대중문화의 상징적인 인물이었다. 6.25 전쟁 중에는 주한미군 부대를 방문하기도 해서 우리에게는 특별한 기억으로 남아있는 배우이기도 하다.

〈시련〉은 세일럼의 마녀재판을 소재로 한 작품인데 비극적 요소가 다분하다. 아이러니하게도 비극은 메시지 침투력이 높다는 장점을 지닌다. 비판의 강도를 날카롭게 만들어 주며 독자들에게 감정의 동요를 크게 일게 한다. 공감대가 깊고 넓게 형성되는 데에 기여한다.

〈시련〉은 당시 미국의 매카시즘 열풍에 대한 비판으로 받아들여졌다. 그 때문에 아서 밀러는 법정에 서기도 했다. 영화로도 만들어졌고, 전 세계의 연극 무대에서 공연되며 여전히 살아 있는 메시지를 전하고 있다.

〈시련〉에 대한 한 마디의 정의는 '마녀사냥'이다.

실제로 마녀재판 사례를 소재로 해서 쓴 작품이기도 하지만, 마녀에 의한 마녀를 위한 마녀의 장난 같은 이야기가 전개되기 때문이다. 선(善)한 사람들이 너무도 어처구니없게 사악한 거짓의 광기에 희생된다. 시종일관 내가 마녀의 표적이 된 것 같은 착각이 들기에 긴장의 끈을 놓을 수가 없다.

이야기의 중심에는 프록터와 애비게일이 있다.

프록터는 평범한 농부였고 애비게일은 프록터의 여자 하인이었다. 그런데 비극의 싹이 텄다. 집주인과 하녀가 불륜관계를 맺게 된 것이다. 여자는 사랑이라 믿었고 남자는 한순간의 실수라고 생각했다. 여자는 부인을 밀어내고 그 자리를 차지하겠다는 꿈을 꿨다. 그러나 그 꿈은 뜻대로 되지 않았다. 여자는 복수의 화신으로 변했고 프록터는 여자의 복수극에 맞서야 했다. 애비게일을 중심으로 악(惡)의 진영이 형성되었고 프록터를 중심으로 선(善)의 진영이 어깨동무를 했다. 두 진영은 교수대에 목숨을 걸어 놓고 피가 튀는 싸움을 전개했다.

마녀사냥은 비극성을 수반한다. 거짓이 진실을 일방적으로 짓밟아 누른다. 법을 대변하는 검사도 그랬고, 종교를 대변하는 목사도 거짓 편에 섰다. 진리를 외면했다. 애비게일을 비롯한 철부지 소녀들이 입을 뻥끗하기만 하면 그 사람은 곧 마녀로 지목되었다. 진실과 상식이 숨 쉴 틈이 존재하지 않았다. 거짓말쟁이들의 툭 던지는 한마디는 광기의 태풍이 되어 온 동네를 휘몰아쳤다.

"그가(그녀가) 악마와 함께 있는 것을 보았어요."

비극의 정점에는 기득권의 광기도 도사리고 있다. 청교도주의의 기준에 조금이라도 벗어나면 마녀로 몰렸다. 인간은 태풍, 눈사태, 폭우 같은 자연의 재난 앞에서만 무력한 것이 아니다. 인간이 만들어 내는 광란의 광풍은 더더욱 피해 가기 어렵다.

악은 선을 이기고 기득권은 아웃사이더를 짓눌렀다. 정치, 종교, 법 쪽에 있는 사람들은 그 반대편에 있는 사람들을 외면했다. 선의 진영이 패배했고 많은 이들이 비극적인 교수형에 처해졌다.

등장인물 가운데에 우선 눈에 띄는 인물은 애비게일이다. 광기의 진원지이기 때문이다. 그녀는 멋진 말도 했다.

"제 이름에 부끄러운 점은 없어요."

그러나 그녀의 본모습은 말과는 정반대였다. 이 모든 광란의 마녀 극은 그녀가 연출한 것이다.

그녀의 최후 모습을 기록한 문장을 보면 알 수 있다.

'전하는 바에 따르면 애비게일은 후에 보스턴에서 창녀가 되어 나타났다고 한다.'

이런 애비게일을 퍼스널브랜딩 대상 인물로 지목할 수는 없다. 퍼스널브랜딩의 가장 본질적인 기준은 '옳음'이기 때문이다.

따라서 퍼스널브랜딩에의 시사점을 가장 크게 전하는 인물은 당연 '프록터'이다. 그는 개성 있는 이미지를 지니고 있다. 평판도 좋았고 명예를 중시할 줄도 알았다. 그리고 소신도 있다. 이상에 들뜨지 않았고 현실적인 감각도 지녔다.

그런데 단 한 번의 실수를 했다. 그 실수가 너무도 크기에 그의 운명을 바꾼 것이다. 퍼스널브랜딩의 중요 요소 중의 하나가 자기관리인데 이 항목은 프록터라는 퍼스널브랜드에게는 '옥에 티'로 작용한다.

"프록터 씨, 교리는 요새입니다. 요새에 생긴 어떤 틈도 사소하다고는 볼 수 없습니다."

프록터가 헤일 목사의 이 말을 일찍이 새겨 간직했으면 좋았을 것이다. 나라는 브랜드도 곧 요새나 다름없기 때문이다. 실제 불륜이라는 틈은 프록터가 평생 쌓아 올린 자신의 성(城)을 무참히도 무너뜨렸다.

그럼에도 프록터는 멋진 끝맺음을 통해서 스스로 명품 퍼스널브랜드가 되었다. 간음의 잘못을 시인했고 거짓 서명을 하지 않았다. 정의를 목숨과 바꾸었다. 비록 몸은 교수대의 이슬로 사라졌지만, 그의 이름은 영원하게 남았다. 비로소 죽어서 다시 살아난 것이다. 프록터가 비극적 서민 영웅으로 평가받는 이유이다.

"난 당신에게 내 영혼을 주었습니다. 내 이름만은 나에게 남겨 주십시오."

'세상이 미쳐 돌아간다.'

〈시련〉의 본문 속 문장 하나가 계속 머릿속을 맴돈다. 아서 밀러가 〈시련〉을 초연한 이후 70년이 지난 오늘날에도 그 시절과 달라진 것 없이 여전히 집단적인 광기가 판을 치고 있으니까 말이다. 예기치 못한 시련에 대처하는 방법은 과연 어떤 것인가? 프록터의 입장이 되어 그의 절규를 되뇌어 보면 어떨까? 프록터처럼 서민 영웅으로 거듭나는 계기가 될지도 모르니까 말이다.

"하늘에 계신 하느님, 존 프록터는 어떤 인간입니까?"
"하늘에 계신 하느님, 김정응은 어떤 인간입니까?"

죽기로 결심했다니 살겠다는 거지?
파울로 코엘료 <베로니카, 죽기로 결심하다>

파울로 코엘료의 소설이다. 1998년에 출판된 작품으로 전 세계적으로 큰 인기를 끌었다. 24살의 여성 베로니카는 틀에 박힌 일상과 꿈을 잃어버린 삶에 지친다. 자살을 결심한다. 정신병원에서 지내는 동안 다양한 사람들을 만나며 삶의 의미와 가치를 다시 생각하게 된다. 자신의 삶을 되돌아보고, 진정으로 원하는 것이 무엇인지를 고민하며 새로운 삶을 시작할 용기를 얻는다.

"넌 할 수 있어. 그러면 난 너에게 이렇게 말해줄 거야. 내 삶에 의미를 줘서 고맙다고. 난 내가 겪은 모든 것을 겪기 위해, 자살을 시도하고 심장을 망쳐놓고 널 만나고 이 성에 오르기 위해, 내 얼굴을 네 영혼 속에 영원히 새기게 하기 위해 이 세상에 온 거야. 너에게 너 자신의 길을 되찾게 하는 것, 그게 내가 이 세상에 온 유일한 이유야. 내 삶이 아무 소용도 없었다고 느끼게 만들지 마."

베로니카는 에뒤아르의 품에 바싹 다가갔다. 그리고 자신이 믿지 않는 하느님에게 자신을 이대로 데려가 달라고 빌었다. 그녀는 눈을 감았다. 그 역시 눈을 감는 걸 느낄 수 있었다. 그리고 잠이, 꿈 없는 깊은 잠이 찾아들었다. 죽음은 달콤했다. 죽음에선 포도주 향이 났다. 죽음이 그녀의 머리카락을 쓰다듬었다.

딸아이가 자신의 책을 정리한다며 도움을 요청했다. 어찌 보면 도움이랄 것도 없다. 책을 계속 보관한다. 혹은 중고 책으로 판매한다. 뭐 이런 분류작업을 하는 데 의견을 보태라는 것이다. 〈베로니카, 죽기로 결심하다〉가 대상이 되었는데 딸은 아빠의 의견도 묻지 않고 퇴출 쪽으로 분류해버렸다. 괜찮은 책인데 왜 버리느냐고 묻자 그러면 아빠가 가져가라는 대답이 돌아왔다. 오래전에 읽은 적이 있었지만, 다시 읽어 보겠다고 마음을 먹었다. 이제 〈베로니카, 죽기로 결심하다〉는 나의 책꽂이에 예쁘게 자리 잡고 있다.

작가 파울로 코엘료를 좋아한다. 〈연금술사〉 〈브리다〉 등 그의 작품 세계가 나와 코드가 맞는다. 다소 난해하기는 하지만 진정한 자아를 찾아가는 철학적이고 묵직한 메시지가 좋다. 또한 그가 작가가 된 계기도 그를 좋아하게 된 이유 중의 하나다. 그는 700km의 산티아고 데 콤포 스텔라(Santiago de Compostela) 순례를 하면서 전업 작가가 되기로 결심한다. 그리고 여행 직후에 〈순례자〉를 발표한다. 나도 그와 같은 극적 계기를 오매불망(寤寐不忘) 기다리고 있는데 나에게는 아직 오지 않고 있다.

처음 책 제목을 보면서 주제를 유추해 보았다. 메멘토 모리(Memento mori-자신의 죽음을 기억하라), 생즉사 사즉생(生卽死 死卽生) 등 그리고 이런 결론을 내렸다. 주인공이 죽기로 결심했다니 틀림없이 살기로 결심하게 될 것이다. 실제로 책에서는 그녀, 베로니카가 자살을 시도한다. 그 이유는 이렇다.

'삶에서 기대했던 거의 모든 것을 마침내 얻게 되었을 때, 베로니카는 자신의 삶이 아무런 의미도 없다는 결론에 이르렀다. 매일 매일이 뻔했

다. 그래서 그녀는 죽기로 결심했다.'

인생은 뻔할 뻔자라는 이른바 공허감, 권태 때문에 자살을 결심했다고 한다. 배부른 소리 하고 있다는 따끔한 비판을 받기에 충분하다. 하지만 인생은 그녀의 바람대로 되지 않는다. 그녀는 자살에 실패한다. 죽지는 않았지만, 그 대신 정신병원에 수감된다. 그런데 정신병원이라는 미친 공간에서 미친 사람들과 생활하면서 삶의 반전을 경험한다. 그녀는 생존 기간 일주일이라는 시한부 인생의 선고를 받는다. 이것이 자살후유증으로 심장이 망가져서 내린 의학적 판단일 수 있다. 아니면 그녀를 치료하기 위하여, 즉 삶의 가치를 고취하기 위한 전략적인 판정일 수도 있다. 무엇이 진실인가는 불명하지 않다. 경우야 어떻든 간에 그녀는 "살고 싶다."라고 말한다.

그녀가 죽기에서 살기로 극적인 변신을 할 수 있었던 것은 담당 의사뿐 아니라 정신병원 환우(患友)들의 도움도 컸다. 그중에서도 가장 큰 공헌을 한 사람은 남자 환우인 에뒤아르였다. 그에게서 사랑을 느꼈고 마지막에는 그와 함께 정신병원에서 탈출한다. 베로니카에게 살아야 한다는 의식을 확실하게 심어준 남자다.

무엇이 그들의 마음을 통하게 했는가?

공감 때문이다. 베로니카에게 피아노가 있다면 에뒤아르에게는 그림이 있었다. 둘 다 부모님의 반대로 일찍이 자기가 좋아하는 것 대신에 부모가 원하는 삶을 살았다. 베로니카는 무료한 삶 속에서 결국 자살을 선택했고, 에뒤아르는 심한 정신착란증을 일으켰다. 그리고 그들의 마지막 종착역은 정신병원이었다.

두 사람은 마음속에 있는 불편한 진실을 끄집어내고 그 아픔을 서로 나누게 된다. 여기서부터 다시 살아야겠다는 마음이 싹튼다. 서로에게 감정을 느끼면서 말이다.

"넌 나한테……. 넌 나한테 소중한 존재인 것 같아."

죽음에 대한 자각은 그녀를 더 치열하게 살도록 자극한다. 그녀는 하루하루를 하나의 기적으로 생각하게 된다.

베로니카가 깨달음을 얻는 과정에는 퍼스널브랜딩 관점에서 주목할 만한 시사점도 많이 나타난다. 베로니카가 자살하게 된 이유가 바로 공허함이다. 그렇다면 이에 대한 치유책은 무엇인가? 바로 정체성이다. "너는 누구냐?"라는 질문에 "나는 누구다."라는 대답을 하지 못할 때 삶의 공허감이 찾아온다. 베로니카에게 조언을 해주던 제드카의 절규는 마치 득도의 희열 같은 공감대가 전해온다.

"난 내 영혼을 어디다 내팽개쳐 버린 것일까? 내 과거 어딘가에, 내 것이기를 간절히 소망한 그 삶 속에. 저는 집과 남편, 직업--해방되고 싶었지만, 감히 그럴 용기가 없어서 버리지 못했던--이 있던 그 순간의 포로가 되도록 제 영혼을 방치했어요."

자신의 아이덴티티(Identity)를 분명히 정하고 그것을 실현하기 위해서 노력한다면 공허함이나 권태가 찾아올 겨를이 없다고 감히 주장한다. 더구나 우울증이나 자살은 염두에 두지도 못할 것이다. 아이덴티티는 자신이 가장 잘하고 좋아하는 것에 집중하는 일이다. 베로니카는 피아니스트의 삶을, 그리고 에뒤아르는 화가라는 정체성을 확립하고 그것을 성취해 가는 삶을 살았어야 했던 것이다.

물론 뒤늦게나마 이를 깨우친다. 주체적인 인생, 즉 자기의 눈으로 삶을 바라보게 되는 것이다. 내 기준이 아닌 남의 기준대로 사는 삶이야말로 인생의 공허함을 부르는 원인이라는 점을 깨닫는다. 그리고 다른 사람들이 강요하는 방식이 아니라, 내가 꿈꾸는 대로 내 삶을 살아야 함을 자각하는 것이다. 베로니카의 건승을 기원하며 그녀의 깨어나서 외치는 뜨거운 소리에 귀 기울여 보자.

　'베로니카는 모든 것을 특히 자기 속의 수없이 많은 베로니카들, 매력적이고, 끼로 넘치고, 호기심 많고, 언제든 위험을 무릅쓸 준비가 되어 있는 그 베로니카들을 발견하지 못한 채 살아온 삶의 방식을 증오했다.'

"그렇지 않으면 멍청이가 되고 마는 거야."
레마르크의 반전소설 <사랑할 때와 죽을 때>

에리히 마리아 레마르크의 작품으로, 2차 세계대전을 배경으로 한 반전(反戰) 소설이다. 전쟁의 참상과 인간의 삶을 사실적으로 묘사해서 전쟁의 무서움을 깨닫게 해준다. 전쟁 속에서도 사랑을 통한 인간의 존엄성을 강조한다. 주인공인 그래버와 엘리자베스의 사랑은 전쟁의 현실 속에서도 빛을 발한다. 인간의 삶과 사랑의 소중함을 느끼게 해준다.

'그래버는 충격을 느끼지 못했다. 갑자기 눈앞에 풀이 보였다. 밟혀서 반쯤 짓이겨진, 불그레한 꽃망울과 이파리가 달린 식물이 바로 눈앞에 보였다. 그 풀은 점점 더 커졌다. 이전에도 이런 광경을 본 적이 있었다. 하지만 언제였는지는 기억나지 않았다. 풀은 흔들렸고, 수그러지는 그의 머리와 점점 더 가까워지는 지평선을 배경으로 소리도 없이 홀로 서 있었다. 물론 작디작은 질서에서 오는 위안과 그 모든 평화도 함께했다. 풀이 점점 더 커져 마침내 하늘 전체를 가렸다. 그리고 그의 눈이 감겼다.'

우크라이나 전쟁이 점입가경이다. 한 지인이 '코카서스 3국'으로 해외여행을 간다고 했다. 우려의 목소리가 쏟아졌다.
"우크라이나와 러시아가 전쟁 중인데도 괜찮아요?"

다행히 지인은 안전하게 여행을 다녀왔다. '코카서스 3국'과 우크라이나는 지리적으로 약간 떨어져 있다.

다른 모임에서도 우크라이나가 화제의 중심에 올랐다. 만일 우리나라에서 전쟁이 일어난다면 얼마나 많은 사람이 참전할 수 있을 것인가에 대한 이야기였다. 해외로 도망가는 사람들이 부지기수일 것이라는 부정적인 전망이 많았다. 안타까웠다. 그러면서 우크라이나의 스포츠 스타들에 대한 칭찬이 이어졌다. 그들이 자원입대해서 전쟁에 참여하고 있다는 외신(外信)을 두고 하는 말이다.

우크라이나 전쟁은 급기야 읽을 책을 고르는 데도 영향을 끼쳤다. 독서 동우회 회원이 전해준 카톡 메시지에도 우크라이나가 언급되었다.

"우크라이나 사태가 우리의 일상생활 경제를 위협하는 상황에서…전쟁의 참상과 그 가운데에서 피어나는 참사랑을 함께 나누어 보기에 적절한 책이기에 추천합니다."

〈사랑할 때와 죽을 때〉는 그렇게 때를 맞추어 다가왔다.

작가 레마르크는 '반전(反戰) 소설'의 대가로 불리고 있다. 그는 어떻게 해서 그 같은 평가를 얻을 수 있었을까? 우선 그의 독특한 이력에서 그 실마리를 찾을 수 있다. 열여덟 살의 대학생이었던 레마르크는 1차 세계대전에 참전했다. 서부 전선에 투입되었으나 부상(負傷)했다. 후방으로 이송되었는데 얼마 후에 종전을 맞았다. 직접 체험에 근거한 이야기는 최고의 설득력을 뿜어내는 법이다.

특히 〈서부 전선 이상 없다〉는 전쟁터에서 보고 듣고 느낀 것을 바탕으로 썼다. 폭발적인 반응을 일으켰다. 그가 세계적인 유명세를 타는 데에 결정적인 계기를 마련해주었다. 그의 작품 하나하나를 들여다보면 자연스럽게 고개를 끄덕이게 된다. 〈서부전선 이상 없다〉를 비롯해서 1, 2차 양차대전의 혼란기를 배경으로 한 〈개선문〉, 〈생명의 불꽃〉, 〈사랑할 때와 죽을 때〉, 〈검은 오벨리스크〉에 이르기까지.

반전(反戰) 소설의 대가라는 상징성은 그에게 여러 행운을 안겨주었다. 물론 꼭 좋은 일만 있었던 것은 아니다. 반전 메시지는 전쟁 준비에 정신 못 차리고 있던 나치스에게는 듣기 싫은 께름칙한 말이었다. 응당 탄압이 뒤따랐다. 작품들이 불태워졌다. 레마르크는 스위스로 거처를 옮겨야 했다. 급기야 1939년부터 9년 동안 미국에서 망명생활을 해야 했다.

〈사랑할 때와 죽을 때〉는 2차 세계대전에서 가장 치열했던 러시아 전선을 배경으로 한다. 전쟁의 참혹성을 폭로한다. 선(善)한 인간성의 회복을 호소한다. 영화로도 만들어졌다. 레마르크 자신이 조연으로 특별 출연했다. 또 다른 화제를 모으는 계기가 되었다.

2차 세계대전이 한창인 독일과 러시아 전선, 패배를 모르던 독일군에 서서히 패전의 그림자가 드리운다. 만년 병장 에른스트 그래버는 무려 2년 만에 3주간 특별 휴가를 얻어 고향으로 돌아온다. 그러나 고향의 모습은 기대와는 너무나 달랐다. 연합군의 폭격으로 고향집은 비루먹은 것처럼 폐허가 되었고 부모님의 생사도 알 길이 없다.

부모님의 생사를 찾아 헤매던 그래버는 짐나지움 동창인 엘리자베스를 만나 운명적인 사랑에 빠지고 그녀와 전시(戰時) 결혼을 한다. 그리고 히틀러의 친위대 돌격대장이 된 친구 알폰스 빈딩, 당국의 감시를 받고 있는 학창 시절 은사인 폴만 선생님 등 여러 사람을 만나며 전쟁과 폭력의 무서움에 몸서리친다.

그래버는 3주간의 꿈같은 휴가를 마치고 사랑하는 아내 엘리자베스를 남겨둔 채 다시 최전방으로 돌아가 전쟁의 소용돌이 속으로 빠져든다. 그리고 그녀와 다시는 만날 수 없는 영원한 이별을 한다. 그래버는 게릴라로 오해받는 러시아 민간인들을 살려주었는데 오히려 그들 중의 한 사람으로부터 총을 맞고 전사하기 때문이다.

당신은 추도사를 써본 적이 있는지요?

좋은 인생 꾸미기 같은 인문 강좌에는 다양한 프로그램이 있다. 그중에는 자서전, 묘비명, 유언장, 추도사 쓰기 같은 것이 포함되어 있다. 그런데 다른 사람에 대한 추도사 쓰기, 이것이 괴롭지만 가장 흥미진진한 과정이라고 한다. '좋은 놈, 나쁜 놈' 등 남이 나를 평가하니까 그렇다.

그래서 정신이 번쩍 든다. 지금 현재를 어떻게 살아야 하는가? 콩 심은 데 콩 나고 팥 심은 데 팥 난다.

결과는 곧 원인에서 비롯되기에 그렇다.

만일 주인공 그래버에 대한 추도사가 있다면, 그는 아주 괜찮은 사람이라고 추도할 것 같다. 부모에게는 효자로, 한 여자에게는 신뢰의 남자로, 군 동료에게는 중용을 지키는 전우로, 친구에게는 당당한 우정의 소유자로 말이다.

그는 부모의 생사를 확인하기 위해서 폐허 속을 헤매고 또 헤맸다. 그는 전쟁의 와중에서도 결혼을 선택했고 책임과 의무를 다했다. 그는 어느 한쪽에 치우치지 않고 늘 중심을 잡는 모범 병사였다. 그는 힘을 가진 친구에게 기대거나 아부하지 않았다. 옳지 않다고 생각했기 때문이다.

그의 이런 모습이야말로 퍼스널브랜딩의 좋은 사례다. 사람은 최악의 상황에서 그 사람의 진면목이 드러난다. 전쟁보다 최악의 상황은 없을 것이다. 사실 〈사랑할 때와 죽을 때〉는 소설 장르상 퍼스널브랜딩 관점이 비집고 들어갈 틈이 없다. 다만 허무하게 죽은 그래버의 인물 됨됨이에서 그 희미한 연관성을 확인해 볼 뿐이다.

〈사랑할 때와 죽을 때〉는 이처럼 휴머니즘(Humanism) 넘치는 주인공 그래버가 전쟁이라는 가장 반(反)휴머니즘의 상황에서 고뇌하고 갈등한다. 그런데 더욱더 중요한 것은 작가의 의미부여 능력이다. 독자는 자신이 지금 전쟁을 직접 체험하고 있는 것처럼 전쟁의 공포를 느낀다. 안타까운 러브스토리의 주인공이 된 것 같은 착각을 불러일으킨다. 그 중에서 세 가지의 핵심 포인트를 집어 본다.

하나, 극과극의 컬래버레이션(Collaboration)

〈사랑할 때와 죽을 때〉를 읽고 나면 순간적인 혼란에 빠진다. 특히 이 소설의 장르가 무엇이냐고 물으면 답하기가 쉽지 않다. 사랑소설인가 아니면 전쟁소설인가?

이점이 신의 한 수다. 두 주제가 모두 오롯이 부각되고 있으니까 그렇다. 이는 극과 극의 공동출연을 통한 시너지의 극대화다.

〈사랑할 때와 죽을 때〉는 피비린내 나는 전쟁과 운명적인 사랑이라는 얼핏 보기에 공존할 수 없는 것들을 서로 대조하고 또한 병치한다. 소설이 줄 수 있는 극적 체험의 정수를 보여주고 있다. 그래서 이 소설을 읽고 나면 전쟁은 절대로 일어나서는 안 된다는 생각을 온몸의 세포 하나하나까지도 기억하게 되는 것이다.

"전쟁이 끝나면 그런 나라로 갈 거야. 조금도 파괴되지 않은 거리를 볼 수 있고, 밤이면 환하게 불을 밝히고, 공습을 두려워할 필요도 없는 나라로, 거기서 우리는 불빛 찬란한 쇼윈도 앞을 산보할 거고, 거리의 불빛이 너무 밝아 밤에도 낮처럼 우리 얼굴을 볼 수 있을 거야."

둘, 극사실주의

이 소설을 읽은 후의 느낌을 한마디로 표현하자면 '소름'이다. 작가의 현장감 넘치는 생생한 사실적 묘사 솜씨에 힘입은 바가 크다. 전쟁 시대를 살아가는 개개인의 모습뿐만 아니라 폭력으로 얼룩진 절박한 현실을 매우 구체적이고 사실적으로 묘사했다. 그래서 가장 극적인 참상 고발이라는 평가를 얻을 수 있었다.

"다섯 살 소녀의 몸뚱이에는 산산조각 난 층계 조각들이 박혔다. 짧은 스코틀랜드 식 치마는 위로 벗겨졌고, 두 다리는 벌려져 속살을 드러냈으며, 두 팔은 십자가형을 당한 것처럼 펼쳐졌다. 철제 격자가 소녀의 가슴을 꿰뚫었는데 격자 꼭지가 등 뒤로 불쑥 솟아 있었다."

"우리는 구더기들에게 썩은 고기를 무더기로 떠안겼던 거야. 병사들의 고기뿐만 아니라 여자들의 고기, 아이들의 고기, 그리고 폭탄에 의해 찢어발겨진 노인들의 무른 고기, 모든 것이 너무나 풍성했지. 구더기들의 전설 속에서 우리는 몇 세대에 걸쳐 풍성함을 내려준 마음씨 좋은 신(神)으로 기억될 거야."

셋, 권선징악

이 작품이 감동을 전해주는 또 다른 축은 권선징악의 교훈이다. 등장인물들의 면면을 살펴보면 좋은 사람과 나쁜 사람들로 크게 나뉜다. 즉 선과 악의 대결이다. 초반에는 악의 축이 우세를 보인다.

결국에는 선의 진영이 역전승을 거둔다. 아무리 현실이 척박하다고 해도 인간이 기댈 곳은 있다. 하느님을 비롯해서 생명, 착함, 정의, 진실, 희망, 믿음의 언덕이다.

악의 세력은 기만과 배신을 일삼는다. 대표 인물은 슈타인 브래너. 그는 약관 20세의 나이에 자신만의 방법으로 사람들을 무자비하게 살해했다. 이를 자랑하기까지 한다. 그와 동일한 부류에는 게슈타포, 집단 수용소, 친위대 등 살인자이자 미치광이 무리들이 있다. "하일 히틀러!" 독재자를 광신적으로 숭배하는 그들에게서는 정의라고는 눈곱만큼도 기대할 수가 없다.

선한 진영의 중심은 주인공인 그래버와 그의 부인이 된 엘리자베스가 있다. 그들과 함께하는 사람은 그래버의 옛 스승인 폴만 선생님이다. 선한 진영의 그들은 양심의 소리와 정의의 소리를 경청한다. 이유도 모른 채 전범자들과 공범자가 되는 고통을 견뎌낸다.

"저마다 자기가 진실이라고 믿는 것을 다른 사람한테 그렇게 강요하지만 않는다면 전쟁은 덜 일어날 거라는 생각이 들어요. 관용을 위해 건배!"

"오직 하나, 믿음은 있어야 하네. 믿음. 그렇지 않으면 우리에게 무엇이 남겠는가?"
"무엇에 대한 믿음 말입니까?"
"하느님이야, 그리고 인간의 마음속에 있는 선(善)이지."

누가 이 소설을 읽으면 좋을까?
이 책을 읽고 난 후의 느낌은 그 어느 책을 읽은 것보다도 더 강렬하다. 그래서 그런지 이 작품을 권하고 싶은 사람도 그만큼 뚜렷하다.
〈사랑할 때와 죽을 때〉는 객관적인 장르 구분상 반전 소설이다. 그러므로 국가 사회에 큰 의사 결정을 하는 위정자들이 우선 이 소설을 읽었으면 좋겠다. 그들의 판단 하나하나가 나비효과의 영향을 일으킬 수 있다. 히틀러의 나치도 합법적인 정권이었다. 그렇지만 광인으로 돌변해서 세계를 전쟁터로 만들었다. 지금도 전쟁은 계속되고 있고 앞으로도 전쟁이 일어나지 말라는 법이 없다.

이 소설은 또한 안타까운 사랑 소설이기도 하다. 현재 자신의 사랑 지수(指數)를 확인해 보고 싶은 사람은 읽어 보면 좋을 것이다. 웬만한 사람들의 사랑은 그래버와 엘리자베스의 사랑만큼 안타깝지도, 또 불행하지도 않을 것이기 때문이다.

이 소설은 그 무엇보다도 인간의 본성에 대한 성찰을 요구한다. 전쟁과 같은 극한 상황에서는 선한 사람과 괴물 같은 사람이 되는 것은 종이 한 장의 차이에 불과하다. 그만큼 인간의 본성은 다양하고 그 모습을 헤아리기가 어렵다. 권태와 단조로움에서 벗어나 본인이 어떤 인간인지를 되새겨 보고 싶다면 지금 당장 〈사랑할 때와 죽을 때〉에 빠져 볼 일이다.

"나는 내가 냉정하다고 믿었지만 실은 그렇지 않았다. 나라는 존재는 내가 아는 것보다 훨씬 더 뒤죽박죽이다. 나부터 정신 차려야 해, 그렇지 않으면 멍청이가 되고 마는 거야."

"한스처럼 살지 마!"
헤르만 헤세의 <수레바퀴 아래서>

　독일 작가 헤르만 헤세가 1906년에 발표한 작품이다. 청소년기의 자아성찰과 성장을 그린 소설이다. 주인공인 한스 기벤라트는 총명하고 성실한 소년으로, 마을 사람들의 기대를 한 몸에 받으며 신학교에 입학한다. 그러나 신학교의 엄격한 규율과 경쟁적인 분위기 속에서 점차 지쳐가고, 친구인 하일너와의 만남을 통해 자유로운 삶에 대한 동경을 품는다. 한스의 성장 과정을 통해 인간의 삶과 가치에 대한 깊은 고민을 전한다. 자아 성찰과 성장의 중요성을 일깨워 준다. 헤르만 헤세의 자전적인 요소가 많이 담겨 있다.

　'그가 어떻게 물에 빠지게 되었는지도 알 수 없는 일이었다. 길을 잃고, 가파른 언덕에서 발을 헛디뎠는지도 모른다. 아니면 목이 말라 물을 마시려다가 몸의 중심을 잃었는지도 모른다. 혹시나 아름다운 강물에 이끌려 그 위로 몸을 굽혔는지도 모른다. 평화와 깊은 안식이 가득한 밤, 그리고 창백한 달빛이 그를 향해 비추었기 때문에 피곤함과 두려움에 지친 나머지 어찌할 수 없이 죽음의 그림자에 휘말려 들었는지도 모른다.'

　'전작주의(全作主義) 독서법'이라는 것이 있다.
　한 작가의 책을 모조리 읽는 것이다. 헤르만 헤세의 작품에 도전했다.

진정한 자아를 찾는 그의 일관된 주제 의식이 헤세에 빠져들도록 만들었다. 게다가 헤세는 우리에게 뭔가 통하는 동양적인 것이 있다. 헤세의 성장 배경이 이를 뒷받침한다. 외할아버지가 유명한 인도학자이자 선교사였다. 헤세도 인도를 여행하고 인도에 관한 책을 저술하기도 했다. 그래서 그런지 주변에 헤세를 좋아하는 독자가 많다.

헤세의 작품들은 '자기 성장' 지침서의 위대한 고전이다. 〈데미안〉을 비롯해서 〈싯다르타〉〈유리알 유희〉〈수레바퀴 아래서〉는 일련의 시리즈 작품 같다.

필자는 성인이 되어서야 비로소 헤세의 작품을 읽었다. 만일 중학생쯤에서 읽었다면 인생이 크게 달라졌을 것이라는 뒤늦은 생각도 많이 했다. 사람들은 헤세의 작품 중에서 〈데미안〉을 가장 먼저 떠올리는 것 같다. 그런데 나는 그렇지 않다. 〈수레바퀴 아래서〉를 엄지 척 작품으로 평가한다. '진짜 성장소설' 같기 때문이다.

〈수레바퀴 아래서〉는 헤세의 대표적인 자전적 소설이다. 헤세는 선교사의 아들로 태어나서 당연히 수도원에 입학했다. 그러나 7개월 뒤에 도망쳐 나왔다. 시인(詩人) 이외에는 아무것도 되지 않고자 했기 때문이다. 그 뒤 시계공장과 서점에서 견습(見習)사원으로 일했다. 열다섯 살에 자살을 기도해 정신병원에 입원하기도 했다. 질풍노도(疾風怒濤)의 청소년기를 보냈다.

〈수레바퀴 아래서〉의 주인공 한스는 곧 헤세다. 한스는 고향 사람들의 기대에 부응하며 수도원에 입학한다. 당시 그곳에 입학한다는 것은 출세가 보장되는 것이었다. 한스의 인생은 꽃길만 가득할 것처럼 보였다. 그러나 운명은 그를 시샘한다. 한스는 수도원에서 친구 하일너를 만난다. 한스의 갈등이 시작되는 시점이기도 하다. 한스는 자신과는 전혀 다른 모습의 친구 하일너에게 충격을 받는다. 하일너는 시를 쓰는 몽상가이며 괴짜 천재였다. 모범생이자 공부벌레인 자신과 달라도 너무 달랐다. 가장 어울리지 않는 두 사람이 극적으로 우정의 친구가 된다.

한스는 자신의 주체성을 찾지 못하고 방황을 계속한다. 결국 신경쇠약에 걸려서 자퇴하고 고향으로 돌아온다. 고향에서 첫사랑 엠마를 만난다. 사랑과 희망의 싹을 발견하는가 싶었는데 그녀로부터 버림을 받았다. 더 깊은 상실의 늪으로 빠져든다. 동네의 비웃음 속에 대장장이로 일한다. 친구와 술을 먹다가 혼자 집으로 갔다.

다음날 그는 시체로 발견된다. 자살인지 사고사인지 밝혀지지 않은 채 말이다. 말 그대로 새드 엔딩이다.

〈수레바퀴 아래서〉는 독특한 성장소설이다.

대부분의 성장소설은 해피엔딩이다. 주인공은 고난을 극복하고 결국에는 성공적인 삶을 산다. 그런데 이 작품은 그렇지 않다. 철저하게 반면교사의 비극성을 부각한다.

그러니까 메시지의 핵심은 "누구누구를 닮아라!"가 아닌 "한스처럼 살지 말라!"이다. 메시지의 전달력에서 비극은 희극을 압도한다. 그러기에 한스는 우리의 가슴속에서 영원히 울고 있다.

제목에 등장하는 수레바퀴는 현실적인 삶의 시스템을 상징한다. 비판적으로 보면 출세, 성공, 부에 집착하는 기성세대의 고정관념이자 고착된 관습이다. 이는 "수레바퀴 위에서 살래, 아니면 아래서 살래?" 하는 식의 협박으로 다가온다. 응당 "우리는 어떻게 살아야 하나?"라는 삶의 본질적인 문제로 귀결된다.

"어떻게 살 것인가?"

이런 삶의 본질적인 질문에 대한 좋은 해답 중의 하나가 퍼스널브랜딩이다. 퍼스널브랜딩은 자기다움의 브랜드 아이덴티티를 구축해서 자신을 가치 있게 만드는 기술이기 때문이다. 자기다움이 없는 한스에게는 애초에 자존과 자립은 기대할 수 없었다. 한스의 불행은 여기서부터 시작된 것이다. 한스야말로 퍼스널브랜딩 전략이 가장 필요했다. 다시 말해 자신의 확고한 정체성을 바탕으로 '자기 주도의 삶'을 꾸준히 밀고 나가는 것, 바로 그것이었으리라.

퍼스널브랜딩의 시작은 비전 설정, 즉 꿈꾸기에 있다. 그러나 한스에게는 자신의 꿈이 무엇인지 명확하게 드러나지 않는다. 자신의 꿈보다는 오히려 타인의 꿈에 휘둘리며 산다. 아버지, 고향 사람들, 교장 선생님, 수도원 선생님들의 기대에 짓눌리며 꿈을 꿀 시도조차 하지 못한다. 현재의 삶이 고달프면 미래는 고사하고 과거를 되돌아보게 된다. 한스는 철저하게 과거에 산다. 한스가 병에 걸리고 무너지게 된 요인 중의 하나가 바로 과거 지향성 때문이다.

자기 주도성이 없으면 대인관계 역시 독립적이지 못하고 남에게 이끌리게 된다. 한스는 중심에 서기는 고사하고 늘 주변에서 눈치만 보다가 괴로워한다. 퍼스널브랜딩 관점으로 보면 친구 하일너가 개인 브랜딩을 잘한다고 평가할 수 있다. 브랜드 아이덴티티가 분명하기 때문이다. 시인으로 자기 자신을 확고히 포지셔닝하고 실제 행동을 통하여 그것을 뒷받침한다. 거기에다 고집도 세고 신념도 강하다. 하일너는 뚜렷한 개성을 지닌 개인 브랜드다.

대인관계의 하이라이트는 남녀 사이의 관계일 것이다. 한스에게는 엠마와의 사랑이 일생일대의 큰 고비였다. 그 사랑이 잘 이루어졌다면 한스 인생에서 대반전이 일어났을지도 모른다. 필자가 처음 책을 읽을 때는 한스가 엠마와의 사랑을 통하여 다시 일어서고 나아가 해피엔딩의 결론까지 예상했었다.

그러나 상황은 정반대로 전개되었다. 한스의 사랑이 지고지순(至高至純)했다면, 엠마는 1회성 노리개 사랑이었다. 그녀는 진실하게 한스를 대하지 않은 것이다. 그런 만큼 한스의 충격은 컸다. 오히려 사랑이 한스를 구원하지 못하고 죽음으로 밀어 넣은 것이다. 사랑도 역시 남의 탓을 할 수는 없다. 한스가 좀 더 자기 주도적으로 다가갔으면 하는 안타까움만이 가득할 뿐이다.

너무도 안쓰러운 한스는 어찌 보면 오늘날 우리의 자화상이다. 한스의 죽음은 우리의 삶을 재조명하게 하는 무거운 질문이다. 동시에 우리에게 자기주도적인 삶의 자세를 촉구하는 자극제다. 다시 말해 수레바퀴 아래서가 아니라 수레바퀴 앞에서 수레를 끌고 가는 자기주도의 인생이 될 수 있도록 해야 한다고 웅변하는 셈이다.

오늘을 즐겨라, 카르페 디엠!
영화를 소설로 만든 <죽은 시인의 사회>

대표적인 교육 제도 비판서다. 전통과 규율을 중시하는 보수적인 학교에서 벌어지는 안타까운 이야기를 다룬다. 이를 통해 교육 제도의 문제점을 비판한다. 학생들의 자유로운 사고와 창의성을 억압하는 교육 방식과 학생들을 성적과 경쟁의 노예로 만드는 현실을 고발한다.

자신의 꿈과 희망을 찾아가며 성장하기를 응원한다. 학생들은 키팅 선생님의 가르침을 통해 자기의 내면을 발견하고, 자유롭게 생각하고 행동하는 법을 배운다.

'죽은 시인의 사회' 회원들과 키팅이 동굴에서 닐을 위해 우정의 시를 낭송하던 바로 그 시간이었다. 닐은 어두운 방에 혼자 앉아 창밖을 내다보고 있었다. 모든 열정이 사그라지고 빈껍데기만 남은 느낌이 들었다. 웰튼 아카데미를 그만둔다는 것은 사형 선고나 마찬가지였다. 학교에는 자신이 이끌던 '죽은 시인의 사회'가 있다. 수풀 속의 은신처인 동굴이 있고, 세상에서 가장 멋진 친구들도 있다. 게다가 신선한 충격과 함께 인간의 긍지를 깨닫게 해준 키팅 선생님이 있었다. 그런 모든 것들은 바로 닐 자신이었다. 목숨보다 더 소중한 보물이었다.'

영화와 소설. 소설과 영화. 이 둘의 관계는 통상 '선(先)소설 후(後)영화'의 공식이 일반적이다. 그런데 〈죽은 시인의 사회〉는 달랐다. 영화가 유명해지고 그 다음에 소설이 출간되었다. 영화를 소설로 역(逆)각색한 것이다. 그렇다면 작가는 누굴까? 재미있게 두 명이다. 한 사람은 영화의 시나리오를 쓴 원작자 톰 슐만이고, 또 한 사람은 그 영화를 바탕으로 하여 책을 펴낸 N. H. 클라인 바움이다. 물론 나도 영화는 몇 번 보았지만, 소설이 있다는 것은 뒤늦게 알았다.

대학 동창 소모임의 이름을 〈시인의 마음〉이라고 지었다. 그런데 예상 밖의 일이 발생했다. 모임이 잦아지면서 이름에 대한 논의가 활발해지는 것이었다. 본래 모임의 취지인 '시란 무엇인가?'에 대한 관심은 저버린 채 말이다.

그러면서 대안으로 〈죽은 시인의 사회〉가 거론되었다. 급기야 〈죽은 시인의 사회〉라고 이름을 바꾸었다. 차제에 책도 읽기로 했다.

나이가 들면서 새롭게 느껴지는 것이 있다. 좀 거창하게 말하면 재발견의 기쁨이다. 특히 책을 통하여 그러한 경험을 많이 한다. 예전에 읽었던 책도 처음 읽는 책처럼 새로움이 가득한 것을 알 수 있다. 영화도 그렇다. 시인 네루다와 우편배달부의 우정, 그리고 사랑을 그린 〈일 포스티노·(Il postino, The Postman)〉는 다섯 번을 보았는데 볼 때마다 감동의 눈물을 흘렸다. 〈죽은 시인의 사회〉도 그렇다. 익히 몇 번 보았고 이번에 책을 통하여 다시 보았는데 모든 것이 새로웠다.

새로움은 관점의 변화에서 생겨난다. 이를테면 읽을 때마다 역지사지의 대상을 바꿔보는 것이다.

닐을 비롯한 학생들의 입장에서부터 키팅 선생님의 입장, 나아가서 닐과 토드의 아버지 그리고 교장 선생님의 입장까지. 솔직히 가장 최근에는 닐의 아버지나 교장 선생님의 입장에서 책을 읽었다. 나도 어쩔 수 없이 기성세대가 된 것인가 하고 반문해 보기도 했다.

이야기의 중심에는 웰튼 아카데미라는 영재학교가 있다. 그 학교는 별명까지 있어 흥미롭다. 웰튼 대신 헬튼(Hell ton·지옥 학교)으로 불린다. 이 학교에서는 오직 명문대 진학만이 전통이자 명예이다.

당연히 군대 같은 획일적인 규율만이 존재한다. 지옥 학교라는 별명은 그냥 붙은 것이 아니다.

어느 신학기에 키팅이라는 이름의 선생이 부임해 온다. 이 학교 출신이기도 한 그는 파격의 교육관과 수업방식으로 학생들로부터 열광적인 지지를 받는다. 급기야 키팅 선생을 따르는 학생들로 구성된 '죽은 시인의 사회'라는 소모임도 구성된다. 물론 이런 키팅 선생은 교장 선생님이나 동료 교사, 그리고 학부모에게는 눈엣가시 같은 존재로 비친다.

아주 불행한 사건이 발생한다. 학생 리더였던 닐이 자살한 것이다. 아버지와의 갈등 때문이다. 아버지는 아이비리그의 명문대에 진학해서 의사가 되는 것 이외에는 아무것도 인정하지 않았다. 연극과 연기로 자신의 꿈을 추구했던 닐과 아버지의 갈등은 참사를 예고했다. 이 사건을 계기로 키팅 선생은 학교를 떠난다.

소설 속 등장인물의 중심은 누가 뭐래도 키팅 선생이다. 그의 메시지는 개혁성을 담고 있기에 권위주의, 일방주의, 명문대 제일주의로 대변되는 기성세대에는 뒷골을 때리는 망치로 작용한다.

그런데 그런 기성세대의 규칙에 규제받고 강요받던 많은 학생에게는 희망의 메아리로 요동친다.

키팅 메시지의 핵심은 "카르페 디엠(오늘을 즐겨라! 자신들의 인생을 헛되이 낭비하지 마라!)"이다. 카르페 디엠은 키팅의 교육관과 수업방식을 관통한다. 이는 고질병적인 획일성을 거부하고 자신만의 개성을 찾아야 한다는 데 대한 강조다. 또한 타인의 소리가 아닌 자기 내면의 소리에 귀 기울여야 하는 데 대한 촉구이다.

나아가 내 인생의 주인공은 바로 나라는 깨달음의 소리다. 다시 말해 진정한 삶의 의미에 대한 열정적인 포효다.

실험정신으로 충만한 키팅 식의 전인(全人) 교육은 실제로 많은 학생에게 큰 영향력을 행사한다.

그래서 그만큼 학생들은 변화하고 성장한다.

닐. 안타깝게 꽃다운 나이에 죽었다.

하지만 진정한 자아를 찾고 맛보았다.

"아! 태어나서 이런 느낌은 처음이야. 내가 완전히 살아있다는 느낌이 들어!"

토드. 스스로를 5달러 98센트라고 비하했던 내성적인 겁쟁이였다. 그런 그가 키팅 선생을 최후까지 비호(庇護)했다.

가장 큰 변화의 주인공이다.

"하지만 이건 사실과 달라요. 전 서명 따윈 하지 않겠어요."

카메론. 융통성 없고 지극히 현실적이고 이기적인 사람이다. 오히려 나쁘게 변모된다.

마지막 장면에서도 그만이 책상 위에 올라가기를 거부한다.

낙스. 스토커 수준으로 변신을 거듭한다. 불가능해 보였던 크리스의 사랑을 얻는다. 용기와 집념의 화신이 된 것이다.

달튼. 실험가의 대명사처럼 용기와 의지력을 더욱 강화 발전시킨다. 교장의 몽둥이찜질은 물론 퇴학 조치에도 굴하지 않는다.

"하느님의 전화입니다. 웰튼에도 여학생을 입학시키라는데요."

오늘날에도 키팅 선생은 존재하는가?

아니 그의 교육 방식이 통할 수 있는가?

과연 올바른 교육이란 무엇인가?

여러 질문을 하게 된다. 나의 경험으로 보면 고등학교 시절에 키팅 선생을 만났더라면 어떤 변화가 일어날 수 있었을까를 생각해보게 된다. 그때의 목표도 오직 명문대 진학뿐이고 전통, 명예, 규율, 최고가 학교의 핵심 교훈이 아니었던가. 웰튼 아카데미처럼 말이다.

키팅 선생의 교육관은 곧 퍼스널브랜딩의 사상과 일치한다. 그리고 키팅 선생은 오늘날 강남 일타강사 그 이상이다.

그 이유를 세 가지로 요약해 본다.

하나, 키팅 선생은 '나'를 이야기하고 있다. 나의 삶을 살고 그것이 고귀하고 만족스러운 삶임을 증명하라고 가르친다. 퍼스널브랜딩 역시 나의 존재 이유를 분명하게 만드는 일이다.

둘, 키팅 선생은 획일화를 지양한다. 나의 개성을 믿고 자신의 길을 갈 것을 강조한다. 이는 자신만의 남다른 콘셉트, 그러니까 독특한 개성을 만들고 관리하는 퍼스널브랜딩과 일치한다.

셋, 그럼에도 키팅 선생은 슬기, 지혜를 강조한다. 한쪽으로 치우치는 것을 경계했다. 퍼스널브랜딩도 결국에는 고객과의 공감이 목표다. 독불장군식의 개성은 현실성이 없다.

소설의 마지막 페이지를 넘기고 나서도 닐의 모습이 잊히지 않았다. 어려웠겠지만 닐은 극단적인 선택을 하지 않고 아버지와의 갈등을 풀었어야 했다. 그러지 못한 것이 못내 안타깝다. 아버지에게 연극의 열정을 이야기했어야 했다.

그러나 이것은 단순히 닐이나 닐 아버지만의 문제는 아니다. 여전히 오늘날 우리 모두에게 현재 진행형으로 다가오는 문제다. 그래서 키팅 선생님을 더욱 그리워하고 있는지도 모르겠다.

"오! 캡틴! 마이 캡틴!"

'완벽하게 이해할 수는 없어도
완벽하게 사랑할 수는 있다.'
고향에서 떠올린 <흐르는 강물처럼>

소설 속의 강물은 끊임없이 흐르고 변화하는 인생을 상징한다. 주인공 노먼 매클린은 강물을 보며 인생의 흐름과 변화를 느끼고, 그 속에서 자기의 삶이 잘 익어가도록 만든다. 노먼과 그의 형 폴은 서로 다른 성격과 가치관을 가지고 있다. 하지만 서로를 이해하고 존중하며 가족의 사랑과 유대감을 보여준다.

[그날이 끝나갈 무렵의 동생에 대한 나의 기억은 두 가지이다. 하나는 황홀한 낚시 기술이라는 아스라한 추상 개념이고, 다른 하나는 물에 젖어 웃고 있는 모습의 확대 사진이다.

아버지는 식구를 칭찬할 때는 언제나 부끄러워했고, 그의 가족들도 아버지의 칭찬을 받으면 부끄러워했다.

"넌 정말 훌륭한 낚시꾼이로구나."

아버지가 동생에게 말했다.

"제가 낚싯대는 잘 다룬다고 생각합니다. 하지만 물고기와 똑같은 생각을 하려면 앞으로 3년은 더 있어야 해요."

동생이 말했다.]

가끔 고향에 내려간다. 어머니와 함께 주변의 맛집을 찾는 일이 즐겁다. 그날따라 예상과 달리 어머니가 매운탕을 먹자고 제안했다. 고향 괴산은 올갱이 해장국뿐만 아니라 민물매운탕 또한 별미다. 특히 매운탕집이 줄지어 있는 강변은 여전히 흐르는 강물이 정겹다. 저 멀리서 낚시하는 아저씨와 올갱이를 잡는 할머니의 모습은 한 폭의 그림이다. 여전히 숲은 깊고 풍성하며 바람도 서늘했다. 그런데 이러한 고향 이미지에서 뭔가 연관되는 그 무엇이 눈앞에서 보일 듯 말 듯 했다. 무엇일까? 무릎을 탁 쳤다. 영화 〈흐르는 강물처럼〉의 한 장면이었다.

고향이 충북 괴산인 나는 영화 〈흐르는 강물처럼〉을 처음 보고 큰 감명을 받았다. 영화 전반을 흐르는 자연의 이미지가 산골소년의 향수를 자극했기 때문이다. 굽이쳐 흐르는 강물 소리가 귓가에 속삭이듯이 들렸다. 아버지와 두 형제 등 삼부자의 낚시 모습은 어릴 적 아버지와의 함께 했던 시냇가의 천렵(川獵) 추억을 소환했다. 거기에다 주연 배우 브래드 피트의 멋진 모습은 덤이었다. 이런저런 분위기에 흠뻑 취해서일까, 상대적으로 스토리나 메시지에는 제대로 집중하지 못했다.

스토리에 대한 갈증은 영화뿐만 아니라 소설 속의 이야기를 좀 더 구체적으로 확인하게 만들었다. 만사를 제쳐 두고 서점으로 달려가서 소설 〈흐르는 강물처럼〉을 집어 들었다. 소설의 내용은 생각했던 것보다 심오했다. 어떻게 가닥을 잡느냐에 따라서 다양한 해석도 가능했다. 고향 여행 같은 소설읽기를 마치고 나니 '강물은 인생이다.' 라는 말이 입안에서 중얼거려졌다. 마치 낚시로 싱싱한 물고기를 건져 올리는 것 같은 흥분을 유발하면서 말이다.

인생길은 곧 두 갈래의 강물이라고 말하는 듯 들린다. 시종일관 선택의 기로에 서서 어떤 길이 좋은 길인가를 가늠해 보게 한다.

두 형제의 삶이 서로 다른 각각의 인생길을 대변하고 있다. 하나는 가늘고 길게 사는 길이다. 또 다른 하나는 굵고 짧게 사는 길이다. 나는 어떤 선택을 할 것인가?

소설은 화자(話者)가 자신의 어린 시절부터 현재의 삶까지를 회고하는 형식을 따른다. 스토리 전개의 중심에는 동생 폴이 있다. 따라서 실제 주인공은 동생 폴이다.

폴의 삶은 굵고 짧게 살다 간 인생으로 요약할 수 있다. 그를 둘러싼 수사는 복잡하다. 고집과 반항, 이기적, 젠체하지 않고 쿨하다. 낚시 기술. 직업과 취미의 병행, 자유분방함, 카드 도박, 죽음.

반면에 형인 노먼의 인생은 가늘고 길다. 동생 폴과는 사뭇 다른 느낌으로 다가온다. 질서가 있고 반듯하다.

모범과 순종, 대학교수, 결혼, 글쓰기, 낚시, 아버지, 신앙, 절주, 절연, 자연 수명, 보수, 정적, 전통과 규칙.

'내 동생이 연발 엽총의 개머리판에 맞아 피살되었고, 그 시체는 골목길에 내버려졌다.'

두 인생을 객관화시키면 결과적으로 형 노먼의 삶이 판정승을 거둔 것 같다. 동생 폴이 허망하게 일찍 죽었기 때문이다. 문장 그대로를 옮겨보면 폴의 죽음은 장렬한 죽음보다는 개죽음에 가깝다.

인생에는 정답이 없다고 했다. 폴의 인생에 대하여 함부로 평가할 수 없는 것이다. 더구나 가족들로서는 폴의 죽음을 인정하기가 어려울 것이다. 여기서 인생을 통찰하는 깊은 깨달음이 나타난다. 이는 곧 자식을 먼저 보낸 참척의 고통이고, 동생을 잃은 형의 절규이다. 당연히 소설에서 발견할 수 있는 최고의 명문장이다.

'완벽하게 이해할 수는 없어도 완벽하게 사랑할 수는 있다.'

이 말은 평범하지 않은 삶을 살았던 폴에 대하여 아버지와 형 노먼이 전하는 진짜 속마음이다. 폴과의 영원한 이별에 고하는 안타까움의 눈물이다. 세상 누가 뭐래도 우리는 너를 이해하고 사랑한다는 가족애의 솟구침이다.

퍼스널브랜딩 관점으로 보면 어떤가.

물론 형 노먼과 동생 폴은 각자의 개성이 있다. 그런데 여기서 퍼스널브랜딩의 기준을 고객을 위한 가치의 창조라고 전제한다면 개념이 좀 더 분명하게 구분된다. 특히 상대적으로 밋밋한 형 노먼보다는 개성 넘치는 동생 폴에 대하여 할 말이 많이 생기는 것이다.

폴이라는 매력적인 개성의 퍼스널브랜드가 만개하지 못한 이유는 두 가지다. 하나는 제도권에서 벗어난 비합법적인 시장을 기웃거렸다. 판돈이 큰 포커 게임이 바로 그것이다. 말이 게임이지 위험한 도박이다. 퍼스널브랜딩의 필수 기본 조건은 자유경제의 시장에서 정정당당하게 경쟁하는 것이다.

정정당당하지 못한 행동의 결과는 너무나 뻔하다. 신뢰 상실과 자신의 평판을 떨어뜨릴 수 있다. 특히 걱정되는 것은 자기 파괴다. 자신의 양심을 속이고, 자신의 가치관을 위반하는 것이기 때문에, 자신의 자아를 손상하고, 심리적 고통에 빠진다. 마약 시장, 인신매매 시장에서는 객관적인 가치를 증명하기가 어렵다. 최종적으로 갈 곳은 감옥일 뿐이다.

또 다른 하나는 고객 정신이다. 폴에게 있어서 최우선적인 고객은 바로 가족이다. 폴은 자신뿐만 아니라 가족들을 생각했어야 한다. 형의 충고를 물리친 것도 아쉽다. 아버지와 어머니에게 직접적인 애정 표현을 할 줄 아는 멋진 아들이었기에 더욱더 안타깝다. 개성 있게 사는 것은 좋다. 그러나 고객과 함께하지 못하는 브랜드는 시장에서 퇴출당한다.

퍼스널브랜드도 예외가 아니다. 가족은 서로의 삶을 지탱해 주는 버팀목이자, 세상에서 가장 소중한 존재 이유다. 가족을 위해 할 수 있는 일은 개인의 상황과 가치관에 따라 다를 수 있다.

진정 폴이 생각한 가족은 무엇이었을까? 존중과 이해가 지나친 결과일까? 자신보다는 가족의 개성과 취향을 존중하고 이해하는 것을 우선시한 것은 아닐까? 폴의 죽음 앞에서 의문문만 가득하게 날아다녔다.

〈흐르는 강물처럼〉을 읽는 시간은 형 노먼 같은 안정된 길과 동생 폴 같은 모험의 길 사이에서 선택의 고민에 빠지는 시간이다. 그러한 측면에서 〈흐르는 강물처럼〉은 자연스러운 성장 소설이자 인생 소설이다. 자연과의 일체화나 감정이입은 이 책이 주는 고마운 보너스 같기도 하다. 노먼이 언제나 강물 소리에 사로잡히는 것처럼 나는 이 책과 영화에 오래오래 사로잡힌다.

"언어만이 이름 없는 두려움으로부터 우리를 보호한다."
미국의 흑인 여성작가 토니 모리슨의 <빌러비드>

미국의 노예제와 인종 차별 비판에 대한 걸작으로 평가받고 있다. 주인공 세서가 노예제로부터 탈출하기 위해 딸을 죽인 행위는 노예제가 인간의 삶을 얼마나 파괴하는지를 보여준다. 모성애와 여성의 삶이란 어떤 것인가에 대한 극한을 보여준다. 세서는 딸을 죽인 죄책감과 노예제에서의 고통으로 괴로워한다. 하지만 딸 덴버를 통해 모성애를 회복하고 자신의 삶을 찾는다.

"내 등에는 나무가 자라고, 내 집에는 귀신이 나오고, 그 사이엔 품에 안은 딸아이 하나밖에 없지만, 더 이상 도망은 안 쳐. 절대로. 이 세상 그 무엇도 두 번 다시 날 도망치게 하지 못해. 난 여행을 한 번 했고 푯값을 치렀어. 하지만 알아, 폴 디 가너? 그 값이 어마어마하게 비쌌어! 내 말 듣고 있어? 너무도 비싼 값을 치렀단 말이야. 자, 이제 자리에 앉아서 우리랑 같이 식사하든지 아니면 우리를 내버려 두고 떠나."

<빌러비드>를 꼭 읽어야겠다고 작심했다. 작가의 명성 때문이다. 나는 50대 중반이 넘은 뒤늦은 나이에 글을 쓰기 시작했다. 부족한 점이 너무 많음을 절감한다. 그만큼 배우고 싶은 마음도 컸다. 여러 작가를 벤치

마킹했는데 토니 모리슨이라는 미국의 흑인 여성작가가 눈길을 끌었다.

"언어만이 이름 없는 두려움으로부터 우리를 보호한다."

작가 토니 모리슨은 1993년 흑인 여성작가 최초로 노벨 문학상을 탔다. 그 외에도 전미도서상, 전미도서비평가협회상을 비롯하여 20세기 작가가 받을 수 있는 거의 모든 상을 받았다. 그런데 겉으로 드러나는 작품과 그와 관련한 상징은 이렇듯 훌륭하다.

하지만 그녀의 인생이 더 소설같이 흥미진진하게 다가왔다. 그녀는 작가 이전에 한 사람의 멋진 퍼스널브랜드였다.

그녀는 자신의 정체성을 결코 부인하지 않았다. '흑인 여성작가'라는 명칭에 발끈하지 않았다. 오히려 인종 문제와 여성문제를 정면으로 다루면서도 일찍이 보지 못했던 새로운 서술 방식을 만들어 냈다. 남성 작가들과 비교하여 한계가 뚜렷한 존재로 인식되었던 흑인 여성작가의 위상을 완전히 바꾸어 놓았다. 약점을 강점화한 것이다.

둘째 아이를 임신했을 때 이혼했다. 그러나 하루 종일 일을 했고 저녁이면 두 아이를 돌봤다. 아이들이 잠든 이후에 글을 썼다. 그녀의 작품은 그렇게 탄생했다. 글쓰기 철학을 함축적으로 담고 있는 그녀의 말은 그 의미가 늘 새롭게 솟구친다.

"당신이 읽고 싶은 글이 있는데 아직 쓰인 게 없다면 당신이 써야 한다."

1987년 출간된 소설 〈빌러비드〉는 토니 모리슨에게는 본격 성공작에 해당한다. 이 작품으로 퓰리처상, 미국 도서상, 로버트 F. 케네디상 등을 연이어 수상했다. 〈빌러비드〉는 실제 사건을 바탕으로 하고 있다. 작가의 상상력이 더해져서 걸작으로 탄생했다.

작품의 모티브가 된 비극적 사건이자 작품을 쓰게 된 결정적인 계기가 된 것은 '마거릿 가너 사건'이었다.

1856년 켄터키주의 노예였던 흑인 엄마 마거릿 가너는 자기 딸을 살해했다. 임신한 몸으로 네 명의 자식을 데리고 농장을 탈출하다 노예 추적단에게 붙잡히게 된다. 그러자 자식을 노예로 살게 하느니 죽는 게 낫겠다고 결심하고 두 살배기 딸을 칼로 베어 죽인 것이다. 자신과 같은 운명을 대물림하지 않겠다는 처절한 선택이었다.

마거릿 가너는 재판에 회부되었고, 미국 사회에 엄청난 파장을 불러일으켰다. 웬일인지 재판이 길어졌다. 그 이유가 황당했다.

마거릿 가너를 사람으로 인정하여 살인죄를 적용할 것인지, 아니면 재산으로 취급하여 단순히 재물 손실로 처리할 것인지를 두고 갑론을박의 논쟁이 벌어졌다.

오늘날의 시각으로 보면 어처구니가 없다. 당시 흑인의 신분이 어떤지를 말해준다. 참담한 마음을 지울 수가 없다.

결국 마거릿 가너는 평생 노예로 살다가 죽었다고 한다. 자유로운 인간으로 인정받지 못한 채 말이다.

토니 모리슨은 이 작품으로 무엇을 전달하려고 했을까?

그녀는 1987년 〈뉴욕 타임스〉와의 인터뷰에서 이렇게 말했다.

"이 소설은 노예제에 관한 것이 아닙니다. 노예제는 매우 예측 가능합니다. 그런 제도가 있고 그것에 관한 이런저런 사실들이 있고, 그다음에는 거기서 벗어나거나 벗어나지 않거나 할 뿐입니다. 노예제만으로는 이런 소설이 나올 수 없습니다. 이 소설은 어떤 사람들의 내면적 삶에 대한 것입니다. 소수의 사람들이고, 그 사람들이 하는 모든 행동은 노예제에 대한 공포로 가득 차 있지만, 그럼에도 그들 역시 사람일 뿐입니다…. 글로 쓰기엔 분노는 너무 시시하고 연민은 너무 질척거리는 감정입니다."

〈빌러비드〉는 흑인의 비참한 삶을 고발한다. 그런데 거기에서 머물지 않는다. 더 나아가서 인간 본연의 문제를 들여다본다. 차마 말할 수 없는 것을 어떻게 말할 것인가 또는 차마 기억할 수 없는 것을 어떻게 기억할 수 있는가! 그리고 그런 과거를 현재와 미래의 삶에 어떻게 연결해야 할 것인가! 어렵고 불가능해 보이는 과제에 대한 방법을 찾도록 몽둥이질을 한다. 이 작품이 전하는 메시지다.

그래서일까 찬사가 가득하다.

"독창적인 상상력과 시적 언어를 통해 미국 사회의 핵심적인 문제를 생생하게 담아냈다." - 노벨문학상 선정 이유

"이 소설은 역사적, 사회적으로 큰 반향을 일으켰으며, 그보다 더 큰 인간적인 울림을 준다. 슬픔과 분노를 수용하고 앞으로 나아가는 길을 보여주는, 이 시대에 반드시 필요한 소설" - 타임

우리는 과연 원한에 찬 과거와 화해할 수 있을까? 그리고 그런 과거가 미래의 희망으로 이어질 수 있을까? 토니 모리슨은 448쪽에 걸쳐서 그 방법을 진지하게 모색한다. 가엾은 흑인을 애도하면서 그리고 후진적인 노예제도를 비꼬면서 말이다. 그녀의 해법을 살펴보자.

하나, 현재를 비참하게 그린다

주인공 세서는 딸 덴버와 단둘이서 124번지에서 고립되어 살고 있었

다. 두 아들도 집을 떠났고 태산 같았던 시어머니도 죽었다. 오직 과거에 얽매여서 사는 게 사는 것이 아닌 것처럼 살고 있었다. 딸을 죽인 죄책감에 시달리며 그리고 살인자라는 이웃의 손가락질을 받으며.

둘, 해법으로 과거를 소환한다

세서에게 과거는 여전히 남아있는 상처다. 과거의 삶과 관련된 언급 치고 상처가 아닌 게 없었다.

과거의 모든 것은 고통 혹은 상실이었다. 그런 세서의 인생길에 아픈 과거를 불러내는 두 사람이 홀연히 나타난다.

한 사람은 빌러비드다. 빌러비드는 소설의 제목이기도 하지만 작품 속에서 엄마 세서가 톱으로 목을 잘라 죽인 그녀의 첫째 딸이다. 유령이 되어 세서가 사는 집을 떠돌다가 실제 사람의 모습으로 나타난 것이다. 세서는 그녀가 자기의 딸임을 알고 지극정성을 다한다. 엄마의 잘못된 선택에 대하여 용서를 바랐다. 세서가 깨달음을 얻고 삶을 긍정적으로 바라보는 그 순간에 빌러비드는 사라진다.

두 번째 사람은 폴 디라는 남자다. 그는 이십여 년 전 역설적인 이름의 노예 농장 '스위트홈'에서 고통스러운 한 시절을 보냈던 동료였다. 죽었는지 살았는지 모르는 남편 핼리의 친구이기도 했다. 그가 세서가 사는 124번지로 찾아온 것이다. 두 사람은 육체적으로 정신적으로 하나가 된다. 특히 그는 세서에게 변화를 요구한다. 집 밖의 세상으로 다시 발을 내디딜 수 있도록 도움을 준다.

"세서, 당신과 나, 우리에겐 어느 누구보다 많은 어제가 있어. 이젠 무엇이 됐든 내일이 필요해."

셋, 결국 희망의 미래를 그린다

결론은 해피엔딩이다. 세서는 124번지를 떠나지 않고 새 가족을 이룬다. 세서, 폴 디, 그리고 딸 덴버. 이 세 사람이 한집에서 살게 된다. 바람처럼 사라진 빌러비드가 모든 아픔을 가져간 듯하다. 이웃과의 소통도 가능해졌다. 과거보다는 현재에 충실해졌다. 그래서 내일을 희망적으로 보게 되었다.

퍼스널브랜딩이 자신을 가치 있게 하는 온갖 수단을 강구하는 수단이라고 전제한다면, 즉 자기 계발을 위한 모든 것을 찾는 노력이라고 본다면 이 책에서도 의미 있는 시사점을 발견할 수 있다. 퍼스널브랜딩의 과제 중의 하나가 과거, 현재, 미래를 디자인하는 능력이기 때문이다.

그중에서도 특히 과거를 어떻게 대하느냐에 따라서 인생의 질과 방향과 행복이 좌우된다. 아픈 과거에 대하여 각자 방식의 해법이 있을 것이다. 여기에 토니 모리슨식의 솔루션을 하나 더 추가해보면 어떨까 싶다. 과거를 어떻게 대할 것인가에 대해서 토니 모리슨은 〈뉴욕 타이즈〉와의 인터뷰에서 다음과 같이 말했다.

"과거, 유령처럼 불쑥불쑥 찾아오는 과거 말이죠. 기억은 결코 우리를 떠나지 않는 법입니다. 그것과 정면으로 부딪쳐 돌파해 나가기 전까지는."

"미치광이라 부르지만, 우리는 그들을 천재라 부른다."
현대의 고전 〈고도를 기다리며〉

사무엘 베케트의 〈고도를 기다리며〉는 현대 연극의 흐름을 바꾼 부조리극의 대표작이다. 인간의 삶과 존재에 대한 근본적인 질문을 던진다. 전통적인 연극의 형식을 파괴하고 새로운 형식을 추구한다. 시간과 공간의 개념을 해체하여 '고도'가 언제, 어디서 나타날지 알 수 없게 만든다. 시간과 공간의 해체는 인간의 삶과 존재에 대한 근본적인 질문이다. 대화는 공허하고 무의미하다. 고독과 소외를 상징적으로 보여준다. 궁금증 유발 철학이다.

'불행히도 인간으로 태어난 바에야 이번 한 번만이라도 의젓하게 인간이란 종족의 대표가 돼보자는 거다. 네 생각은 어떠냐? (에스트라공, 아무 대꾸가 없다.) 하기야 팔짱을 끼고 가부를 이모저모 따져보는 것도 우리 인간 조건에 위배되는 것은 아니지. 호랑이는 아무 생각 안 하고 제 동족을 구하러 뛰어들기도 하고 그런가 하면 깊은 숲속으로 달아나 버리기도 하지. 하지만 문제는 그런 게 아니야. 문제는 지금 이 자리에서 우리가 뭘 하는가를 따져보는 거란 말이다. 우린 다행히도 그걸 알고 있거든. 이 모든 혼돈 속에서도 단 하나 확실한 게 있지. 그건 고도가 오기를 우린 기다리고 있다는 거야.'

대학 친구들과 40여 년 만에 추억 여행을 갔다. 살아온 이야기, 그리고 앞으로 살아갈 이야기를 끝없이 나누었다.

술과 사랑, 각종 기행(奇行)으로 얼룩진 에피소드, 꼭꼭 숨겨왔던 불편한 진실 등 온갖 것을 토해냈다.

그러던 중에 예상치 못한 일이 발생했다. 분위기에 어울리지 않게 책 이야기가 나왔기 때문이다. 우리는 그 젊은 시절에 책은 피하고 술만 쫓아다니던 녀석들이었다. 더욱더 놀라웠던 것은 우리가 주제로 삼은 책이 바로 골 때리는 그 책, 〈고도를 기다리며〉라는 사실이다.

〈고도를 기다리며〉는 책을 읽거나 연극을 본 사람의 수만큼이나 그 감상이 다양하다. 그런 가운데 나는 이 작품에 대한 인상을 물음표와 느낌표로 요약한다. 다시 말해 이전의 〈고도를 기다리며〉가 "뭐지?" 하며 물음표만 떠올렸다면, 오늘의 〈고도를 기다리며〉는 "아!" 하며 감탄사만 연발하게 된다.

예전에 우리는 이 책 앞에서 무척이나 무기력했다. 도대체가 이해가 되는 것이 없었기 때문이다. 평론가들은 부조리극의 대표작이라는 멋진 (?) 평가를 했지만 의문 부호만 난무했다. 덕분에 학점 얻기도 힘들었다. 좋은 기억이 있을 리 없다. 주제도 그렇고 인물을 거론하자면 더욱 더 그렇다. 도대체 이들은 누구란 말인가? 고도, 블라디미르와 에스트라공, 포조와 럭키, 그리고 소년까지.

세월과 함께 많은 것도 변한다. 이 책의 느낌도 그렇다.

마냥 골만 때리던 책이 아니라 '상상력을 부채질'하는 책으로의 변화가 그것이다. 그래서 이제 이 책은 하나의 감탄사가 된다. 그리고 이 작품에 대하여 내린 그간의 평가에 대하여 고개가 끄덕여진다.

그래서 이 책은 이제부터 골 때리는 책에서 가슴을 때리는 작품으로 달리 기억될 것이다.

'광대들에 의해 공연된 파스칼의 명상록' - 피가로

'현대극의 흐름을 바꾸어 놓은 작가, 전통적인 사실주의에 반기를 든 전후 부조리극의 고전, '고도'는 구원이자 자유이며 빵이자 희망이다. - 본문 작품 해설에서

고도라는 이름은 작가와 더불어 세계적인 신화가 되었다. 베케트에 있어서 '기다림'이란 공연한 짓이 아니라 본능적인 삶의 방식이다. - 뉴욕 타임스

브랜딩의 본질은 차별화다. 퍼스널브랜딩도 이와 다르지 않다. 틀을 깨고 고정관념을 무너뜨리는 행위다. 이런 측면에서 〈고도를 기다리며〉는 차별화의 정석 교과서다. 전위극이니 실험극이니 하는 파격임에도 불구하고 사람들에게 색다른 경험을 제공하고 공감을 불러일으키기 때문이다. 차별화한답시고 소비자의 욕구와는 아주 동떨어진 것을 만들어내는 그런 경우와는 차원을 달리한다.

브랜드에 있어서 최고의 자산은 상징 자산이다. 상징은 희소성뿐만 아니라 영원성의 가치를 더해준다. 상징의 해법에는 정답이 없으므로 한계가 있을 수 없다. 세월이 흐르고 시대가 바뀌어도 그것에 대한 해석도 또한 달라진다. 〈고도를 기다리며〉는 상징 자산으로 가득하다. 그러므로 이 작품은 앞으로도 영원히 그 의미를 재해석하면서 그 가치를 높여가게 될 것이다.

탈무드에는 많은 지혜뿐만 아니라 브랜딩 관점이 녹아 있는 명언들도 많다. 이 한마디도 그렇다.

"승자는 눈을 밟아 길을 만들지만 패자는 눈이 녹기를 기다린다."

브랜딩은 물론 승자의 자세를 말한다. 이제 하염없이 기다리지만 말고 지축을 박차고 앞으로 나가야 한다. 퍼스널브랜딩은 필요한 것을 찾

아 나의 자산을 구축하는 작업이다. 그래서 기어코 자기만의 세상, 자기만의 성을 완성한다.

위대한 고전(古典)일수록 풍부한 연상의 빛을 발한다. 나는 고도를 기다리는 내내 시 한편을 떠올렸다. 바로 〈세상의 미친 자들〉이라는 시다. 이 시는 미국의 어느 고등학교 교사가 썼다고 하는데 애플컴퓨터사의 텔레비전 광고에 사용된 후로 더욱 유명해졌다.

'세상의 미친 자들에게 붙여지는 이름이 있다. 현실 부적응자, 반항아, 문제아, 부적합 판정을 받은 자, 사물을 다른 각도에서 바라보는 자들, 이들은 규칙을 좋아하지 않는다. 그리고 현상 유지를 별로 존중하지 않는다.

(중략)

어떤 사람들은 그들을 미치광이라 부르지만, 우리는 그들을 천재라 부른다. 세상을 바꿀 수 있다고 생각할 만큼 미친 사람들만이 결국 세상을 바꿀 수 있기 때문에.'

아주 똑똑한 친구인 AI라는 녀석과 맞설 수 있는 유일한 힘은 창의력이다. 창의력이란 새로운 것을 생각해 내는 능력을 의미한다. 이 능력은 기존의 사물(事物)을 단순히 모방하는 것이 아니라, 새로운 관점에서 문제를 바라보고 이를 해결하는 방법을 찾아낸다.

창의력은 다양한 분야에서 중요한 역할을 한다. 예를 들어, 과학자들은 창의력을 바탕으로 새로운 이론을 발견한다. 발명가들은 창의력을 바탕으로 새로운 제품을 개발한다. 예술가들은 창의력을 바탕으로 새로운 작품을 만들어 내며, 기업가들은 창의력을 바탕으로 새로운 사업을 구상한다.

창의력은 개인의 성장과 발전에도 큰 도움을 준다. 새로운 아이디어를 생각해 내는 원천이다. 이를 실현하는 과정에서 자신의 역량을 향상시킬 수 있다. 성취감을 느낄 수 있다. 또한, 창의력을 발휘하는 과정에서 타인과 소통하고 협력하는 능력을 키운다. 사회적 문제를 해결하는 데에도 기여(寄與)할 수 있다.

창의력을 발휘하기 위해서는 다양한 경험과 지식이 필요하다. 새로운 것을 배우고, 다양한 사람들과 소통하며, 자기의 생각을 자유롭게 표현해야 한다. 실패를 두려워하지 않아야 한다. 도전하는 자세와 실패를 통해 얻은 교훈을 바탕으로 새로운 시도를 해야 한다.

〈고도를 기다리며〉는 창의력을 키워주는 최고의 교재다. 처음부터 끝까지 호기심과 궁금증을 불러일으키기 때문이다. 나이도, 학별도, 남녀 구분도 상관없다.

창의력과 상상력에 배고픈 사람이라면 이 책을 읽어야 한다. 이것이 〈고도를 기다리며〉가 '현대의 고전'이라고 불리는 이유다.

제3장

나무

뿌리는 나무가 안정적으로 자라기 위해 필수적인 부분이다. 퍼스널브랜딩도 나의 핵심 가치와 고유한 능력을 이해하고 확립하는 과정이다. 나는 어떤 사람인지, 어떤 가치를 중요시하는지 아는 것이 바로 퍼스널브랜딩의 뿌리다.

줄기는 나무의 중심이다. 퍼스널브랜딩의 줄기는 나의 정체성과 전문성을 개발하고 이를 통해 나를 차별화시키는 일이다. 줄기가 튼튼해야 나무가 건강하게 자라듯, 나의 정체성과 전문성을 갖추는 일에 집중해야 한다.

세상에서 가장 아름다운 살인자를 만나다.
유미주의의 대표작 <도리언 그레이의 초상>

유미주의는 아름다움을 추구하는 예술 사조다. <도리언 그레이의 초상>이 대표 작품 중 하나다. 도리언 그레이는 자신의 아름다움을 영원히 유지하고자 한다. 이를 위해 자신의 영혼을 팔아넘긴다. 유미주의의 핵심적인 가치인 아름다움의 추구와 이를 위한 희생을 잘 보여준다.

도리언 그레이는 아름다움을 유지하기 위해 악행을 저지르지만, 이를 후회하고 반성하기도 한다. 이러한 모습은 인간의 내면에 존재하는 선과 악, 그리고 그 둘 사이의 갈등을 잘 보여준다.

'더 궁금한 점이 있으시다면 말씀해 주세요. 얼마나 서글픈 일일까요! 나는 점점 늙고, 추하고, 끔찍해지겠지요. 하지만 이 그림은 언제까지나 젊음을 간직하고 있을 거예요. 아무리 세월이 흘러도 유월의 오늘 모습 그대로 남아있을 거라고요…. 아, 그와 정반대가 될 수만 있다면 얼마나 좋을까요? 나는 언제까지나 젊은 모습 그대로 남아있고, 그림이 나 대신 점점 나이를 먹는다면 얼마나 좋을까요? 그렇게만 된다면, 그렇게만 된다면, 난 무슨 짓이든 할 거예요! 그래요. 그럴 수만 있다면 온 세상을 다 뒤져서라도 무엇이든 가져다 바치겠어요! 그렇게만 할 수 있다면 내 영혼이라도 바칠 거예요!'

한 젊은 정치인이 화제의 중심에 섰다. 개인적으로 스펙이나 외모 그리고 말하는 모습을 보면 괜찮은 젊은이라는 느낌을 받았다. 정치적인 진영이나 정당의 호불호와 상관없이 이 젊은이가 잘되었으면 하는 생각을 했다. 우리나라의 정치 발전에도 도움이 되니까 말이다. 한편으로는 걱정도 됐다. 일찍 핀 꽃은 일찍 시들기도 한다는 말이 떠올랐기 때문이다.

소설 〈도리언 그레이의 초상〉의 저자 오스카 와일드. 그는 책의 유명세만큼이나 이런저런 사연으로 유명세를 치른 작가다. 시니컬하고 비꼬는 말투, 그러면서도 정곡을 찌르는 말은 가히 명언 제조기다웠다.

그러나 비운의 작가라는 평을 받는다. 그는 일찍이 재능만으로 영국 상류사회의 유명 인사가 되었다. '예술을 위한 예술'을 지향하는 유미주의자(唯美主義者)였지만, 동성애 사건에 휘말려 감옥에서 2년의 실형을 치르는 등 곤궁한 삶을 이어가다가 비극적인 최후를 맞았다.

〈도리언 그레이의 초상〉은 공포 소설과 로맨스의 요소가 결합한 이른바 고딕 호러의 고전이라 불린다. 영국 문학이 지닌 낭만적 요소와 불가사의한 주술, 악마와의 거래, 도플갱어(Doppelgänger. 자기 분신 복제) 같은 요소들을 갖추었기 때문이다. 그래서 큰 이슈를 불러일으켰다. 영화로도 만들어졌고 연극과 무용으로도 공연되었다. 특히 영원한 젊음과 미(美)에 대한 욕망, 동성애 등과 같은 주제는 큰 예술적 영감을 불러일으켰다는 평가를 받기도 했다. 작가 자신도 '자신의 분신과도 같은 작품'이라고 밝힌 바 있다.

도리언은 '세상에서 가장 아름다운 얼굴의 살인자(殺人者)'라는 평을 받는다. 그는 왜 그러한 평가를 받았는가? 그의 모습에서 이중적인 인간의 본성이 적나라하게 드러났기 때문이다. 신이 내려준 타고난 미적 장점을 지키지 못하고 욕망의 늪에서 허우적거렸다. 본인은 영원할 것이라고 착각했다. 결국 추악한 죄악의 길로 빠져들었다.

작가는 신의 한 수를 더했다. 초상화를 설정한 것이다. 실제의 모습은 언제나 젊음을 유지한다. 대신에 초상화의 모습이 추하게 늙어가도록 했다. 도리언이 나쁜 일을 하면 할수록 그의 초상화는 더욱더 추악한 모습으로 변했다.

초상화는 곧 도리언의 거스른 양심이자 영혼이기 때문이다.

작품 전반에 걸쳐 인간의 나약함, 허망한 욕망에 관한 냄새가 풍긴다. 이는 100년 훨씬 전 당시의 사람이나 현대인이나 욕망은 변함이 없음을 보여준다. 어쩌면 오늘날의 인간상에 더 어울리는 모습일지도 모른다.

영원히 아름답고 싶다는 욕망은 영원히 살고 싶어 한 진시황의 욕망과 같은 선에 자리 잡는다. 영원한 젊음을 쥐고 싶은 욕망과 그것에 굴복했을 때 일어날 수 있는 참혹한 결과를 동시에 제시한다.

묘한 압박감을 느낀다.

당시에는 그렇다 치고 오늘날의 기준으로 보면 어떨까?

성형이 자연스럽고 외모지상주의라는 말조차 식상(食傷)하다. 오히려 필수 자기 관리법이라고 여겨지는 세상이 아니던가? 도리언의 미모 집착이 꼭 파멸에 다다르게 될 이유가 되느냐고 반문할 수도 있다. 그럼에도 이 작품이 여전히 매력적인 것은 섬뜩하게 인간의 이중적 본성을 건드리기 때문이다. 젊음과 늙음, 가치의 선택과 책임 그리고 양심까지. 그래서 도리언은 곧 오늘의 우리 모습이라는 말이 설득력이 있게 다가온다. 그래서 그를 지지하기도 한다.

"도리언, 이해할 만해!"

퍼스널브랜딩 측면에서는 도리언에 대하여 보다 냉정한 평가를 내릴 수 있다. 퍼스널브랜딩은 자기다움의 정체성을 극대화하는 일이다. 그리고 그것을 가지고 타인이나 공동체에 선한 영향력으로 이바지하는 행위이다. 퍼스널브랜딩은 자기답지 않은 요소에 휘둘리지 않는 것으로부터 시작된다. 당연하지 않은가? 물에 물을 탄 듯이 희미한 정체성 위에서는 그 어떤 개성도 빛을 발휘할 수가 없다.

이와 같은 기준으로 보면 도리언 그레이는 퍼스널브랜딩의 대표적인 실패 인물이다. '세상에서 가장 아름다운 남자'라는 타고난 자기다움이 '세상에서 가장 아름다운 살인자'라는 정반대의 자기다움으로 바뀌었으니 말이다. 선한 영향력은 고사하고, 악한 영향력만 내뿜었다. 스승처럼 자신을 후원해 준 은인을 보은은커녕 살인한다. 연인이었던 여자를 자살로 이끈다. 비참한 운명이 그를 기다리고 있을 뿐이었다.

작품의 등장인물 핵심 3인은 묘한 삼각관계를 이루고 있다. 도리언 그레이를 가운데에 놓고 헨리경과 바질이 묘한 신경전을 벌이는 것을 두고 하는 말이다. 바질과 도리언의 관계는 지극히 상식적이다. 그런데 여기에 헨리경의 등장이 큰 변수로 작용한다. 헨리경은 도리언을 소유하고자 한다. 동성애 같은 묘한 그림자를 드리우면서 말이다. 그의 집착은 도리언이 잘못된 길로 빠지도록 부채질하는 역할을 한다.

도리언은 굳은 심지가 아니었다. 확고한 자신의 브랜드 아이덴티티를 구축하지 못하고 있었다. 도리언은 중심을 잡지 못했고 속절없이 흔들렸고 결국 최악의 퍼스널브랜드가 되어버렸다.

인생의 주인공은 도리언 자신이어야 했다. 자신이 선택하고 책임도 자신이 져야 했다. 도리언이 보여준 것이 하나 있기는 하다. 하늘이 내려준 빼어난 장점도 본인의 주관이 없으면 이렇게 망가질 수 있다는 사실. 도리언에 대한 지나친 미움의 발로일까?

꽃이 아름다운 이유는 단순히 겉모습 때문만은 아니다.

꽃의 본질은 그 내면에 존재하는 생명력과 향기다. 사람의 주관도 꽃의 본질과 마찬가지다. 주관은 자기의 생각과 가치관을 바탕으로 세상을 바라보는 시선이다. 주관이 뚜렷한 사람은 생각과 가치관을 바탕으로 행동한다. 타인의 시선에 흔들리지 않고 자신의 길을 걸어갈 수 있다. 물론 자신의 주관을 가지는 것은 쉽지 않은 일이다. 용기가 필요한 일이다. 도리언도 결국은 용기가 부족했다. 꽃은 자기의 생명력과 향기를 바탕으로 아름다운 존재로 거듭난다. 도리언도 자신의 주관을 바탕으로 세상살이를 선택했더라면 삶이 더욱 풍요로웠을 것이다.

탁월한 고전이 그러하듯이 이 작품도 인간의 본성을 적나라하게 들추어내고 있다. 그래서 딱히 누가 읽으면 좋을 것인지 특정할 수 없다. 이 책이 시간이 지날수록 그 가치를 더해가고 있는 이유가 여기에 있다. 스토리가 작품 발표 당시보다는 오늘날에 더 어울린다는 평가도 받고 있다. 우리는 모두 도리언 그레이와 같은 욕망을 지니고 있다. 잘나면 잘난 대로 못나면 못난 대로 욕망이라는 이름의 전차를 타고 달려가고 있다. 욕망의 무한 질주는 파멸의 참사를 불러일으킨다. 잠시 멈춰서야 한다. 브레이크를 밟아야 한다. 도리언의 사례가 그 역할을 하고 있다.

나폴레옹이 칼로 할 수 없었던 것을 펜으로 정복하겠다.
<인간 희극>이라는 거대한 강물의 중심
<고리오 영감>

프랑스의 작가 오노레 드 발자크가 1835년에 발표했다. 인간의 욕망과 인간관계를 그린다. 고리오 영감은 자신의 부를 이용하여 자녀들의 성공을 추구한다. 결국에는 배신당하고 비참한 죽음을 맞는다.

가족의 의미와 사랑에 대해 곱씹어 보게 한다. 고리오 영감의 안타까운 죽음은 인간의 삶이 유한하다는 것을 상기시킨다. 또 하나의 고민 앞에 선다. 어여쁜 딸도 저런다. 어떻게 살아가야 하는가?

'혼자 남은 라스티냐크는 묘지 꼭대기를 향해 몇 걸음 옮겼다. 그리고 그는 센 강의 두 기슭을 따라서 꾸불꾸불 누워 있는, 등불들이 빛나기 시작하는 파리를 내려다보았다. 그의 두 눈은 방돔 광장의 기둥과 불치병자 병원의 둥근 지붕 사이를 뚫어지게 바라보았다. 그곳에는 그가 들어가고 싶었던 아름다운 사교계가 있었다. 그는 벌들이 윙윙거리는 벌집에서 꿀을 미리 빨아 먹은 것 같은 시선을 던지면서 우렁차게 말했다. "이제부터 파리와 나와의 대결이야!" 사회에 도전하려는 첫 행동으로 라스티냐크는 뉘싱겐 부인 집으로 저녁 식사를 하러 갔다.'

"나폴레옹이 칼로 할 수 없었던 것을 나는 펜으로 정복하겠다."

〈고리오 영감〉의 저자 오노레 드 발자크의 이름에는 화려한 수식어들이 많다. 그런데 그것들이 예사롭지가 않다. 문학의 본질을 담고 있기 때문이다. 그러하기에 문학이라는 카테고리를 대표하는 파괴력을 지니고 있다. 그는 스스로 문학계의 나폴레옹이 되려 했다. 아니 실제로 그렇게 되었다고 할 수 있다. 프랑스의 찰스 디킨스라고 불렸고, 찰스 디킨스는 영국의 발자크라고 불리었다. 초인적이라고 할 만큼 많은 글을 썼다. 비판적 사실주의 문학의 선구자이며 놀라운 통찰력의 소유자였다. 그는 글(문학)에 관한 한 질과 양을 모두 잡은 최고의 작가임이 틀림없다.

발자크의 작품 한 편 한 편은 하나의 거대한 강물이 되었다. 〈인간 희극〉이라는 큰 바다 같은 작품 세계를 형성했다. 〈인간 희극〉은 90여 편의 소설이 서로 연계성을 지니면서도 마치 하나의 작품처럼 구성된다. 세계문학에 있어서 걸작 중의 걸작으로 평가받고 있다.

〈고리오 영감〉은 그 〈인간 희극〉의 중심에 위치하는 작품이다. 다양한 자본주의적 인물군과의 관계망 속에서 부르주아 노인의 점진적 쇠락과 귀족 청년의 상승 욕구를 극적으로 대비했다.

19세기 프랑스 사회의 거대한 벽화를 완성했다. 인간군상의 비루함과 속물근성을 적나라하게 까발렸다. 타락한 가치관과 도덕성을 고발했다. 풍자소설의 대표가 되었다.

〈고리오 영감〉은 제목만 보면 고리오 영감이 주인공으로 생각된다. 물론 고리오 영감도 주인공 중의 한 인물이다. 그러나 내용 전개는 으젠 드 라스티냐크의 시선을 따라간다.

라스티냐크는 20대 초반의 법학도로 가난한 귀족 집안 출신이다. 그는 성공을 꿈꾸며 파리로 유학을 왔다. 보케르 부인의 하숙집에 기거하지만 파리 사회에서 성공하기에는 재력도 수완도 부족했다.

그러던 중 그에게도 기회가 찾아왔다. 먼 친척 보세앙 자작 부인이 도움을 주었다. 지금까지 그가 몸담고 있었던 사회와는 전혀 다른 삶을 살게 된다. 파리의 사교계에 발을 들여놓게 된다.

한편 라스티냐크의 하숙집 옆방에는 고리오 영감이 살고 있었다. 그는 그가 왕년에 제면 업으로 큰돈을 벌었을 뿐 아니라, 레스토 백작 부인과 뉘싱겐 남작 부인의 아버지라는 사실을 알게 된다. 라스티냐크는 고리오 영감을 자신의 출세 수단으로 삼으려 잔머리를 굴린다. 처음에 그는 순수했다. 젊은이들은 성공을 위해서라면 영혼까지 팔아버렸지만, 그는 그러지 못했다. 젊은 라스티냐크는 점차 눈을 뜬다. 이런저런 사람들을 겪으며 파리 사회와 인간, 성공, 처세의 본질에 접근한다.

또 다른 줄기의 내용은 고리오 영감이 이끈다. 돈이 많았던 고리오 영감은 두 딸에게 요즘 말로 '올인'한다. 전 재산을 딸에게 쏟아붓는다. 딸의 행복이 곧 자기의 행복이라고 믿었다. 그러나 딸들의 생각은 달랐다. 아버지를 이용만 한 것이다. 아버지의 마음을 보지 않고 오직 돈만을 본다. 고리오 영감은 말년에 싸구려 하숙집에서 고생하다 죽는다. 딸들은 임종은커녕 장례식에도 참석하지 않는다.

풍자소설은 "저 사람을 따라 해야지." 하는 마음을 갖게 하는 롤 모델을 제시하지 않는다. 대신에 반면교사의 교훈을 제시한다.

"절대 이 사람처럼은 살지 마!"

이런 식이다. 〈고리오 영감〉은 보케르 부인의 하숙집 사람들 가운데에서도 특히 세 사람의 남자가 눈길을 끈다. 젊은 학생 으젠 라스티냐크, 40대 중년 남자 보트랭, 그리고 고리오 영감이다. 딱 한 사람을 꼽는다면 라스티냐크다. 그의 입장으로 보면 이 소설은 하나의 성장소설이다.

그가 주위 사람들 특히 고리오 영감과 보트랭의 파멸을 통하여 깨달음을 얻는 과정을 보여주기 때문이다.

으젠 드 라스티냐크

그는 성공과 출세를 위하여 무한 질주를 감행중이다. 파리의 사교계에 진출하는 것이 그것을 보장해 줄 것이라고 믿는다. 어찌 보면 인생 역전을 꿈꾸는 로또 복권 식으로 승부를 거는 것처럼 보인다. 진취적이고 도전적인 삶의 전략이라고 볼 수도 있지만, 장기적인 측면으로 보면 옳은 전략이 아니다.

그는 브랜드 관점으로 보면 도입기의 신제품 브랜드다. 따라서 포지셔닝과 콘셉트가 매우 중요하다. 그는 또한 빅 브랜드로의 잠재성도 풍부하다. 외모도 출중하고 양심도 여전히 살아있다.

그러나 큰 깨달음이 없으면 꽃을 피우지 못하고 사라질 것이다. 진정한 성공은 정도(正道)를 통해서만 가능하다. 그런 의미에서 그는 편지에서 어머니가 제시하는 삶을 대하는 자세를 거듭 되새겨야만 할 것이다.

"착한 으젠아. 어미 마음을 믿어다오. 부정한 방법으로는 절대로 성공할 수 없는 법이란다."

고리오 영감

고리오 영감은 쇠퇴기 브랜드다. 따라서 삶을 연장하는 것을 최고의 전략으로 둔다. 그 방법의 하나로 재활성화를 도모한다. 그런데 고리오 영감은 이를 간과하고 자신이 가진 모든 것을 두 딸에게 주었다. 이는 자신의 핵심 가치 상실을 의미한다.

급기야 평생 고객이라고 생각했던 두 딸로부터도 외면을 당한다. 인생이라는 시장에서 영원히 사라진다. 스스로 자기 주체성을 확립할 필요성은 아버지와 딸의 관계라고 해서 예외는 아니다.

고리오 영감의 경우는 셰익스피어의 〈리어왕〉과 연결된다. 리어왕은 믿었던 첫째와 둘째 딸에게 배신당한다. 그 대신 미워했던 막내딸에게 신세를 지게 된다. 두 딸 모두에게서 버림받은 고리오 영감의 경우와는 약간 결이 다르다. 그러나 내리사랑은 있어도 치사랑은 없다는 경고의 사례로는 두 경우가 일치한다.

보트랭

보트랭은 개성이 뚜렷한 콘셉트를 지닌 매력적인 브랜드일 수 있다. 이는 대단한 강점이다. 그런데 브랜딩의 기본은 이미지와 실체가 상호 연결되어야 한다. 그렇지 못할 때는 언젠가 들통이 나게 되어 있다. 이를 고객들은 짝퉁 브랜드 또는 사기 브랜드라고 부른다. 사람의 브랜드도 이와 똑같다.

"이곳 파리에서 사람들이 어떻게 출세하는지 알고 있나? 뛰어난 천재성을 발휘하거나 아주 능숙하게 타락해야 한다네."

보트랭의 실체는 탈옥수다. 그의 메시지가 아무리 설득력이 좋은 것처럼 보여도 더 이상 확장하지 못한다. 그는 그가 지닌 좋은 재주를 투명하고 합법적으로 썼어야 했다. 그렇지 않으면 그의 목소리는 사회적 반항아의 공허한 메아리일 뿐이다.

소설은 뚜렷한 결론을 제시하지 않는다.
주인공 라스티냐크의 발길이 어느 방향으로 향할지 모르기 때문이다.

한 방향은 정도를 가는 길이고 또 다른 방향은 욕망 가득한 사교계로 진입하는 길이다. 그는 그 분기점에 서 있다. 최종적으로 그가 어떤 선택을 했을지 몹시도 궁금하다.

등잔 밑이 어둡다고 했다. 라스티냐크의 삶을 궁금하게 여기기 이전에 지금의 나와 내 주변을 살펴보는 것이 우선일지도 모르겠다. 작품 속처럼 오늘의 세상도 진흙투성이의 모습이 너무나 많다. 엄연한 현실이다. 리어왕이나 고리오 영감 같은 사례가 다반사로 일어나고 있다. 인간의 나쁜 본성은 세월이 지나도 소멸하지 않는다. 마치 악성 바이러스가 더 강력하게 창궐하는 경우와 같이 더 나쁘게 진화한다.

'그의 눈앞에 보이는 세상은 진흙투성이의 대양 같아서, 한 인간이 발을 잘못 디디면 목까지 잠겨버리는 곳이었다.'

〈고리오 영감〉은 엄숙하게 느껴지는 고전(古典)에 대한 선입견과는 다른 감상이다. 매우 재미있게 읽힌다. 19세기의 프랑스 사회를 마치 다큐멘터리 영상물로 담은 듯하다. 상세하게 설명해 준다. 그래서인지 '발자크의 소설이 사실주의 문학의 백미다. 진짜 소설이다.' 하는 평가에 고개가 끄덕여진다.

직접 확인하고 싶으면 지금 당장 늙은 여자 보케르 아주머니가 사십 년 동안 운영해 온 파리의 그 하숙집으로 달려가 보면 된다.

'보케르 집. 남녀 모두 받는 고급 하숙집'

"왜, 이 책이 유명한 책이에요?"
하루키가 가장 존경하는 다자이 오사무의 <인간 실격>

일본 작가 다자이 오사무의 작품이다. 요조는 자기 내면을 솔직하게 드러내지 못한다. 타인의 시선을 의식하며 살아간다. 인간의 삶과 죽음, 사랑과 우정 등 다양한 주제에 대해 고민하게 만든다. 인간의 사회성과 모순을 다루고 있다. 요조는 인간 사회에 적응하기 위해 노력하지만, 결국 실패하고 만다. 인간 사회의 모순과 인간의 이중성을 보여준다. 인간 사회에 대한 비판적인 시각을 제공한다.

'진정한 폐인.
아버지가 돌아가셨다는 사실을 알고 난 뒤 저는 점점 더 얼간이가 되어갔습니다. 아버님이 이젠 안 계십니다. 내 마음에서 한순간도 떨어지지 않았던 그 그립고도 무서운 존재가 이제 안 계신다. 제 고뇌의 항아리가 텅 빈 것 같은 느낌이었습니다. 제 고뇌의 항아리가 공연이 무거웠던 것은 아버지 탓이 아니었을까 하는 생각조차 들었습니다. 모든 의욕을 상실했습니다. 고뇌할 능력조차 상실했습니다.'

직장을 다니는 딸이 가족 여행 중에 책을 한 권 챙겨왔다. 업무와 관련된 책인가 싶어서 안쓰럽게 바라보았다. 어떤 내용의 책일까 궁금했다. 무슨 책이냐고 물었다. 딸은 약간 귀찮은 표정을 지으면서 읽던 책을 보여주었다. 깜짝 놀랐다. 업무와는 전혀 무관한 일본 소설 〈인간 실격·人間 失格〉이었다.

딸이 우리나라 현대소설이나 에세이를 즐겨 읽는다는 것은 어렴풋이 알고 있었다. 성격이 전혀 다른 세계문학 고전을 읽고 있다. 그 배경이 궁금했다. 별다른 이유는 없다. 독서 클럽에서 선정한 책이니까 읽는 것 뿐이란다. 건조한 대답이 건조하게 돌아왔다.

그러면서 의외의 질문을 한다.

"이 책이 왜 유명한 책이에요? 우울한 내용에 답답하기만 한데….."

〈인간 실격〉은 일반적인 유명세와는 달리 나에게도 그다지 크게 영향을 끼치지는 못한 책이었다. 일본뿐만 아니라 우리나라에서도 가장 널리 읽히는 일본 소설로 손꼽히는데도 말이다. 오래전에 공공도서관에서 읽은 적이 있다. 한 남자의 쓸쓸한 모습으로 대변되는 아련한 기억만 있을 뿐이다. 딸의 질문이 묘한 문제의식을 자극했다. 다시 읽어야만 한다는 동기부여가 되었다.

〈인간 실격〉 다시 읽기는 예상과 달리 큰 충격을 받았다. 평소에 가지고 있던 생각보다 작품의 감상이 훨씬 강렬했기 때문이다. '20세기 일본 문학의 정수', '청춘의 한 시기에 통과 의례처럼 거친 뒤 잊히는 작가'. 특히 일본 작가 무라카미 하루키의 말도 거기에 힘을 더했다.

"다자이 오사무는 제가 가장 존경하는 선배 작가입니다."

이들의 찬사와는 결이 다르지만, 새로운 면면을 발견하고는 매우 놀랐다. 작가 다자이 오사무는 먼 훗날에 자기 작품이 시대를 넘어서 그리고 국경을 넘어서 이렇게 많은 사람의 관심을 받을 것을 예측이나 했을까? 한 인간의 고립과 삶에 대한 회의로 가득 차 있는데도 말이다. 더구나 작가는 이 소설을 탈고한 후에 결국 자살하고 말았지 않았던가?

〈인간 실격〉은 문학 고전을 넘어서 하나의 고민 덩어리가 되었다. 왜 이 작품에 열광하고 빠져드는 것일까? 그런 의문이 머릿속에서 맴돈다. 그렇지만 그 이유를 정확히 가늠하기 어렵다. 결론은 중독성이다. 중독이란 어떤 사상이나 사물에 한껏 젖어서 정상적으로 사물을 판단할 수 없는 상태를 말한다. 요즈음 방송에서 사용하는 용어를 빌자면 '스며든다.'라는 비유가 더 적절하겠다. 〈인간 실격〉은 무언가 정체를 알 수 없는 강렬한 자극을 던진다. 그 치명적인 유인 요인이 있다.

하나, 작가

다자이 오사무(1909~1948)는 인생 그 자체가 소설이다. 흥미진진한 스토리가 넘친다. 금수저 집안의 11남매 중 열 번째, 6남으로 태어났다. 자기 집안이 고리대금업으로 돈을 모은 신흥 졸부라는 사실에 평생 부끄러움을 느꼈다. 그래서일까. 대학 시절에는 공산주의 운동에 가담하기도 했다. 차석에 그친 문학상 결과에 불만을 품었다. 심사위원장인 당대의 대작가 가와바타 야스나리에게 공개적으로 항의 글을 발표했다. 정신병원에 입원하기도 한다. 서른아홉 살이라는 길지 않은 생을 살았다. 연인과 함께 다섯 번째 자살 끝에 하늘나라로 올랐다.

그는 천성적으로 섬세하고 예민한 감수성을 타고났다. 그래서 타인에 대한 시선을 놓친 적이 없다. 남에게 싫은 소리 한번 못했다. 남다른 길을 걷고 남다른 삶을 살았다. 술과 담배 그리고 여자와 모르핀에 중독되었다. 그러나 그는 자신의 불편한 사실을 숨기지 않는다. 놀라울 정도의 솔직함을 담아 영혼까지 내던졌다. 그의 모습은 연민을 넘어 오히려 경외감을 느끼게 했다.

둘, 요조

〈인간 실격〉은 작가의 자전적 체험 소설이다. 어떤 면에서는 자기 해명의 책이라는 평가가 일반적이다. 작품 속 주인공 요조는 상당 부분 작가 다자이 오사무 그 자신이다. 〈인간 실격〉의 명성은 겉과 속의 두 가지 축이 있다. 작가 다자이 오사무가 겉모습을 대변한다. 요조는 작품의 속살이다.

요조와 같은 캐릭터를 가진 인물은 세상 그 어느 곳에서도 발견할 수 없을 것이다. 상상 초월의 희귀 인간이다. 그의 고뇌는 딱 하나로 정형화되지 않는다. 아메바처럼 꿈틀거리고 변화무쌍하게 변형을 시도한다. 이것이 오히려 치명적인 매력으로 탈바꿈한다. 한편으론 그의 순수함이 부럽기도 하지다. 하지만 결코 닮고 싶지는 않은 인물이다. 그러기에 더욱더 관심이 간다.

"어쨌든 인간들의 눈에 거슬려서는 안 돼. 나는 무(無)야. 바람이야. 텅 비었어."

요조는 익살꾼이다. 익살이란 남을 웃기려고 일부러 하는 말이나 몸짓이다. '일부러'라는 말뜻에 주목해야 한다. 알면서도 마음을 숨긴다는 의미가 들어있다. 요조의 익살은 인간 불신과 기만을 의미한다. 요조는 생각한다. 세상 사람들은 서로서로 속이고 있다는 사실조차 알아차리지 못한다고.

요조의 익살은 가식적 연기이자 자신의 생존전략이다. 익살은 자신을 타인과 연결하는 실의 역할을 한다. 익살은 낙오자, 부적응자, 무능력자 등 그의 많은 결함을 감추는 수단이기도 했다. 일부러 인디언 춤을 추고 우스꽝스러운 작문을 했다. 요조의 표현을 빌자면 익살 서비스를 제공한 것이다. 그의 서글픈 모습을 보면 절로 동정심이 생겨난다. "진짜야?" "부러 그랬지?" 요조에게 이런 말은 최고의 수치다. 거짓이 탄로 날 때 등에 칼을 맞고 지옥으로 굴러떨어지는 것 같은 느낌이다.

"지금 저에게는 행복도 불행도 없습니다. 모든 것은 지나간다는 것일 뿐입니다."

요조는 일탈꾼이다. 요조의 일탈은 나를 무장 해제하도록 만들었다. 나는 욕망을 애써 감추고 규칙에 따라야 한다고 교육받았다. 요조는 호리키라는 악우(惡友)를 통하여 술과 담배와 창녀와 전당포와 좌익사상을 배운다. 그것들을 통하여 동류의식을 느끼곤 했다.

그는 행복마저도 두려워했다. 그는 일탈을 즐기는 사람이었다. 공산주의 독서회 활동에서 특히 그것을 엿볼 수가 있다. 비합법이 오히려 마음이 편했다. 패자, 약자 등 음지의 사람들을 만나면 오히려 다정하고 정다운 마음이 들었다. 범인(犯人) 의식이나 뒤가 켕기는 상처가 있는 사람들도 정답게 느껴졌다. 상처는 오히려 살아있는 감정을 불러일으켰다.

〈인간 실격〉은 시종일관 불편한 진실을 드러낸다. 일종의 처절한 자기 고백서다. 고백(告白, Confession)은 마음속에 생각하고 있는 것이나 감추어 둔 것을 숨김없이 말하는 것이다. 요조의 고백은 자신의 일탈과 치부를 드러낸다. 요조의 고백은 단순 고백을 넘어서는 세상을 향한 도발이다. 솔직함과 순수함, 그리고 백치미의 감성이 담겨있다.

그는 가난에 대해서도 공포심은 있어도 경멸심은 없다고 말했다. 그의 고백은 패배자의 외침이다. 한편으론 현대사회에 대한 날카로운 고발이다. 인간에 대한 구애를 시도했으나 모든 시도에 배반당했다. 인간 실격자가 되었다.

"······. 당신을 보고 있으면, 여자들은 대부분 뭔가 해주고 싶어서 견딜 수 없어져. 언제나 쭈뼛쭈뼛 겁먹고, 그러면서도 익살스럽고······. 가끔 혼자 굉장히 침울해하고 있으면 그 모습이 더 여자의 마음을 흔들거든."

요조는 사랑꾼이다. 요조의 인생에서 빼놓을 수 없는 것 중의 하나가 여자다. 요조는 "여자들이 반할 거야."라는 말을 듣고 살았다. 요조를 바라보자면 고독마저도 감미롭다는 초콜릿 광고의 카피가 연상된다. 요조는 고독한 냄새를 풍기는 남자다.

여성들이 보기에는 가여워 보이기도 하고 귀엽게 보이기도 하고 또한 사랑의 비밀을 지켜줄 사나이로 보이기도 했다. 정작 자기 자신은 여성이 남성보다도 몇 배나 더 난해하다고 여겼다.

요조에게는 '여자를 잘 다루는 도사' 같은 냄새가 배었다. 이는 여복(女福)이 아니라 오히려 여난(女難)에 시달리는 빌미가 된다. 친구는 끔찍한 악마의 예언을 했다. '사랑받는 불안'이 그를 휘감았다. 그는 정사(情死) 사건의 주인공이 되었다.

하숙집 딸에서부터 운동권 선배 누나. 긴자의 카페 아가씨, 내연의 처, 병원 간호사, 여기자 모녀, 스탠드바 마담, 약국 부인, 나중에 결혼하고 처참한 비극의 대상이 된 담배 가게 아가씨까지. 종국에는 여자가 없는 곳으로 가겠다는 그의 헛소리는 음산한 형태로 실현된다. 요조가 정신병원에 입원하게 된다. 그 병동에는 남자 미치광이뿐이었다. 간호사도 남자였다. 여자라곤 한 사람도 없었다.

셋, 시대 상황

〈인간 실격〉은 다자이 오사무와 그의 닮은 꼴 요조가 생산하는 스토리다. 그 스토리를 더욱더 활활 타오르게 만든 것이 바로 시대 상황이다.

스토리라는 불꽃에 시대 상황이라는 기름이 쏟아부어진 격이다. 독자들도 문단도 미치지 않을 수 없었다.

"다자이 오사무는 우리의 청춘과 떼어놓을 수 없는 존재였다. 패전 후의 혼미기를 우리는 다자이 하나에 의지해서 살았다. 다자이 오사무라는 존재에 모든것을 걸었던 것이다." – 오쿠노 다케오(문학 평론가)

전후 일본의 독자들은 데카당스(décadence) 문학을 하나의 통과 의례로 여겼다. 일본은 졸지에 패망국이 되었다. 일본 국민의 심리상태는 어떠했을까? 가치관의 전도는 어느 정도였을까? 상상 그 이상이었을 것이다. 그들에게는 울고 싶을 때 뺨을 때려줄 그 무엇이 절실했다. 〈인간 실격〉을 비롯한 데카당스 문학이 이를 대신했다.

데카당스 문학은 어떤 것이기에 이것이 가능할 수 있었던 것인가? 데카당스 문학은 세기말적(世紀末的)인 문예사조의 한 명칭이다. 퇴폐주의(頹廢主義). 쇠미(衰微)·쇠퇴(衰退)를 뜻하는 프랑스 말로 쇠퇴·파멸로 향하는 과정에서 나타난 병적이고 향락주의적인 문예 풍조를 가리킨다.

시대 상황과 관련해서 더 놀라운 사실이 있다. 오늘날의 우리도 일본의 패전 후 혼란기의 그 시절과 다를 바가 없다. 이 작품을 구매하는 이유에서 그 하나의 사실을 발견할 수 있다. 요조의 모습을 나의 자화상으로 여기고 있다. 지금도 여전히 가치관의 혼란, 세대 간 성별 간의 갈등, 지역 갈등, 진영 갈등은 현재 진행형으로 계속 생산되고 있다.

책을 덮으면 쓸쓸하다는 노래 가사가 있다. 당신의 경우는 어떤가요? 〈인간 실격〉을 읽고 난 후의 느낌은 반성이다. 처음 이 책을 읽었을 때와 지금 다시 읽었을 때를 비교해 보면 큰 차이가 있다. 처음 읽었을 때는 아무런 생각도 없이 그냥 책장만 넘긴 것 같다. 뒤늦은 부끄러움이 밀려왔다. 〈인간 실격〉은 '독서 실격'의 경고이자 회초리였다. 책을 제대로 읽어야겠다.

반성적(反省的)인 독서를 해서일까. 〈인간 실격〉을 읽는다는 것은 곧 일종의 극한 롤러코스트를 타는 것과 같다. 주인공 요조의 세상에 대한 외침과 자세에 공감했다. 어떤 대목에서는 밀어내기를 거듭했다. 하늘로 날았다가 땅속으로 꺼지기를 반복했다.

"부끄럼 많은 생애를 보냈습니다. 저는 인간의 삶이라는 것을 도무지 이해할 수 없습니다."

〈인간 실격〉의 그 유명한 첫 문장은 이렇게 시작한다. 인생을 살면서 부끄럽지 않은 사람이 얼마나 되겠는가? 삶을 어찌 다 이해할 수 있겠는가? 많은 이들 또한 같은 고민을 지니고 있을 것이다. 이러한 난해한 문제에 대하여 주인공 요조는 자신만의 답을 제시한다. 〈인간 실격〉이라고. 우리는 과연 이 문제에 대하여 어떤 답을 내놓을 수 있을까? 나는 과연 '인간 합격'인지 아니면 요조처럼 '인간 실격'인가? 정답을 알고 싶다면 비록 불편하겠지만 요조의 세계에 빠져보아야 한다.

그렇다고 해서 지레 겁을 집어먹으면 안 된다. 〈인간 실격〉은 오히려 위안을 준다. 나 자신을 주인공 요조와 비교하게 되니까. 단언컨대 그 어느 힘든 환경도 요조의 경우에는 미치지는 못할 것이다. 그래서 역설적으로 요조는 읽는 이에게 강렬한 에너지를 선사한다. 어쩌면 요조는 자기를 죽여서 남을 이롭게 하는 사람인지도 모르겠다. 일종의 반면교사 퍼스널브랜드다.

요조에 대한 지나친 미화라고? 어쩌면 그럴 수도 있다.

아무튼 힘든 세상을 겁내고 믿지 못하겠다는 당신, 사람이 도대체 무엇인지를 모르겠다는 당신, 남자와 여자를 이해하지 못하겠다는 당신, 상처 많은 당신, 지금 바로 〈인간 실격〉의 요조를 만나보라. 세상 유일의 개성 소유자 요조로부터 지금껏 경험하지 못한 위안과 지혜를 들을 수 있을 것이다.

비밀스럽고 강력하며 아름답다.
아프가니스탄 여성들과 <천 개의 찬란한 태양>

아프가니스탄의 여성들이 겪는 차별과 억압을 사실적으로 그렸다. 삶과 인권에 대한 문제를 제기한다. 섬세한 문체와 풍부한 묘사로 공감과 감동을 이끌어낸다. 이슬람 문화에 대한 이해를 증진하는 데에도 큰 역할을 한다. 전쟁과 폭력의 비극적 현실을 고발한다. 인간의 존엄과 평화의 중요성을 강조한다. 두 여성의 우정과 사랑을 통해 인간의 삶과 가치에 대한 깊은 통찰력을 보여준다.

'미안해하다니!

마리암은 이제, 똑같은 그 눈을 보며 자신이 얼마나 바보였는지를 깨달았다. 그녀는 자문해 보았다. 내가 그를 기만하는 아내였나? 독선적인 아내였나? 떳떳하지 못한 여자였나? 수치스러운 여자였나? 천한 여자였나? 내가 무슨 나쁜 짓을 했기에 이 남자의 악의와 구타를 계속 감수해야 했는가? 그가 아플 때 그를 간호해 주지 않았던가? 그와 그의 친구들을 위해 음식을 대접하지 않았던가? 그리고 모든 게 끝나면 설거지와 청소를 하지 않았던가? 이 남자에게 내 젊음을 바치지 않았던가? 나는 이 남자의 비열함을 견뎌야 마땅한 사람인가?'

"이럴 수가!"

〈천 개의 찬란한 태양〉을 처음 읽고 나서 이 말을 몇 번이나 반복했는지 모르겠다. 놀라움 때문이다. 그런데 그 놀라움이라는 것이 묘했다. 1%의 희망이 99%의 절망과 힘겹게 싸움을 벌이고 있는 듯했기 때문이다. 그래서 어서 빨리 희망과 평화가 힘을 얻어 절망과 슬픔이 사라지기를 기원했다. 아프가니스탄의 여성들에게 말이다.

그런데 이것이 무슨 운명의 장난이란 말인가? 이슬람 무장단체 탈레반이 20년 만에 아프가니스탄을 재장악했다. 카불 공항의 대혼란 등 아프가니스탄의 혼란이 연일 전 세계의 뉴스로 타전되고 있다. TV 화면에 등장하는 부르카를 입은 아프간 여성들이 나나, 마리암, 라일라 등 소설 속의 슬픈 아프간 여인들의 모습과 겹쳐 보였다. 다시 절망의 시대가 오는 것 같아 마음이 아팠다. 책꽂이에서 〈천 개의 찬란한 태양〉을 다시 끄집어내야만 했다.

작가 할레드 호세이니도 일찍이 '희망'을 쫓아갔던 사람이다. 그는 카불에서 태어났지만, 미국으로 망명했다. 아버지가 외교관이었는데 아프가니스탄이 소련의 침공을 받고 공산주의 정권이 되었기 때문이다. 의사이면서 조국 아프가니스탄 이야기를 쓰는 소설가로서 활동하고 있다. 아프가니스탄에 대해서 글을 쓰는 그는 많은 책임감을 느낀다고 했다. 그 책임감은 독자들이 비참한 처지의 아프가니스탄과 특히 아프가니스탄의 여성들에게 관심을 가지도록 하는 것에 있다. 그러한 관심이 척박한 땅에서 희망의 불씨를 살려내는 방법일 수도 있기 때문이다. 첫 소설 〈연을 쫓는 아이들〉도 그렇고 〈천 개의 찬란한 태양〉도 그렇다.

〈천 개의 찬란한 태양〉은 소련 침공, 군벌들 간의 내전, 탈레반 정권, 미국과의 전쟁 등 아프가니스탄의 비극적인 현대사 이야기다. 그 소용돌이의 중심에는 아프가니스탄 여인들이 있다. 마리암과 라일라라는 두 여자와 라시드라는 폭력적인 한 남자가 격동적인 삶의 중심에 있다. 두 여자는 라시드의 아내다. 본처이고 후처이다. 물론 나중에 두 여자는 감동의 우정을 빚으며 엄마와 딸과 같은 관계가 된다. 그래서 그 슬픔은 찬란한 사랑의 이야기로 승화되고 희망과 구원의 손길을 느끼게 해준다. 이 소설이 감동적인 이유는 바로 이 지점에 있다.

나나는 마리암의 엄마다. 아버지 잘릴의 하녀로 일하다가 마리암을 낳았다. 마리암은 천한 취급을 받는 사생아로 태어났다. 마리암은 15살 때 45세의 라시드와 결혼했다. 물론 원치 않은 결혼이었다. 세 명의 아버지 부인들이 그녀를 내쫓듯 진행한 결혼이었다. 마리암은 안타깝게도 아이를 갖지 못했다. 폭군 남편 라시드의 유일한 희망이 아들을 얻는 일이었음에도 말이다.

라일라는 14살 때 60이 넘은 라시드의 후처가 되었다. 아버지가 교사였는데 전쟁 통에 온 가족이 죽고 홀로 남겨졌다. 사랑하는 남자도 있었지만, 행방을 알지 못했다. 보호해 준다는 꾐에 빠져 라시드의 후처가 되었다. 아들과 딸을 낳는다. 딸 아지자는 첫사랑 타리크의 아이이고 아들 잘마이는 라시드의 아이다. 라시드가 죽고 나서 타리크와 결혼한다.

남편 라시드는 시종일관 두 여자를 천대하고 학대하고 핍박하고 두들겨 팬다. 물론 나중에 죗값을 치른다. 부인 마리암에 의해 죽기 때문이다. 라시드가 라일라를 목 졸라 죽이려 할 때 마리암이 삽으로 그의 머리를 내리쳐 죽인다. 마리암은 남편 살인죄로 공개 처형당한다. 그녀의 죽음은 고귀하다. 희망의 열쇠가 되었다. 남겨진 가족들이 행복의 문을 열 수 있도록 해주었다.

이 소설은 초반부터 비극이다. 눈물이 앞을 가린다. 그런데 결론적인 감정은 희극이다. 그 이유는 설명하기 곤란하다. 이 책의 마력이다. 결국 해피엔딩이라고 느낄 수 있는 것은 '희망'을 보았기 때문이다. 그 희망을 피운 것은 인내와 사랑이다. 전쟁의 포연 속에서 굶주림 속에서 인권유린의 사각 속에서 폭력 속에서 무시와 냉대 속에서도 꺼지지 않고 속삭였던 그 인내와 사랑은 도대체 어떤 것인가?

'비밀스럽고, 강력하며, 아름답다. 인정받지 못해도 끝없이 인내하는 사랑이라는 감정이 할레드 호세이니의 〈천 개의 찬란한 태양〉의 온 페이지를 장식하고 있다. - 오프라 매거진

브랜딩도 그 본질은 희망과 사랑을 만드는 작업이다. 물론 이 소설에는 퍼스널브랜딩이 비집고 들어갈 틈이 없다. 그런데 국가 차원에서는 말할 수 있다. 개인 브랜딩이 나의 가치를 높여서 나를 지키는 기술이듯이 국가 브랜딩은 국가를 지키는 기술이기도 하다.

국가가 정체성을 지켜내지 못하면 개인도 정체성을 지켜내지 못한다. 국가가 자강(自強)하지 못하면 국민 역시 자강하기 힘들다. 아프가니스탄이라는 국가가 국가 브랜딩을 잘했다면 아프간 여성의 절망은 결코 이렇게 크지 않았을 것이다.

운명은 우리의 삶 앞에서 다정하지 않다. 좋은 운명을 타고난 것은 행운이다. 그러나 대부분은 거친 운명에 노출된다. 그렇다고 그 운명을 타인이 도와줄 수도 없다. 가족조차도 안 된다. 오직 내가 해야 한다. 그래서 나만의 삶의 전략이 필요하다. 그것이 운명에 맞서 싸우는 한 방법이기도 하다. 물론 힘겹다.

희망과 사랑의 권선징악(勸善懲惡)을 믿고 실천하는 것도 삶의 좋은 전략 중의 하나다.

이런 전략은 대체로 시작과 중간 과정까지는 괴롭지만, 최종적으로는 승리를 쟁취하는 경우가 많다. 소설 속의 마리암이 그것을 증명했다. 그래서 이승에서 그녀의 마지막 모습은 장엄하고 경건하다.

'마리암은 이 마지막 순간에 그렇게 많은 걸 소망했다. 그러나 눈을 감을 때, 그녀에게 엄습해 온 건 더 이상 회한이 아니라 한없이 평화로운 느낌이었다. (중략) 그녀는 사랑을 하고 사랑을 받은 사람으로서 세상을 떠나고 있었다. 그녀는 친구이자 벗이자 보호자로서 세상을 떠나고 있었다. 어머니가 되어, 드디어 중요한 사람이 되어 이 세상을 떠나고 있었다. 마리암은 이렇게 죽는 것이 그리 나쁜 건 아니라고 생각했다. 이건 적법하지 않게 시작된 삶에 대한 적법한 결말이었다.'

마리암은 현세의 삶에서는 안타까운 고통을 당했다. 하지만 종국에는 평화로운 영혼의 승리를 얻었다. 이 책을 덮는 순간 천 가지의 느낌이 다가온다. 세상의 모든 딸들은 물론이고 세상의 모든 남자들도 함께 읽어야 할 것 같다.

아무튼 모모에게 가보세.
기적과 신비의 매력적인 동화 <모모>

미하엘 엔데(1929~1995)의 <모모>는 환상과 현실의 경계를 넘나드는 독특한 이야기 구조를 가졌다.

상상력을 자극하고, 새로운 시각을 제공한다. 비유와 상징을 통해 인간의 삶과 가치에 대한 깊은 메시지를 전달한다.

모모는 타인의 말을 경청하는 능력을 통해 주변 사람들의 문제를 해결하고, 자신도 성장한다. 타인과의 소통이 중요하다는 것을 강조하며, 소통의 중요성을 깨닫게 해준다. 시간의 의미를 되새기게 해준다. 모모는 시간을 저축해야 한다는 강박관념을 비판하고, 시간을 유용하게 사용하는 방법을 제시한다.

"음, 이 세상의 운행에는 이따금 특별한 순간이 있단다. 그 순간이 오면, 저 하늘 가장 먼 곳에 있는 별까지 이 세상 모든 사물과 존재들이 아주 독특한 방식으로 서로 영향을 미쳐서, 이제껏 일어나지 않았고, 앞으로도 일어날 수 없는 어떤 일이 일어날 수 있지. 애석하게도 인간들은 대개 그 순간을 이용할 줄 몰라. 그래서 운명의 시간은 아무도 깨닫지 못하고 지나가 버릴 때가 많단다. 허나 그 시간을 알아보는 사람이 있으면 아주 위대한 일이 이 세상에 벌어지지."

서울 시청 건물 벽에 걸린 커다란 귀 그림과 문구가 눈에 확 들어왔다. '귀를 열겠습니다.' 가을맞이 계절 인사 정도가 나올법한데, 왜 이런 그림과 문구일까 하는 궁금증이 생겼다. 요즈음 시(市)와 시민(市民) 사이에 소통이 제대로 되지 않는다고 진단한 것일까? 대신 귀라도 활짝 열어야 소통이 원활해짐을 강조하기 위한 것일까?

며칠이 지나도 커다란 귀 그림이 잊히지 않았다. 어디선가 본 듯한 느낌이 들었기 때문이다. 기억을 더듬고 생각의 꼬리를 이어갔다. 예기치 못한 채 힘겨운 노력을 기울여야 했다. 드디어 찾았다. 〈모모〉의 한 페이지를 넘겼다. 그리고 다음의 문장에 이르게 되었다.

'그러면 모모는 별들의 나라를 향해 열려있는 거대한 귓바퀴 한가운데에 앉아 있는 듯한 느낌이 들었다.'

〈모모〉는 기적과 신비로 가득 찬 매력적인 동화다. 잃어버린 꿈과 환상의 세계를 되살려낸다는 평가를 받고 있다. 그런데 나의 눈에는 또 다른 세계가 보인다. 한편의 동화를 넘어서 '퍼스널브랜딩의 정석'과 같은 소설로 여겨진다. 주인공 '모모' 개인에게서, 그리고 소설 〈모모〉의 스토리에서 퍼스널브랜딩에 관련된 핵심 개념들이 주렁주렁 딸려 나오기 때문이다. 그 중의 압권은 다음 문장이다.

"아무튼 모모에게 가보세."

모모가 얻은 이러한 평판은 퍼스널브랜딩의 핵심을 말해주는 엑기스 같은 한마디다. 퍼스널브랜딩의 궁극적인 목표는 각 분야에서 모모와 같은 평판을 얻는 것이다. 전문성, 상징성, 대표성을 함축하고 있다. 이른바 '모모 퍼스널브랜딩'은 세 개의 핵심 가치가 그 내용의 중심을 잡고 있다. 경청(傾聽), 시간 관리, 자기다움 등이 바로 그것이다.

하나, 경청

퍼스널브랜딩에 능한 사람들은 경청의 기술에도 탁월하다. 고객의 의견을 잘 듣고 최적의 솔루션을 제시한다. 모모의 경청(傾聽) 기술은 자기 계발(啓發) 분야에서 자주 인용된다. 그만큼 많이 알려져 있다. 그러므로 모모는 역사상 최연소 경청의 대가인 셈이다.

모모 경청 기술의 핵심은 타인을 변화시키는 강한 설득력, 즉 오늘날 자주 사용하는 개념인 선한 영향력에 있다. 모모를 찾아오는 사람들은 대부분 삶의 약자들이다. 자기 존중감이 약하다. 걱정이 많고 비관적이고 부정적이다. 희망보다는 포기에 익숙하다. 그런 그들이 모모를 만나면 변한다. 모모에게 속마음을 털어놓는다. 그러면서 자기가 근본적으로 잘못 생각하고 있다는 사실을 깨닫는다.

다시 말해 이 세상에 나 같은 사람은 단 한 사람도 없다. 나는 나만의 방식으로 이 세상에서 소중한 존재다. 이런 사실을 깨닫고는 박수를 친다.

어떻게 이런 것이 가능했을까?

모모는 이 세상 만물의 말에 귀를 기울였다.

개, 고양이, 귀뚜라미, 두꺼비, 심지어 빗줄기와 나뭇가지 사이를 스쳐 지나가는 바람에도 귀를 기울였다. 그러면 그들은 각각 자기만의 독특한 방식으로 모모에게 이야기했다.

모모의 경청은 진정성이 충만했다. 진정으로 귀 기울여 다른 사람의 말을 들어 줄 줄 아는 사람은 아주 드물다. 모모는 듣기에만 그치지 않고 그것을 훌쩍 뛰어넘었다. 따뜻한 미소와 함께 정성을 다해서 다른 사람들의 이야기를 귀담아들어 준 것이다.

둘, 시간

〈모모〉에서 발견할 수 있는 퍼스널브랜딩의 핵심 개념 두 번째는 시간이다. 〈모모〉는 경청에 관한 교훈적인 내용으로 잘 알려져 있다. 그런데 사실 〈모모〉의 메인 줄거리는 '시간의 신비한 비밀'에 관한 스토리다. 시간 관리에 대한 교본으로 삼아도 좋을 만큼 그 내용은 설득력이 강하다.

여기서도 몇 가지의 이유를 발견할 수 있다.

우선 시간에 생명력을 부여하여 죽기 살기의 대결 구도를 형성했다. 회색 신사가 시간 도둑이라는 악역을 맡았다. 물론 모모가 승리하고 하루하루 최선을 다하는 시간 관리의 깨달음을 얻는 것으로 마무리된다. 또 다른 하나는 스토리 전개가 현실을 초월하는 동화 속 상상의 세계에서 펼쳐진다. 흥미와 재미가 배가된다. 당연히 몰입도가 높다. 마지막으로 거북 카시오페이아의 등에 나타나는 것처럼 내용이 미래 예언적이다. 그런데 이것이 오늘날의 일처럼 딱딱 들어맞는다. 〈모모〉가 출간된해가 약 반세기 전인 1970년대 초임에도 불구하고 말이다.

셋, 자기다움

이 개념은 〈모모〉에서 전혀 예상하지 못했던 부분이다. 그래서 느껴지는 강도가 조금 더 특별하다. 소설 속에서는 기기라는 인물을 통해서이 개념이 강조된다. 관광 안내원 기기는 그의 스토리텔링 말솜씨로 부와 명예를 얻는다. 그런데 이것이 긍정적으로 평가되지 않는다. 기기 본인도 행복해하지 않는다. 왜일까? 자기다움이 상실되어 나의 참모습이 아니다. 단지 돈과 시간의 꼭두각시가 되었기 때문이다.

이는 브랜딩 관점으로 보면 브랜드 이미지와 브랜드 아이덴티티가 단절되는 현상에 해당한다. 이 둘은 궁극적으로 하나가 되어야 한다. 물론 이상적인 경우이다. 하지만 설령 그렇지 못하더라도 반드시 서로의 연관성만은 가져야 한다.

자기다움의 브랜딩과 관련해서 자주 거론되는 이가 화가 피카소다. 그는 자타가 공인하는 20세기 가장 위대한 화가 중의 한 사람이다. 무엇이 그런 그를 만들었을까? 나의 견해로는 그의 브랜딩 감각이 답이다. 말하자면 끊임없이 혁신을 추구한 그였지만, 결단코 변하지 않는 한 가지가 있었다. '자기다움의 본질'을 담겠다는 그의 철학이다. 이 지점에서 아마도 〈모모〉의 작가 미하엘 엔데(1929~1995)는 피카소(1881~1973)의 열렬한 팬이었을 것이라는 상상을 하게 된다.

이 세 가지 외에도 〈모모〉에는 퍼스널브랜딩에서 강조하고 있는 핵심 가치들을 많이 다루고 있다. 우정, 지혜, 가치관, 삶의 태도 등등. 물론 보는 이들의 안목과 시선에 따라 이외에도 산더미 같은 보물을 발견할 수 있을 것이다. 곱씹어 볼수록 〈모모〉는 동화라기보다는 유쾌한 철학이라는 말이 더 어울리는 것 같다.

"시간은 삶이며, 삶은 우리 마음속에 깃들어 있는 것이다."

"인간은 사랑 없이 살 수 없다."
콩쿠르상을 중복 수상한 작가의 <자기 앞의 생>

프랑스 작가 로맹 가리가 에밀 아자르라는 필명으로 발표한 작품이다. 모모는 어린 나이에도 불구하고 인간의 삶과 죽음에 대해 깊이 이해하고 있다. 이를 통해 삶과 죽음에 대한 새로운 시각을 제시한다. 사회적 약자를 바라보는 관심과 애정의 시선이 풍부하다. 모모는 자신의 주변에 있는 가난한 사람들, 소외된 사람들, 병든 사람들 등을 사랑하고 그들과 함께 살아가는 것을 중요시한다. 문학적 표현과 문체의 아름다움을 덤으로 담고 있다.

'하밀 할아버지가 노망이 들기 전에 한 말이 맞는 것 같다. 사람은 사랑할 사람 없이는 살 수 없다. 그러나 나는 여러분에게 아무것도 약속할 수 없다. 더 두고 봐야 할 것이다. 나는 로자 아줌마를 사랑했고, 계속 그녀가 그리울 것이다……. 사랑해야 한다.'

'모모의 정체성'에 대해 혼란에 빠졌다. 많은 이들이 미하엘 엔데의 〈모모〉를 7080세대들에게는 익숙한 노래 〈모모〉와 동일시했다. "그 모모가 그 모모지?" 하면서 말이다.

구분 개념을 명확히 해야겠다는 소명 의식이 생겼다. 노래 모모는 미하엘 엔데의 소설 〈모모〉의 소녀 모모가 아니라. 〈자기 앞의 생〉에 나오는 주인공 소년 모모를 모티브로 삼은 것이다.

〈자기 앞의 생〉은 모모와 로자 아주머니의 슬프지만 아름다운 삶의 이야기를 다루고 있다. 로자 아주머니는 전직 창녀였다. 지금은 또 다른 창녀의 아이들을 돌보는 일을 하고 있다. 모모는 어머니가 창녀였고 아버지는 누구인지 알지 못한다. 모모는 로자 아주머니에게 맡겨졌고 로자 아주머니의 보살핌 속에서 자랐다. 불행한 이들은 불행 대신 모정과 우정 같은 사랑을 주고받았다. 서로에게 필요한 존재가 되었다. 모모는 로자 아주머니가 죽는 마지막 순간까지를 책임졌다. 사랑에 보답한 것이다. 소피아 로렌 주연의 영화로도 제작되었다.

소설 속에서 모모는 분명 골칫덩어리의 문제아다. 그리고 환경도 열악하다. 그럼에도 모모는 왜 행복해 보이는가? 그에 반해서 상대적으로 많은 것을 가진 우리 현대인들은 왜 행복하다고 말하지 않는가?

이 책은 내 앞의 생을 다시 한번 되돌아보도록 만들었다.

나의 고정관념을 산산조각 내버렸다. 사랑, 환경, 사람, 세 가지 키워드로 그 감상을 전한다.

하나, 사랑

〈자기 앞의 생〉은 인간의 삶에 있어서 사랑의 가치에 대하여 되새겨 보게끔 만든다. 특히 다음의 구절에서 그러한 느낌이 불쑥 돋는다.

"할아버지, 사람은 사랑 없이 살 수 있나요?"
"그렇단다."
할아버지는 부끄러운 듯 고개를 숙였다.
갑자기 울음이 터져 나왔다.

164

역설적으로 사람은 사랑 없이는 살 수 없다는 것을 말하고 있다. 히트 대중가요 '모모'가 이를 증명하고 있다. 모모의 노랫말은 지금도 대중들의 공감을 받고 있다. 노랫말의 핵심 포인트는 바로 이것이다.

'인간은 사랑 없이 살 수 없다는 것을 모모는 잘 알고 있기 때문이다.'

둘, 불행한 환경

모모와 로자의 불행은 한마디로 역대급 불행이다. 클래스가 다르다. 그러므로 그것을 극복하는 차원도 다르다. 그래서 모모는 스승이다. 지금 나의 처지와 모모의 모습을 비교해 본다. 그 어떤 자극보다도 강한 찔림으로 다가온다. 모모는 나에게 묘법연화경(妙法蓮華經)이라는 말도 생각나게 만든다. 이 말은 연꽃과 같은 오묘한 진리라는 의미다. 연꽃은 지저분한 진흙 구덩이 속에서 핀다. 그렇지만 거기에 물들지 않고 자기만의 향기를 피워낸다.

매춘부의 아들 모모와 전직 매춘부 아줌마 로자는 진흙 속의 연꽃이다. 극적인 아름다움은 희극이 아닌 비극에서 나온다는 말을 입증하고 있다. 불행 극복의 상징은 모모가 그 맨 윗자리를 차지한다. 물론 모모 혼자서 해낸 것은 아니다. 모모와 함께하는 아웃사이더(Outsider) 이웃이나 친구들의 도움이 큰 힘이 되었다.

셋, 오직 한 사람

모모와 로자의 모습은 세계적인 의류 브랜드 베네통의 유명한 광고를 보는 것 같다. 파격으로 다가오기 때문이다. '신부와 수녀' 그리고 '

이명박 대통령과 김정일 위원장'의 키스 장면처럼 말이다. 부조화의 조화라고나 할까.

모모와 로자 아줌마의 프로필은 파격 그 이상이다. 아랍인과 유태인, 열 살 고아 사내아이와 육십오 세의 홀로코스트 생존 아주머니, 창녀의 아들과 창녀의 아이들을 키우는 전직 창녀 아줌마.

그러나 그들은 평생 사랑하고 평생 필요한 관계를 유지한다. 과연 나에게도 이 같은 '오직 한 사람'이 있는가를 생각하게 한다. '긴병에 효자 없다고 한다.' 그런데 모모는 로자에게 가족이 아님에도 그리고 긴병임에도 효자 그 이상이었다.

브랜딩은 자본주의 꽃이다.

시장에서 공정한 경쟁을 통하여 고객의 마음을 얻는 작업이기 때문이다. 그런데 이 작품에는 퍼스널브랜딩의 개념이 설 자리가 없다. 모모가 처한 상황은 자본주의의 가장 어두운 모습을 보여준다. 쓰레기 하치장보다도 못하다. 이미지니 정체성이니 운운할 수 없는 처지다. 모모의 신세 한탄을 들어보면 오히려 미안한 마음이 들 정도다.

"아줌마와 나는 똥 같은 인생이다."

논리적인 비약을 하고 상상력을 한껏 높여 보았다. 퍼스널브랜딩 개념은 작품보다는 작가의 삶이나 캐릭터에서 발견할 수 있었다. 작가 로맹 가리는 소설 그 이상의 흥미로운 인생 스토리를 가진 인물이다. 이 같은 작가의 개성은 작품 속에서도 그대로 나타난다. 브랜딩의 핵심 메시지는 평범함을 거부하는 것이다. 작가의 표현이 묘하게 맥을 같이 한다.

"정상이라는 작자들은 모두 비열한 놈들뿐인걸요."

"나는 정상인이 되지 않기 위해서라면 뭐든지 할 거예요. 선생님."

로맹 가리는 에밀 아자르라는 또 다른 이름으로 작품 활동을 했다. 〈자기 앞의 생〉 에밀 아자르라는 이름으로 발표했다. 덕분에 그는 전무후무한 기록을 남겼다. 콩쿠르상은 한 작가에게 두 번 상을 주지 않는 원칙을 가지고 있다. 그럼에도 중복 수상을 했다. 로맹 가리로 한 번 그리고 에밀 아자르로 또 한 번의 상을 받았다. "내가 에밀 아자르다"라는 내용의 유서를 남기고 로맹 가리는 권총 자살로 생을 마감했다.

"시작은 미미하였으나 그 끝은 창대하리라!"

〈자기 앞의 생〉을 손에 잡게 된 계기는 두 명의 모모에 관한 가벼운 에피소드였다.

그런데 마지막 장을 덮은 후의 뒤끝은 멍한 감동 그 자체였다.

높은 평가를 받는 책이어서 어느 정도 예상은 했다. 하지만 예상 수준을 훌쩍 뛰어넘었다. 로자 아줌마가 생을 마감하는 지하실 유대인 동굴에서의 마지막 장면은 오래도록 기억에 남을 것 같다.

책을 읽을 때마다 느끼는 점이지만 인생의 스승은 멀리에 있지 않다. 모모와 로자 아줌마야말로 모시기 힘든 귀한 인생 스승이 아닌가 한다. 자꾸 자문자답하게 만든다.

지금 내 앞의 생에는 죽는 그 순간까지 함께 할 수 있는 사랑하는 사람이 있는가? 나는 또한 누군가에게 그런 사람일 수 있을까?

사랑은 언제나 이긴다.
인생의 의미와 죽음에 대한 고민
<모리와 함께한 화요일>

미치 앨봄의 〈모리와 함께한 화요일〉은 인생의 의미와 죽음에 대한 고민을 담고 있다. 제자 미치가 죽음을 앞둔 은사 모리 교수를 찾아가 매주 화요일마다 인생에 대해 나눈 대화를 기록한 책이다.

모리 교수는 죽음을 앞두고도 삶을 긍정하며, 인생에서 중요한 가치들을 제자에게 전한다.

타인과의 관계, 사랑, 가족, 죽음 등을 주제로 다룬다. 인간관계에 대한 깊은 통찰을 담고 있다. 타인과의 관계를 통해 자신의 삶을 더욱 풍요롭게 만들 수 있으며, 서로를 이해하고 존중하는 것이 인간관계의 핵심이라고 말한다.

'선생님의 재가 땅속에 뿌려졌을 때, 나는 무덤 주위를 둘러보았다. 선생님이 옳았다. 정말이지 아름다운 곳이었다. 나무와 풀과 가파른 언덕.
"자네가 말하라고, 내가 들을 테니."

선생님은 그렇게 말했었다. 머릿속으로 그렇게 하려고 애를 썼다. 그런 상상 속의 대화가 자연스럽게 느껴졌다. 무심코 나는 손을 내려다보았다. 손목시계를 보고 그 이유를 깨달았다. 바로 화요일이었다.'

10년 만에 이사했다. 내 임무가 책 담당이었다. 출장 중인 딸아이의 책상을 정리하던 중에 눈에 들어오는 책이 하나 있었다. 우선 책이 꽂혀 있는 모양새가 불쌍해 보였다. 이 책은 페이지 수가 그리 많지 않다. 그럼에도 양쪽 옆에는 마케팅 원론이니 소비자 행동론이니 하는 막강한 두께를 과시하는 책들이 자리 잡고 있었다. 그 모습은 마치 숨이 막혀 힘드니 나를 빼내달라고 애원하는 듯이 보였다. 게다가 책 제목도 인상적이었다. 묘하게 그날은 바로 화요일이었다.

〈모리와 함께한 화요일〉은 작가 미치와 책 제목에 나와 있는 모리라는 사람과의 예사롭지 않은 대화록이다. 그들은 스승과 제자의 관계다. 모리는 아버지 같은 교수님이었고, 미치는 아들 같은 대학생 제자였다. 졸업식장에서 약속도 했다. 서로 자주 연락하자고 말이다. 그 약속은 지켜지지 않았다. 그들의 만남은 16년의 세월이 흐른 뒤에나 이루어졌다.

스승 모리는 시한부 인생을 보내고 있었다. 루게릭병에 걸렸기 때문이다. 그런데 어느 날 갑자기 유명인이 되었다. 동료 교수가 모리 교수의 인생 아포리즘(aphorism), 즉 삶의 깊은 진리를 간결하게 표현한 말을 한 언론에 소개했다. 이것이 계기가 되어 급기야 모리의 스토리는 ABC TV의 인기 프로그램인 '나이트라인'에도 소개가 되었다. 말이 좋아 방송 출연이지 죽음에 대한 공개적인 실험 도구로 나선 것이다.

"생명이 사그라지는 나를 연구하시오. 내게 무슨 일이 일어나는지 지켜보시오. 그리고 나와 더불어 죽음을 배우시오."

제자 미치는 평소에 모리 스승에 대한 미안한 마음을 가지고 있었다. 모리는 자신을 믿어주고 이해해 주던 고마운 선생님이었다. 그럼에도 졸업 후에 연락 한 번 하지 않고 있었다. 다른 핑계가 없을 리 없다. 바쁘게 사느라 그랬다. 우연히 텔레비전 채널을 돌리다가 모리 선생님의 근황을 알게 되었다. 미치는 선생님을 찾아가 재회한다. 그리고 매주 화요일 1,100km 거리를 왕복하며 스승과 대화를 나눈다. 이른바 노(老)은사와 제자의 마지막 수업이 시작되었다.

모리의 강의 주제는 '인생의 의미'였다. 자신이 인생에서 얻은 경험을 강의했다. 죽음의 그림자와 함께 삶에 대한 단상을 담은 것이다. 교과서 따윈 필요 없었다. 대신 죽음, 두려움, 나이가 든다는 것, 탐욕, 결혼, 가족, 일, 공동체 사회, 용서, 의미 있는 삶 등 여러 가지 주제들이 논의 되었다.

졸업식 대신 장례식이 치러졌다. 졸업 시험은 없었지만, 배운 내용에 대해 긴 논문을 제출해야 했다. 그 논문이 바로 이 책, 떠나는 스승과 남은 제자가 나눈 가장 진솔하고 리얼한 인생 스토리인 〈모리와 함께한 화요일〉이다.

〈모리와 함께한 화요일〉은 모리 교수의 삶에 대한 아포리즘으로 구성되어 있다고 해도 과언이 아니다. 아포리즘은 일찍이 브랜딩 또는 광고 메시지 작성에 유효한 수단으로 활용되어 왔다.

따라서 모리 교수의 마지막 강의는 퍼스널브랜딩에 대한 마지막 강의라고 해도 무방하다. 그중에서도 특히 퍼스널브랜딩의 핵심을 담고 있는 3개의 아포리즘을 소개한다.

하나, "자신만의 문화를 창조하라."

우리는 나 자신이 아닌 다른 사람들의 문화에 빠져 사는 경우가 많다. 친구 이야기, TV 드라마, 뉴스 등. 모리는 남의 밥상 기웃거림과 같은 것을 경계했다. 그러니 그 문화가 제대로 된 문화라는 생각이 들지 않으면 굳이 그것을 따르려고 애쓰지 말라고 충고한다. 대신 자기 것을 만들라고 강조한다.

브랜딩도 마찬가지다. 브랜딩은 나만의 이미지, 개성, 가치, 상징을 만드는 일이다. 이 모두를 감싸는 큰 우산은 문화다. 따라서 자신만의 문화 창조는 가장 강력한 퍼스널브랜딩의 실행 전략이다.

둘, "서로 사랑하지 않으면 멸망하리."

모리는 자기의 인생을 의미 있게 살려면 자기를 사랑해 주는 사람들을 위해 자신을 바쳐야 하고, 자기가 속한 공동체에 헌신하며, 자신에게 생의 의미와 목적을 주는 일을 창조하는 데 매진해야 한다고 당부한다.

사랑은 퍼스널브랜딩에 있어서 본질 중의 본질 개념이다. 특히 빅 브랜드일수록 고객에 대한 사랑은 깊고도 넓다. 이런 브랜드를 러브마크 브랜드라고 함은 익히 잘 아는 사실이다. 그냥 좋고 소중하다. 갖고 싶고 남에게 자랑하고 싶은 그런 브랜드다. 사람도 마찬가지다.

고객과 인간관계에서 러브마크와 같은 그런 평판을 얻는 것이 궁극적인 목표다. 따라서 진정한 사랑은 명품 인간 브랜드가 되는 데에 있어서 필요하고도 충분한 조건이다.

셋, "마지막까지 스승이었던 이."

모리와 미치는 묘비명 이야기도 나눈다. 묘비명은 내가 누구로 기억되기를 바라는 가장 절실한 희망 사항이다. 브랜딩의 핵심은 바로 "너는 누구니?"라는 질문에 "나는 누구다!"라고 대답하는 것이고 이를 소비자나 제3자 등이 객관적으로 인정하고 기억하도록 만드는 일이다.

묘비명은 본인이 의도하는 가장 극적인 정체성의 표현이다. 사람은 죽어서 이름을 남기고 호랑이는 죽어서 가죽을 남긴다. 의도하는 바를 묘비명에 남겨 인정받게 된다면 이는 바로 성공적인 브랜닝이 되는 것이다. 생과 사를 모두 아우르니 말이다. 그런 의미에서 모리 교수는 하나의 좋은 사례가 된다. 마지막까지 스승이었던 그의 묘비명은 미치를 비롯하여 그를 둘러싼 모든 이가 인정하는 메시지다. 모리는 영원한 명품 퍼스널브랜드가 된 것이다.

"당신껜 혹시 이런 스승이 안 계십니까?"

책을 읽는 내내 이런 질문에 마주쳤다. 인생 스승님들이 생각났다. 뒤늦은 후회도 따라왔다. 내가 사랑의 실천에 우물쭈물 망설이는 사이에 많은 스승님은 이미 세상을 뜨셨다. 빛바랜 사진을 꺼내보면서 용서를 빌어본다. 허무하지만 모리라는 새로운 스승을 만났다는 것에 위안 삼는다. 그리고 그의 마지막 강의 내용을 되뇌며 사랑에 대한 실천 의지를 다짐해 본다.

"사랑은 언제나 이긴다."

세상은 <토지>를 읽은 사람과 읽지 않은 사람으로 나뉜다. 존재만으로도 대한민국을 행복하게 만드는 소설 <토지>

박경리의 〈토지〉는 대한민국의 대표적인 소설 중 하나다. 1969년부터 1994년까지 26년간 연재된 대하소설이다.

경상남도 하동군 평사리를 배경으로, 최참판댁의 가족들과 그 주변 인물들의 이야기를 담고 있다.

일제강점기부터 광복 이후까지의 역사적 배경을 바탕으로, 인간의 삶과 사랑, 갈등과 화해 등을 그려내고 있다. 대하소설인 만큼 방대한 분량과 복잡한 이야기 구조를 가진 소설이다. 인물들의 개성과 감정 묘사가 뛰어나며, 역사와 인간에 대한 깊은 통찰력을 담고 있다.

'함성을 지르며 장정들이 마을을 떠날 때도 한복은 그들 무리에 휩쓸려 떠날 수 없었다. 그들은 백로요, 자신은 까마귀, 백로 속에 검은 까마귀 한 마리는 섞일 수 없는 것이다. 멀어져 가는 함성을 담벽에 기대어 서서 한복이는 들었고 멀어져 가는 횃불을 바라보았다. 눈감고 흙 속에 묻히는 날까지 결코 가실 수 없는 시퍼런 멍, 고약처럼 끈적끈적 붙어 다니는 죄인의 자식. ……착한 사람들, 충성스런 사람들, 그리고 씩씩한 사내들이 가고 함성도 횃불도 없어진 칠흑 같은 어둠 속에서 한복

이는 소리 없이 울었다.'

　퀴즈 하나 풀어보자　공자이 화려한 깃털을 자랑하며 다른 동물들 위에 군림하려는 모습이다. 사자가 힘을 믿고, 다른 동물들을 지배하려는 태도다. 정답은 '거만'이다. 나도 공작이나 사자가 되어 본 적이 있다. 거만을 떨며 소리를 질러댔다. 딱 한 번 있었다. 〈토지〉를 완독하고 나서다. 주위에 외치고 또 외쳤다.

　"세상은 〈토지〉를 읽은 사람과 읽지 않은 사람으로 나뉜다."

　나의 이런 주장에 많은 사람이 피해(?)자로 등장했다. 전혀 예상하지 못했던 일종의 도발이었기 때문이다. 그중에서도 친구 최광범은 머리가 쪼개지는 충격을 받았노라고 했다. 1년 뒤에 그 친구도 20권 〈토지〉를 완독했다. 많은 지인의 축하를 받으며 영광의 대열에 합류했다.
　토지 완독의 여파가 널리 퍼져 나갔다. 좋은 영향력이었으면 좋았을 텐데 그러지는 못했다. '가뭄에 콩 나듯' 하던 강연에서 그랬다. 강연은 한 사람이 다른 사람들에게 자신의 지식과 경험을 전달한다. 강연을 통해 청중은 새로운 지식을 습득하고, 자기의 삶에 적용할 수 있는 아이디어를 얻는다. 강연의 성공 여부는 강연 주제의 선정과 밀접한 관련이 있다. 강연 주제를 선정할 때는 청중의 관심과 흥미, 명확하고 구체적인 주제, 청중의 지식수준, 청중의 삶에 도움이 되는 내용, 청중의 요구와 기대, 강연자의 전문성과 경험, 강연자의 목표와 목적 등을 고려해야 한다. 물론 이런 기준을 가지고 사전에 촘촘하게 점검한다. 그런데 뜬금없이 〈토지〉를 읽은 사람과 읽지 않은 사람을 나눈다고 운운했다. 주제와 많이 벗어난 강연을 했다. 결과에 대한 평가는 상상에 맡기겠다.

원주에 있는 박경리 문학관을 찾았다.

작가가 생전에 거주하던 집을 원형 그대로 보존하여 문학관으로 조성했다. 작가의 집필실과 정원, 연못 등을 관람할 수 있다. 작품과 관련된 자료들을 전시하고 있으며, 작가의 삶과 문학에 대한 다양한 프로그램을 운영하고 있다. 문학을 사랑하는 사람들뿐만 아니라 원주의 대표적인 관광지 중 하나로 많은 사람이 찾는다. 아름다운 자연경관과 함께 작가의 삶과 문학을 느낄 수 있는 곳이다.

〈토지〉는 이렇듯 나를 변모시켰다.

〈토지〉에는 600여 명의 인물이 등장한다. 최참판댁 사람들, 평사리 사람들, 간도 용정 사람들, 그리고 또 그 밖의 사람들. 오죽하면 '토지 인물 사전'이라는 것이 존재할까? 토지 인물 사전은, 아니 〈토지〉는 인간의 개성 연구에 큰 도움이 된다. 등장인물 제각각의 삶을 통해 다양한 개성을 파악할 수 있기 때문이다. 또한 인물들의 성장과 발전을 이해할 수 있다. 역사적, 사회적 배경에 대한 이해를 높일 수 있다. 퍼스널브랜딩은 자신만의 가치 있고 독특한 캐릭터 창출을 지향하는 것이다. 그것을 연구하는 사람에게는 이보다 매력적인 책이 또 어디에 있겠는가?

질문을 하나 해보자. 600여 명의 등장인물 중에서 딱 한 사람을 고르라면 누구를 가장 많이 꼽을까?

주변의 많은 사람에게 물어보았다. 예상대로 주인공 최서희와 김길상을 택했다. 그렇다면 정작 작가 박경리 선생은 누구를 꼽았을까? 재미있게도 작가는 살아생전에 이와 같은 질문에 답을 한 적이 있다. 작가의 선택은 바로 주갑이었다.

주갑은 순박하고 낙천적인 소리꾼 인물이다. 주갑은 유쾌하고 호탕한 성격으로, 평사리 사람들에게 인기가 많았다. 동학농민운동에 참여하기도 했고, 일제강점기에는 독립운동에 나서기도 했다. 토지에서 주갑은 인간적인 면모를 가진 인물로 그려진다. 욕심이 없고 염치 바르며 마음이 여리고 소심한 성격이다. 하지만 자존심이 강하고 낙천적인 면모를 가지고 있다. 작가 박경리는 그를 "가장 정이 가는 사람"이라고 했는데 그런 자격이 있는 인물 같다.

나의 선택은 김한복이라는 인물이다.

왜냐하면 그가 퍼스널브랜딩 개념과 가장 잘 어울리는 인물이기 때문이다. 한복의 집안은 한 마디로 개판이었다. 아버지는 살인죄로 처형당했다. 어머니는 충격을 받아 살구나무에 목매 자살했다. 형은 왕따와 차별에 대한 적개심을 품고 온갖 못된 짓을 일삼았다. 그럼에도 한복은 이 지옥 같은 환경에 굴복하지 않았다. 오히려 스스로 환경을 지배했다. 철저히 자기 본성에 맞는 삶을 살았다. 경위 바르고 옳고 착하게. 결국 자신의 존재감을 세웠고 가장 행복한 사람 중의 한 사람이 되었다. 한복은 자기 주도적인 삶을 살았다. 자신의 길을 걸었다. 스스로 한 그루의 나무가 되어 자신만의 정체성을 담은 줄기를 세웠다. 그 줄기에서 남다른 가치의 꽃을 피웠다.

한 그루의 나무에서 정체성을 배울 수 있다. 말하자면 '나무 인문학'이다. 나무는 우리 주변에서 흔히 볼 수 있는 자연물 중 하나이다. 하지만 나무는 단순히 자연물이 아니라, 우리의 삶과 밀접한 관련이 있는 존재이다. 나무는 우리에게 산소를 공급해 주고, 목재를 제공해 주며, 생태계를 유지하는 데에도 중요한 역할을 한다. 자신만의 정체성을 가지고 있다. 나무는 자신이 태어난 곳에서 자라며, 자신만의 모양과 색깔을 가지고 있다. 자신만의 역사를 만들어 간다.

정체성은 개인이나 집단이 자신을 다른 사람이나 집단과 구분하는 데에 중요한 역할을 한다. 정체성은 자신의 가치관과 신념을 형성하고, 자기의 행동과 태도를 결정하는 데에도 영향을 미친다. 나무는 자신의 정체성을 지키기 위해 노력한다. 나무는 자기의 뿌리를 깊이 내리고, 자신의 줄기와 가지를 뻗어나가며 자기의 잎과 열매를 맺는다. 나무는 자신의 환경에 적응하기 위해 노력하며 자신의 생존을 위해 노력한다.

우리도 자신의 정체성을 지키기 위해 노력해야 한다.

자신의 가치관과 신념을 확립하고, 능력과 역량을 키워야 한다. 환경에 적응하고 목표를 이루기 위해 노력해야 한다. 나무는 많은 것을 가르쳐준다. 나무는 우리에게 인내와 끈기를 가르쳐주며, 희생과 봉사를 가르쳐준다. 나무는 자연과 생명의 소중함을 가르쳐주며, 삶의 지혜를 가르쳐준다. 나무는 삶에 큰 영감을 주는 존재다. 그것이 바로 나무에게서 배우는 퍼스널브랜딩이다. 나무를 닮자.

〈토지〉는 역시 위대하다.

우리 삶에 주는 영향력이 대단하기 때문이다. 등장인물의 다양함만큼이나 인생을 바라보는 관점도 다양하게 제시한다. 오늘도 그렇다. 큰 주제인 퍼스널브랜딩은 물론이고 강연의 주제나 나무로부터 배우는 정체성까지 토지라는 문학의 깊이가 없으면 경험할 수 없는 영향력이다. 그래서 〈토지〉라는 문학 작품을 가진 우리는 행복하다.

평범하게 살지 말고 가치 있는 활동을 합시다.
괴테의 교양소설 <빌헬름 마이스터의 수업 시대>

독일의 대문호 요한 볼프강 폰 괴테가 쓴 교양소설이다. 18세기 후반의 독일을 배경으로 다양한 경험을 통해 진정한 자아를 찾아가는 과정을 그렸다. 한계를 극복하고, 새로운 삶을 개척하는 모습을 통해 인간의 가능성과 잠재력을 생각하게 한다.

연극이라는 예술을 통해 자기 내면을 탐구하고, 사회적 지위와 인간적 가치 사이에서 갈등하는 모습을 보여줌으로써, 인간의 삶과 가치에 대한 깊은 고민을 던진다.

"사람이 자기 출신을 부끄러워할 필요가 없는 것과 마찬가지로 당신은 그 시절을 부끄럽게 생각하지 않아도 됩니다. 그건 참 좋은 시절이었지요. 그리고 당신을 바라보면 난 웃지 않을 수 없군요. 당신이 기스(Kis)의 아들 사울과 비슷하다는 생각이 들거든요. 아버지의 암나귀들을 찾으러 나갔다가 왕국을 얻게 된 그 사실을 말입니다."

"난 왕국의 가치는 잘 몰라요. 그러나 분에 넘치는 복을 얻게 된 것은 압니다. 나는 이 행복을 이 세상의 그 무엇과도 바꾸고 싶지 않습니다."

직업상 특히 '성장'이라는 키워드에 주목하게 된다. 지인들에게 성장에 관련한 책에 대해 자문해 보았다. 한 사람이 두드러지게 열을 올리며 대답했다. 그는 자칭 독일 전문가이며 특히 괴테 전문가이다. 〈빌헬름 마이스터의 수업 시대〉를 추천했다. 이 책을 모르면 성장소설에 관해서 하나도 모르는 것과 같다. 거의 협박 수준으로 목소리를 높였다.

〈빌헬름 마이스터의 수업 시대〉는 탁월한 고전이 그렇듯이 읽는 각도에 따라서 다양하게 해석된다. 자본주의 거대 담론에 대항하는 소설에서부터 단순히 여성 편력에 치중된 연애소설 그리고 계급 갈등이나 신분사회의 장벽을 뛰어넘는 시대소설까지. 그런데 일반적으로는 성장소설 또는 교양소설의 전형으로 지칭된다.

빌헬름이라는 한 자아가 여행을 통하여 세상의 온갖 풍파를 겪는다. 그러면서 갈등하고 교감하고 성장한다. 종국에는 자신만의 행복 왕국을 건설한다. 전형적인 성장소설의 구조다. 이 소설은 작가 괴테의 인간적인 그리고 작가적인 성숙 과정과 함께 변성(變成), 발전해 갔다는 평가를 받기도 한다.

외형적인 구조가 성장소설이라면 그것에 담긴 주제는 무엇인가? 이 역시 당대의 시대상과 이슈에 따라, 그리고 현재화에 대한 여러 가지 조건에 따라 달리 해석될 수 있다. 내가 생각하는 주제는 '행복 찾기'다.

인간의 행복은 무엇인가? 그것은 자신이 성장과 변화를 거듭할 때 느낄 수 있고 얻을 수 있다. 이는 작품 속에서 빌헬름의 성장과 변화를 보면 잘 알 수 있다.

주인공 빌헬름은 세 개의 작은 세계를 경험하면서 발전해 간다. 드디어 행복의 세계라는 종착역에 도달한다. 오늘날 우리의 인생 목표도 이런 것이 아닌가 싶다. 굳이 퍼스널브랜딩이라는 주관적인 작은 창을 들이대지 않는다고 해도 말이다. 연극의 세계, 인연의 세계, 이성의 세계라는 빌헬름의 행복 찾기 여정에 동행해 보자.

하나, 연극의 세계

　빌헬름의 성장은 연극, 즉 예술의 세계를 경험하면서 시작된다. 연극 세계는 그에게 있어서 고기가 노는 물과 같다. 빌헬름은 어려서부터 상인(商人)으로서의 실무수업보다는 인형극에 흥미를 느끼고 심취했다. 여행 중에 유랑 연극단에 합류해서 연극 및 인생에 관한 갖가지 체험을 한다. 극단의 임시단장을 맡기도 하고 강도들의 습격도 받는다. 리더로서의 책임과 의무의 무게를 실감하면서 인생 유전을 경험한다.

　연극과 같은 예술 세계는 소박한 시민 세계와는 다르다. 전문성이 요구되는 세계는 멈춤을 허락하지 않는다. 스스로 더 높은 정신세계로 고양되는 것을 갈구해야 한다. 또 그렇게 해야 살아남을 수 있다. 성장이나 자기 계발에 있어서 '롤 플레이'의 중요성이 많이 강조된다.

　연극은 어찌 보면 롤 플레이(Role Play)를 배우고 보여주는 직업이다. 배역에 맞는 인생을 살아야 하기 때문이다. 연극 및 예술의 세계에서 활동하고 교류한 그 순간은 빌헬름에게 있어서 가장 중요하고도 결정적인 인생 수업 과정이었다.

둘, 인연의 세계

　빌헬름은 인연의 소중함을 깨우치면서 성장했다. 세상은 큰 교실이고 세상 만물은 스승이라고 했다. 특히 세 사람이 길을 가면 그 안에는 반드시 나의 스승이 있다고 했다. 빌헬름의 여행 또한 숱한 사람들과의 만남을 동반한다. 유랑극단을 만나고 배우 역할도 했다. 나중에는 '탑의 세계'라는 독특한 모임에 합류한다. 여기에서 만난 사람들 모두가 빌헬름의 스승이 되었고 빌헬름의 성장에 가르침을 주었다.

베르너. 그는 빌헬름의 친구인데 나중에 매부가 된다. 빌헬름과 상반된 가치관을 가졌다. 상인답게 물질과 현실을 중시한다. 둘은 논쟁을 벌이면서 서로의 가치관을 강화하며 성장했다.

로타리오. 빌헬름이 연극 등 온갖 인생 경로를 거친 후에 새로운 대안을 찾아 나서던 중에 만나게 되는 인물이다. 나중에 빌헬름과 결혼하게 되는 나탈리에의 오빠다. 개혁적이고 진보적인 귀족이다. 빌헬름이 현재에 머물지 말고 계속 변신하고 성장하도록 자극한다.

"평범하게 살지 말고 가치 있는 활동을 합시다."

자신의 성(城)에서 '탑의 세계'를 운영하며 빌헬름을 멤버로 끌어들인다. 빌헬름은 그들과 사귀면서 또 한 번의 깨달음을 얻으며 성장한다. 이러한 빌헬름의 성장은 그가 만나고 부딪히는 인연들로부터 소중한 인생 수업을 받은 결과다.

이 밖에도 의리 있고 남성적인 배우 라에르테스, 인간적이고 관능적인 여성 필리네, 그녀를 사모해서 따라다니는 소년 프리드리히, 신비적 침묵에 휩싸여 있는 소녀 미뇽, 비극의 운명을 홀로 감내하면서 고독하게 유랑하고 있는 하프타인 노인 등과 함께 동아리를 이루면서 연연의 끈을 이어간다. 사람들과 맞닿는 빌헬름 인연의 하이라이트는 흥미롭게도 여성들에게로 집중된다.

셋, 이성(異性)의 세계

빌헬름 여정(旅程)의 특징 가운데 하나는 많은 여성과의 만남이다. 빌헬름은 그 여성들과의 관계 속에서 오만가지 생각을 한다. 갖가지 감정을 느끼면서 성장의 진도를 나간다. 빌헬름에게 있어서 여성은 인생 수업의 세계 그 자체다. 여성으로부터 삶에 대한 가장 본질적이고 궁극적인 깨달음을 얻었다. 그 같은 특별한 수업을 거쳐서 그가 도달한 종착역은 행복 왕국의 안주인인 나탈리에다. 그녀는 부드러운 조화의 상징이다. 욕망과 의무, 감정과 이성, 개인과 사회, 물질과 정신을 잘 버무려서 행복을 창조했다. 마술사 같은 여성이다. 빌헬름은 그런 여성과 결혼에 골인했다.

처음부터 나탈리에와 가까워진 것은 아니다. 비싼 수업료를 치렀다. 여배우 마리아네와의 첫사랑 그리고 가슴 아픈 이별, 신비의 소녀 미뇽과 그녀의 죽음, 나탈리에의 여동생 백작부인과의 미묘한 감정, 부상을 치료해 준 백마를 탄 '아마존의 여인', 또 다른 슬픈 여인 아우렐리에, 이성적이고 안정적인 여성 테레제까지.

아픈 만큼 성장한다는 말이 있는데 이는 빌헬름에게 딱 어울린다. 빌헬름의 여성 편력이 화려하다. 만나는 여성마다 관심을 보이고 마음이 흔들린다. 여성들 또한 그런 그에게 묘한 매력을 느낀다. 그렇다고 해서 인기 있는 남자 빌헬름이 꽃길만 걸었던 것은 아니다. 때로는 사막의 길을 만나고 때로는 얼음길을 걷는다. 여성들을 통한 역경은 그가 반듯한 길을 걸어갈 수 있게끔 하는 큰 지침으로 작용했다.

아마도 가장 어려운 선택은 이성에 대한 선택일 것이다. 빌헬름은 자신의 선택 기준을 세우고 결정하는 방법을 터득했다. 특히 사랑은 이성의 판단이나 조건이 아니라 가슴에 와닿는 사랑이 옳은 사랑 선택법이라는 사실을 깨닫는다. 결국 빌헬름은 성장했고 행복을 움켜쥐었다.

빌헬름의 인생 경험과 성장은 나를 가치 있게 만들고 내가 성장하는 방법에 관한 특별보고서다. 생생한 사례다. 21세기 디지털 시대인 오늘날 우리는 성장을 위하여 어떤 수업의 방식을 선택해야 할까?

누구는 엘리베이터식 속성 과외를 택한다. 누구는 장기적 관점을 보면서 한 걸음 할 걸음 계단을 오른다.

결론적으로 이 두 가지 방식을 조합한 에스컬레이터 수업방식을 권하고 싶다. 빌헬름이 증명했기 때문이다.

엘리베이터식 성장은 빠른 것 같지만 허술하다. 계단식 성장은 단단하지만, 시간이 오래 걸리고 지루하다. 속도와 성과 두 가지를 손에 쥘 수 있는 수업방식이 에스컬레이터 방식이다. 통일과 조화를 이루고 있기 때문이다.

빌헬름 성장의 핵심도 조화다. 물론 이는 작가 괴테가 주입한 것의 결과다. 괴테는 고전주의 문학의 대표자다. 고전주의 문학은 통일과 조화를 추구한다. 옳은 방향으로 성실하게 노력하는 사람이 해피엔딩에 도달한다고 주장한다.

유럽의 문예사조가 이를 따랐고 많은 사람이 여기에 공감했다. 아니 현재 진행형일지도 모른다. 그러기에 이 시대의 우리도 빌헬름이 경험한 세 과목을 당장 수강 신청하고 볼 일이다. 〈연극 수업〉〈인연 수업〉〈이성 수업〉 말이다.

남을 따를 것인가, 자신의 마음을 따를 것인가?
자신의 길을 찾아가는 구원의 이정표 <싯다르타>

헤르만 헤세의 작품으로 자아의 성장과 완성을 담은 한편의 교과서다. 인간의 삶과 가치에 대한 깊은 고민을 담고 있다. 인도의 불교 사상을 바탕으로 동양의 종교와 철학을 서양 문학에 수용했다. 동서양의 문화적 교류에 이바지하였다는 평가를 받는다. 문학적 실험을 유감없이 펼친다. 소설의 형식과 구성에 대한 새로운 방법을 시도했다. 현대소설의 발전에 큰 영향을 미쳤다.

'그리고 이 모두가 묶여서, 모든 소리, 모든 목표, 모든 갈망, 모든 번뇌, 모든 쾌락, 모든 선과 모든 악, 이 모두가 합쳐서 세상이었다. 이 모두가 합쳐서 생성의 강이요. 삶의 음악이었다. 그리고 싯다르타가 주의를 모아 이 강의 몇천 가지 노래에 귀 기울였을 때, 그에게 번뇌도 웃음도 이미 구별하여 들리지 않았을 때, 그가 자신의 영혼을 어느 한 소리에 묶어 자아를 그 음성 속에 몰입시키지 않고 모든 소리를, 전체를, 단일의 소리를 들었을 때, 비로소 몇천 소리의 위대한 노래가 단 한마디의 말로 이루어졌다. 그 말은 완성의 뜻인 "옴"이었다.'

싯다르타는 범어(梵語)로 '모두가 이루어진다.'라는 뜻이다. 그리고 고타마 싯다르타는 부처를 말한다. 책 제목이자 주인공 이름이다. 말하자면 부처와 이름만 같은 사람이다. 이런 사실만 보더라도 이 책은 어떤 책일지 궁금해진다. 요약하면 〈싯다르타〉는 싯다르타라는 사람이 완벽한 사람, 즉 모두가 이루어진 싯다르타가 되는 과정을 담은 책이다.

"이름에 걸맞은 삶을 살아라."
"이름값을 해라."

퍼스널브랜딩은 자신의 이름에 값을 부여하는 일련의 작업이다. 그래서 타인이 나에게 매력을 느끼게 만드는 일이기도 하다. 그런 의미에서 헤르만 헤세는 세계문학 시장에서 대표적인 파워 퍼스널브랜드라고 할 수 있다. 그의 이름을 빛나게 하는 유의미한 상징이 줄줄이 달려 나오기 때문이다. '20세기 전반 독일을 대표하는 작가', '노벨상과 괴테 상 수상', '가장 긍정적인 세계관을 가진 작가', '〈데미안〉,〈수레바퀴 아래서〉,〈유리알 유희〉 등의 주요 저서'까지.

〈싯다르타〉는 주인공 싯다르타의 퍼스널브랜딩 심화 과정이라고도 비유할 수 있다. 다만 고객이 타인보다는 자기 자신이라는 점이 일반적인 경우와 다를 뿐이다. 과연 자기 스스로 이름값을 하고 살려면 어떻게 해야 할 것인가?

싯다르타는 스승의 가르침에 한계를 느꼈다. 친구인 고빈다와 함께 출가(出家)하여 고향을 떠난다. 집과 세속의 인연을 떠나 불문에 들어 수행 생활을 한다. 그러나 거기서도 정신적인 만족을 얻지 못한다. 고빈다와 싯다르타는 다시 붓다를 찾아가 그의 설법을 듣는다. 여기서 고빈다는 바로 붓다에게 귀의한다. 그러나 싯다르타는 인간의 말에 회의를 느끼면서 아예 세속 생활을 한다.

쾌락이나 부에 집착하는 세속 생활은 싯다르타가 추구한 목적이 아니었다. 그는 속세에 빠져든 자기의 모습에 절망한다. 자살을 결심한다. 하지만 싯다르타는 이를 극복한다. 뱃사공 바수데바와 기거하면서 마침내 그 이름대로 온갖 고행과 어려움을 극복하고 '완성자의 길'에 이른다.

〈싯다르타〉는 구도자에서 완성자에 이르는 방법에 관한 소설이기도 하다.

남을 따를 것인가, 자신의 마음을 따를 것인가? 아니면 영원한 진행형의 도돌이표가 될 것인가? 정반합을 통하여 퀀텀 점프(quantum jump)의 대도약을 할 것인가? 싯다르타의 성장 과정은 어떤 시선으로 보느냐에 따라 그 평가는 사뭇 다르다. 퍼스널브랜딩의 관점, 즉 나답게 성장하는 데 도움이 될 만하다고 판단되는 기준으로 세 가지 핵심 개념을 골라 소개한다.

하나, 구도(求道)

〈싯다르타〉는 도를 구하는 방법에서도 자신의 길을 가는 자만이 진정한 깨달음에 도달할 수 있음을 보여준다. 싯다르타는 자칫 반면교사의 사례일 수도 있다. 방황을 많이 하고 고난을 많이 겪기 때문이다. 또한 강한 에고(ego) 때문에 돈키호테처럼 비칠지도 모른다. 그럼에도 싯다르타는 자신의 길을 선택했고 완성의 경지에 이르렀다.

만일 싯다르타가 전통이나 고정된 학설 등 기존의 질서에서 깨달음을 얻고자 했다면 진정한 깨달음에 도달하지 못했을 것이다. 이는 정해진 길을 그대로 따라서 구도의 길을 걸었던 친구인 고빈다의 경우와 대비된다. 굳이 비교하자면 싯다르타의 손을 들어주고 싶다. 작가 헤르만 헤세도 싯다르타가 고빈다보다 한 수 위의 고수라고 인정했다. 이는 고빈다가 싯다르타를 더 이상 친구가 아닌 지존 급의 완성자로 대하는 데에서 확인할 수 있다. 고빈다는 싯다르타의 웃음에서 그의 생애 동안 그가 사랑해 온 모든 것, 그의 생애에서 가치 있고 성스러웠던 모든 것을 상기하게 되는 것이다.

둘, 의심(疑心)

나 자신을 찾는 유효한 실천 방법은 의심과 질문이다. 물론 이는 세속적인 용어이다. 종교적인 용어로 치자면 구원에의 갈구다. 〈싯다르타〉는 의심에 관한 책이라고 해도 과언이 아니다. 싯다르타는 일찍이 자아 형성의 갈증에 목말라했다. 그래서 자신만의 길을 찾고자 했다. 속세에 빠져서 혹독한 시련을 겪기도 했다. 그러나 그것이 더 큰 깨달음의 길이라는 사실을 나중에 확인한다.

싯다르타는 자기 자신에게 구체적인 질문을 했다. 그는 그 자신만의 사상을 발견했다. 그리고 외쳤다. 자아 속에 흐르는 원천을 찾아야 한다고. 그리고 그것을 자기의 것으로 만들어야 한다고. 그 밖의 모든 것은 헛된 구도요, 우회요, 방황일 뿐이라고 말이다. 이것이 그의 갈증이고 고뇌가 되어 그만의 독특한 구도의 길을 걷게 되었다. 이런 질문을 했다.

'심오한 지식을 단순히 깨닫는 데 그치지 않고, 삶으로 체험하는 데 성공한 브라만은 어디에 있는가? 그런 승려들, 현자나 참회자는 어디에 있는가? 아트만 속에 서식하는 것을 잠에서부터 일깨워 내어 살아있는 동작으로, 언행으로 구현시킨 도통자(道通者)는 어디에 있는가?'

셋, 옴(唵, 주문이나 진언)

옴은 곧 완성이다. 몇천 소리의 위대한 노래가 이 말 한마디로 귀결된 것이다. 옴은 해탈의 웃음이다. 옴은 상처가 피워낸 꽃이다. 비로소 싯다르타의 얼굴에 웃음이 밝게 빛나게 되었다. 기다린 때가 온 것이다. 소설에서는 이렇게 표현이 되고 있다.

'이 순간 비로소 싯다르타는 운명과의 투쟁을 그쳤다. 번민을 그쳤다. 그의 얼굴에는 어떠한 의지도 그것에 맞설 수 없는 깨달음의 열락이 꽃피어 있었다. 완성을 인식했다는 깨달음, 생성의 강, 삶의 흐름과 일치했다는 깨달음, 더불어 찾아온 괴로움, 더불어 찾아온 기쁨에 충만한 채 흐름에 귀의해 버리고 단일(Einheit)에 속했다는 깨달음의 즐거움이.'

어떻게 옴을 얻을 수 있었을까? 이 역시 그냥 얻어지지는 않는다. 기존의 정신세계를 뒤흔들어야 한다. 이 또한 나 자신이 행하는 것이다. 느끼는 것이다. 이는 최선을 다한 후에 나오는 마법의 소리다. 퍼뜩 떠오르는 유레카(eureka)이고, 통렬한 깨달음인 에피파니(epiphany)이다.

싯다르타의 옴은 뱃사공이지만 지존(至尊)인 바수데바의 도움이 컸다. 그렇지만 싯다르타만의 특유한 구원 방식이 더 큰 역할을 했다. 의심과 질문을 통한 자신만의 구도 행위를 통하여, 모든 것에 신의가 존재한다는 범신론적인 사상의 깨우침을 통하여, 고통과 아픔의 체험을 통하여, 고백하고 또 고백하고를 반복하는 참회를 통하여, 나아가 흐르는 강물을 통하여 말이다.

세상만사 내가 해야 참이 된다.

아무리 남이 도와주려 해도 한계가 있다. 요즈음 세상 돌아가는 형세를 보자면 진정한 마음의 평화에 도달하기란 쉽지 않다고 생각하게 된다. 불확실성이 더욱더 가중되기 때문이다. 메타버스(metaverse), AI 등 디지털 변화의 물결은 갈수록 빠르고 변화무쌍해진다. 이럴 때는 고전 속에서 답을 찾을 수 있다.

고전은 시간을 초월한 가치를 지니고 있다. 미래를 밝히는 한 줄기 빛이다. 결론은 My Way이다. 관행에 젖는 무모한 구원보다는 자기 맞춤형 구원이 필요하다. 〈싯다르타〉의 구원의 길 같은 것 말이다.

제4장

꽃

꽃은 고유의 아름다움과 특성이 있다. 이를 통해 특별한 존재감을 발휘한다. 꽃이 자신의 본질을 통해 자연 속에서 아름다움을 발산하듯, 퍼스널브랜딩은 나만의 고유한 특성과 가치를 통해 인식과 명성을 쌓아가는 과정이다.

꽃이 특정 환경에서 잘 자라기 위해서 자신만의 특성을 드러내는 것처럼 퍼스널브랜딩도 나의 고유한 강점, 가치관, 그리고 개성을 효과적으로 표현하여, 사람들의 인식 속에 독특한 이미지의 꽃을 피우는 과정이다.

난 여기에 살려고 온 거야. 난 여기에 그대로 있을 거야. 프란츠 카프카 실존주의 문학의 대표작 <성>

성(The Castle)은 프란츠 카프카(Franz Kafka)의 대표작 중 하나다. 관료주의와 권력의 억압 속에서 인간 존재의 불안과 소외를 다루고 있다. 실존주의 문학의 대표작이다. 실존주의는 인간의 존재와 가치를 중시하는 철학적 사조다. 주인공 K는 성에 들어가려고 하지만, 관료주의적인 절차와 권력의 방해로 실패한다. 이는 현대사회에서 인간이 느끼는 불안과 소외의 상징이다.

'저 위의 성은 이상하게도 벌써 어둑어둑했다. K는 오늘 중으로 도달하고 싶었지만, 성은 다시 멀어져 갔다. 당분간의 작별을 위해 무슨 신호라도 해야 한다는 듯 그곳에서 밝고 경쾌한 종소리가 울려왔다. 적어도 한순간이나마 마음을 흔들어 놓은 그 종소리는 마치 아련히 갈망하던 것을 실현하겠다고 위협하는 듯도 했다. 그 울림이 그만큼 고통스러웠던 것이다. 그러나 이 커다란 종소리는 곧 울림을 멈추고서 약하고 단조로운 작은 종소리에 자리를 내주었다. 작은 종소리 위에서 나는 것 같기도 하고, 마을에서 나는 것 같기도 했다. 물론 이 소리가 느릿느릿한 썰매 속도와 안쓰럽게 생겼지만 가차 없는 마부에게는 더 잘 어울렸다.'

카프카를 대변하는 핵심 키워드는 정체성(Identity)이다. 그는 슬프고도 안타까운 생을 살았다. 유대인이었지만 시온주의에 반대한다는 이유로 유대인에게 배척받았다. 고향은 체코 프라하이지만 독일 교육을 받았다. 하지만 유대인은 독일로부터 핍박을 당했다. 완전한 체코인도 독일인도 유대인도 되지 못했다. 권위적인 아버지 밑에서 주체적인 삶을 살지 못했다. 사랑하는 연인과는 만남과 헤어짐을 반복했다. 그의 삶은 늘 견고하지 못하고 불안하게 흔들렸다.

그의 작품 또한 정체성의 그림자가 길게 드리워져 있다. 〈변신〉, 〈소송〉 그리고 오늘 만나는 〈성〉에 이르기까지. 카프카식 소설의 정수는 무엇인가? 물음표로 시작해서 물음표로 끝난다는 사실이다. 물론 이 물음표는 정체성을 찾는 간절함이다. 그러나 대답은 제시되지 않고 다시 물음표만을 남길 뿐이다.

소설 속의 주인공 K는 토지 측량사라는 보직으로 성에 고용되었다. 그런데 그것은 혼자만의 약속인 듯하다. 도무지 성에 들어갈 가능성이 없어 보인다. K에게는 모든 사람이 비협조적으로 대한다. 그는 이해할 수 없는 불청객 취급을 받는다. 성에서 왔다는 사람들도 그렇고 마을 사람들도 그렇다. 성으로 가까이 가면 갈수록 성은 오히려 멀어지기만 한다. 성으로의 진입은 고사하고 마을에 정착하려는 소박한 시도도 모두 헛수고가 되고 만다.

〈성〉은 일반적인 소설과는 그 전개 방식이 달라도 너무 다르다. 페이지를 넘길 때마다 "이게 뭐지?" 하는 의문점만 늘어간다. 소설을 읽는 것인지 아니면 수수께끼를 푸는 것인지 헷갈린다. 어느 컴컴한 문맥의 미로에 갇혀서 방황하는 나를 발견한다. 여전히 출구를 찾지 못한다. 성은 사랑이 늘 도망가듯이 늘 저만치 도망간다. 책 평가에 대해서 고개를 갸우뚱거리는 이유다.

카프카는 지금까지 알려지지 않은 소설의 가능성을 발견했다.-밀란 쿤데라

〈성〉은 카프카의 작품 중에서 가장 아름답고 서정적인 소설이다.-가디언

〈성〉을 읽을 때마다 그 안에 새로운 무언가를 발견한다.-선데이 타임스

〈성〉은 인간 실존의 부조리를 초현실적으로 그려낸 가장 매혹적인 소설이다.

과연 성의 정체성은 무엇이고 또한 K의 정체성은 무엇인가? 〈성〉의 가장 큰 특징은 상징의 다층화다. 소설의 모든 구성 요소가 일반적이지 않다. 다의적으로 다가온다. 주제, 구성, 인물, 사건, 배경 등. 그래서 어렵지만 또한 매력적이다. 상징을 해석해야 하기 때문이다.

다의적인 상징은 해석하기가 어렵다. 하지만 자유로움도 제공한다. 상상의 자유, 해석의 자유 등 정답이 없기 때문이다. 그에 따른 책임과 과제도 넘친다. 성에 관한 의문의 중심에는 K와 K가 도달하려는 그 성의 정체성에 그 근원이 있다.

성은 힘의 근원이자 존재의 근원이다. 성은 바다의 연어가 회귀하는 곳이다. 자신이 태어난 곳이고 새 생명을 탄생시키는 곳이고 자신이 생을 마감하는 곳이다. 따라서 K는 거슬러 올라가 산란의 신비로운 소명을 다하는 연어이기도 하다. 성에 들어가려는 처절한 노력은 새 생명을 잇기 위한 소중한 투쟁이다.

성은 완벽한 정체성의 소유자들이 존재하는 곳이다. 불완전한 자들이 궁극적으로 그리워하는 곳이다. 자신이 재탄생되기를 바라는 곳이다. 절대자가 존재하는 곳이고 신의 영역이다. 그러므로 함부로 자유롭

게 드나들 수 없다.

K는 곧 카프카 자신이다.

시대와 부합하지 못한 정체성 때문에 인생이 배배 꼬인 그였다. 그는 실존의 근원을 찾는 데에 골몰했다. 성은 카프카가 도달하고 싶고 소속되고 싶은 곳을 상징한다. K는 또한 실존의 부조리에 얽매여 있는 많은 일반인이기도 하다. 나아가 K는 오늘날 우리의 모습이다. 사랑도 꿈도 돈도 명예도 자유도 가까이 다가가면 점점 더 멀어져 간다. 존재와 실존의 뿌리는 정체성에 있다. 나는 누구인가를 외쳐보는 계기가 된다. 정신이 번뜩 들지 않을 수 없다.

"난 여기에 살려고 온 거야. 난 여기에 그대로 있을 거야."

K의 노력은 결실을 거두지 못한다. 성에 진입해 보려는 한 주 동안의 투쟁은 물론이고 마을에 정착하려는 작은 시도도 실패하고 만다. 그 바람에 그 반대의 경우, 즉 정체성 회복과 같은 성공은 오로지 독자들의 몫으로 돌려진다. 그래서 이 소설을 읽는 동안 K는 어떻게 해야 하는지 또는 K는 무엇을 채워 넣어야 하는지를 고민하게 만든다. 마치 자기의 일처럼 말이다. 과연 K의 한계는 무엇이고 그것을 극복하기 위해서는 무엇을 해야 하나?

퍼스널브랜딩은 곧 정체성을 확립하는 일이다. 퍼스널브랜딩 관점으로 보면 K라는 브랜드는 브랜드의 핵심인 컨셉의 부재가 아쉽다. 만일 K가 퍼스널브랜딩 전략을 잘 익히고 실천했다면 환영을 받으며 성에 입성할 수 있었을 것이라 상상해 보게 된다.

퍼스널브랜딩은 찾아가는 것이 아니다. 찾아오게 만드는 것이다. 성의 관리인들, 마을 사람들에게 을이 아니라 갑이 되는 것이다. 주변인(周邊人)이 아니라 주체적인 중심인물이 되는 것이다. 그렇게 되려면 K는 자신의 브랜드 아이덴티티(Brand Identity)를 명확히 세웠어야 했다. 다시 말해 그냥 토지 측량사가 아니라. 의미, 가치, 상품성, 매력 등이 담긴 세칭 '000한 측량사'라는 전략적인 이미지 포지셔닝(Image Positioning)이 필요하다는 말이다.

카프카는 역설의 효과를 의도한 것인가?

〈성〉은 시종일관 강남 학원가의 '일타강사'처럼 콕 집어서 말하지 않는다. 아니 오히려 알지 못하도록 한다. 스스로 문제를 해결하라고 독려한다. 그런데 어찌 된 영문인지 메시지는 오히려 강력하다. 흔히 경험할 수 없는 신비롭고 비밀스러운 정원을 거닐고 있다는 착각을 불러일으킨다. 물론 그 메시지는 수용하는 사람마다 다를 것이다. 인간의 부조리함, 삶의 본질, 정체성의 이끌림 등으로 말이다.

독서가 제공하는 최고의 가치가 독특한 체험이다. 그러한 것을 오롯이 흡수할 수 있는 이 작품이야말로 고전 중의 고전이 아닌가 한다. 믿기지 않는다면 지금 당장 〈성〉으로 돌진해 보시라.

그놈을 꼭 잡아 죽이고야 말겠다.
모험과 도전, 자연과 인간의 대립을 다룬 해양 문학
<모비 딕>

허먼 멜빌이 1851년에 출간한 작품이다. 19세기 미국 해양 문학의 대표작이다. 거대한 흰고래와 인간의 사투를 그렸다. 모험과 도전, 자연과 인간의 대립 등을 다룬다. 미국 모더니즘 문학의 효시다. 해양 문학의 발전에 큰 영향을 미쳤다. 상징주의 문학의 대표작으로, 다양한 상징과 비유를 통해 인간의 삶과 죽음, 선과 악 등을 표현했다. 흰고래 모비 딕은 인간의 한계를 초월한 존재이자, 인간의 내면에 존재하는 악의 상징으로 해석될 수 있다.

'한때 높이 솟았던 망대에 대한 애정 때문인지, 충정 또는 숙명 때문인지, 이교도 작살잡이들은 배가 가라앉는데도 여전히 망루를 지키고 있었다. 그리고 동심원을 그리는 바다는 홀로 떠 있는 보트를 선원들과 물에 뜬 노, 그리고 창의 자루까지 모두 낚아채, 생물과 무생물 가리지 않고 하나의 소용돌이에 휘감아 빙글빙글 돌리며 피쿼드호의 가장 작은 조각까지 남김없이 집어삼켰다.'

나는 베이비부머 세대로 송창식의 '고래사냥'을 부르다 청춘을 다 보냈다고 해도 과언이 아니다. 그래서인지 평소 고래에 관련된 문학 고전

(古典)인 〈모비 딕〉을 읽어야 한다는 부담감에 시달렸다. 그런데 읽기가 만만치가 않았다. 900페이지에 달하는 분량은 대단한 용기가 필요했다. 게다가 마치 고래 연구 논문이나 학술서 같은 지루한 내용은 파격적인 끈기를 요구했다. 오죽하면 〈인간의 굴레〉의 작가 서머싯 몸도 이런 말을 했을까!

"비상한 의지력으로 작심하고 읽어야 겨우 자신을 허용하는 소설이다."

도전과 중단을 반복하는 우여곡절 끝에 드디어 마지막 페이지를 넘길 수 있었다.

〈모비 딕〉의 줄거리는 읽기를 망설이게 하는 선입견과는 달리 의외로 심플하다. 고래잡이배인 피쿼드호의 선장 에이해브는 흰고래(白鯨), 모비 딕을 향한 증오에 사로잡혀 있다. 그는 자신의 한쪽 다리를 집어삼킨 모비 딕을 쫓아 "한도 끝도 없는 이 지구를 열 바퀴라도 돌아, 아니 이 지구를 일직선으로 뚫고 들어가서라도 그놈을 꼭 잡아 죽이고야 말겠다."라고 다짐한다.

일등 항해사 스타벅은 짐승을 상대로 한 맹목적인 복수는 미친 짓이라며 선장을 말린다. 하지만 선장은 귀를 굳게 닫는다. 결국 피쿼드호는 침몰한다. 한 사람을 제외하고 선장을 포함한 나머지 선원 모두는 바다에 수장된다. 살아남은 한 사람인 이슈마엘이 화자(話者)가 되어서 이런 일이 있었음을 알려준다. 나머지는 고래와 포경업에 대한 백과사전식의 이야기로 채워졌다.

스타벅은 알고 있었다. 복수에 집착하는 에이해브 선장을 그냥 놔두면 모두가 파멸하리라. 급기야 잠자고 있는 선장을 향해 총을 겨눈다. 이 장면은 〈모비 딕〉에서 가장 인간적이며 가장 극적인 긴장감을 고조시킨다. 그렇지만 이성은 역시 타협에 익숙하다는 사실을 새삼 확인시켜 준다. 스타벅은 쏘지 못한다.

"손가락을 움직이기만 하면 스타벅은 살아서 다시 아내와 아이들을 안을 수 있다. 그러나 노인이 죽지 않으면 다음주께 스타벅의 몸은 다른 사람들과 함께 깊은 바닷속에 가라앉아 있을지 모른다. 신이시여, 어디에 계십니까? 할까? 해버릴까?"

〈모비 딕〉을 읽다 보면 내가 마치 피쿼드호를 타고 바다에서 고래와 사투를 벌이고 있다는 느낌이 든다. 작품이 이렇게 실감 넘치는 해양 소설이 될 수 있었던 것은 무엇 때문일까? 작가의 이력이 큰 몫을 했다. 작가 허먼 멜빌(1819~1891)은 바다를 제대로 아는 바다 전문가였다. 그는 수습 선원 생활에서부터 포경선 선원 생활을 경험했다. 군 생활도 해군에서 했는데 5년간 남태평양을 누볐다. 나아가 식인종과 함께 지낸 경력도 있다. 〈모비 딕〉은 작가의 광범위하면서도 세밀한 지식이 기본 토대가 되었다. 경험을 바탕으로 한 사실적 묘사, 대양만큼이나 드넓은 상상력이 더해졌다. 마침내 위대한 작품이 탄생했다.

〈모비 딕〉은 전형적인 대기만성형의 소설이다. 처음에는 철저히 외면당했다. 출간 초판은 달랑 열두 권만이 판매되었다고 한다. 그러나 작가가 죽은 이후에 끊임없는 재평가가 이루어졌다. 오늘날까지 세계문학에서 손꼽히는 위대한 고전으로 찬란하게 빛나고 있다.

"철학적 사유, 종교와 문학적 견해, 비유와 상징이 어우러진바. 무궁무진한 해석을 이끌어내는 다층적인 텍스트이며, 사회에 대한 비판 의식과 세계라는 수수께끼를 풀고자 하는 열망을 지적인 탐구와 문학적 성취로 완성해 낸 걸작이다."

이른바 브랜드가 된 사람들은 의미 있는 영향력을 행사한다. 그들의 특징 가운데 하나가 합목적(合目的)의 R&D(Role & Responsibility)를 지녔다는 사실이다. 즉 자신의 역할과 책임에 충실하다. 〈모비 딕〉의 등장인물 면면에서 누구를 주목해야 할까?

선정한 인물은 주인공인 에이해브 선장이다. 결론적으로 에이해브에 대한 평가는 바다 밑바닥에 닿을 듯 낮고 형편없다. 그는 선장의 역할과 책임을 망각했다. 급기야 공멸이라는 비극적 종말을 초래했다.

퍼스널브랜딩에서 역할과 책임의 핵심은 바로 고객 관점에 있다. 고객 관점은 나의 핵심고객이 누구인가를 정하는 것이다. 그리고 그 고객이 원하고 필요로 하는 가치를 제공하는 것을 말한다. 이런 측면에서 본다면 에이해브의 고객은 누구인가? 그것은 피쿼드호의 출항 목적으로 알 수 있다. 피쿼드호는 향유고래기름을 얻기 위해서 출항했다. 그러니 우선 선주에게 그것을 제공하고 이익을 나누어야 한다.

따라서 선주가 1차 고객이다. 그런데 목표 달성은 혼자의 힘으로는 되지 않는다. 기업에서 CEO 혼자 모두 할 수 없는 것처럼 말이다. 배에 탄 선원 전체가 합심해서 결과를 이루어 낸다. 따라서 내부 구성원 즉 피쿼드호 선원 전체가 2차 고객이다.

고객을 위한 에이해브 선장의 가치 창조 행위는 어떠했는가?

그는 고객을 무시했다. 일방적인 독단으로 일관했다. 에이해브는 피쿼드호의 선장이다. 즉 리더다. 마땅히 리더로서의 역할과 책임에 충실하고 목표 달성에 최선을 다했어야 한다.

그런데 그는 공적인 목표가 아닌 자신의 개인적인 목표, 즉 모비 딕을 잡아 죽이는 복수와 증오에 집착했다. 모비 딕은 자신과는 원수 사이이지만, 선원들의 적은 아니지 않았던가? 에이해브는 운명의 갈림길에서 어리석은 선택을 한 것이다. 나 혼자의 운명을 공동체의 운명으로 착각했다. 에이해브 그는 공(公)과 사(私)를 구분하지 못하고 단지 개인적인 광기에 사로잡힌 어리석은 리더일 뿐이었다.

고뇌하는 합리주의자로 등장하는 일등 항해사 스타벅의 말이 여전히 귓가에 맴돈다. 고객 관점의 중요성을 일깨우는 고언(苦言)으로 들리기 때문이다. 그는 공공의 목표를 외면하고 자신의 고집에 집착하는 선장에게 충언했다. '忠言逆耳利於行(충언역이이어행)', 충성스러운 말은 귀에 거슬리지만, 행동하는 데는 이롭다.

"웃으실지 모르겠지만 에이해브는 에이해브를 경계해야 합니다. 자신을 조심하십시오, 영감."

우리 각자도 인생 항해의 선장이다. 고뇌의 바다를 헤쳐 가고 있다. 작게는 1인에서 많게는 수백 명의 선원을 이끌고 간다. 작품에서는 자신을 경계하는 자문자답을 게을리하지 말 것을 경고하고 있다.

나의 고객 관점은 올바른가?

나 자신은 어떤 선장인가? 에이해브는 나에게 반면교사인가 아니면 롤 모델인가? 사람들은 대부분 스타벅 같은 일등 항해사가 곁에 없으므로 특급 조언을 기대할 수가 없다. 나의 인생 항해는 오직 스스로 경계하면서 내가 운항해야 한다.

에이해브가 어떤 리더였고 스타벅이 어떤 참모였는지 좀 더 깊이 알고자 한다면 지금 당장 〈모비 딕〉을 잡으러 가야 한다. 동해바다가 아닌 서점으로 말이다.

내가 선택하고 내가 책임진다.
의식의 흐름 선보인 현대소설 <젊은 예술가의 초상>

의식의 흐름에 따라 서술하는 기법을 사용하여 현대소설의 새로운 지평을 열었다. 인간의 내면을 깊이 있게 탐구하는 데 큰 역할을 했다. 아일랜드의 역사와 문화를 온전히 담은 저수지(貯水池) 같은 책이다. 아일랜드의 식민지 역사와 가톨릭교회의 영향력 등을 비판적으로 그렸다. 현대인의 자아 형성 과정을 그린 성장소설의 전형이다.

"너는 내게 내가 무엇을 할 것이며, 무엇을 하지 않을 것이냐만 물어 왔어. 내가 무엇을 할 것이며 무엇을 하지 않을 것인지를 말해주마. 내가 믿지 않게 된 것은, 그것이 나의 가정이든 나의 조국이든 나의 교회든, 결단코 섬기지 않겠어. 그리고 나는 어떤 삶이나 예술 양식을 빌려 나 자신을 가능한 한 자유로이, 가능한 한 완전하게 표현하고자 노력할 것이며, 나 자신을 방어하기 위해서는 내가 스스로에게 허용할 수 있는 무기인 침묵, 유배(流配) 및 간계를 이용하도록 하겠어."

'대부도와 제부도 사이
그 거리만큼이면 되지 않겠나.'

〈제부도〉는 나에게 특별한 시(詩)다. 오래전의 일이었다. 처가 식구들과 대부도로 나들이를 간 적이 있다. 저녁상이 푸짐하게 차려졌다. 술술 넘어가는 술과 싱싱한 회가 분위기를 한껏 끌어 올렸다. 이런저런 이야기가 더해졌다. 내가 〈제부도〉를 읊었다. 탄성이 쏟아졌다.

〈제부도〉의 저자는 이재무 시인이다. 그의 자기소개는 그의 시만큼이나 매력적이다. 예술가가 아닌 '애(愛)술(酒)가'란다. 예술가들의 인생이 궁금해졌다.

제임스 조이스는 아일랜드의 소설가이자 시인이다. 20세기 문학에 커다란 변혁을 불러일으켰다. 37년간 국외를 방랑하며 조국 아일랜드와 고향 더블린을 대상으로 한 작품에 집중했다. 〈젊은 예술가의 초상〉에 도입한 '의식의 흐름' 기법은 그가 문단에서 널리 인정받는 계기가 되었다. 마흔 살이 되던 해인 1922년에는 세계적인 작가로서의 명성을 얻었다. 기존의 소설 전통을 깨트리고 문학적 실험을 극한까지 몰고 갔다. 대작 〈율리시스〉를 발표했다.

〈젊은 예술가의 초상〉은 〈더블린 사람들〉 〈율리시스〉와 함께 제임스 조이스의 대표작 중의 하나이다. 현대소설의 발전에 지대한 영향을 끼친 실험적인 기법들과 감수성의 혁명이라는 평도 받고 있다. 주인공 스티븐 디덜러스가 유년기와 청소년기, 그리고 청년기를 보내면서 겪게 되는 순수와 갈등을 기본으로 삼았다. 거기에 자유스러운 예술 세계로 비상하는 과정을 더했다. 제임스 조이스의 자전적 성장소설이다.

스티븐의 성장 스토리에서 눈여겨볼 것은 스티븐의 자존감 즉 강한 자아(自我)이다. 스티븐은 세상의 중심을 '나'에 두었다. 주위의 시선이나 평가에 흔들리지 않았다. 자신의 개성을 견고하게 유지하면서 변화를 모색했다. 그래서 소설의 줄거리를 압축적으로 요약하자면 '나는 나답게 너는 너답게 살자.' '내 삶의 주인공은 나다.' '내가 가는 길은 내가 선택하고 내가 책임지는 길이다.'라고 말할 수 있다. 물론 궁극적인 지향점은 예술가의 길이다.

스티븐의 성장전략과 자기 관리 방법은 놀랍게도 퍼스널브랜딩의 핵심과 일치한다. 나를 하나의 브랜드로 브랜딩한다는 것은 자기다움을 찾아서 그것을 객관적인 가치로 상징화시키는 작업이기 때문이다. 스티븐은 곧 작가 제임스 조이스 본인이다. 결국 제임스 조이스는 위대한 작가로 성장했다.

이러한 성장의 원동력에는 스티븐의 세 가지 핵심 전략 및 깨달음이 유효하게 작용했다.

스티븐의 성장전략이 던져주는 시사점은 더욱더 남다르다.

하나, 변화 의지

스티븐은 늘 자신의 현재 상황을 냉정히 파악한다. 타인의 시선보다는 나의 내면을 본다. 그는 그 자신이 잘 알았다. 그러하기에 개선점을 도출해 낼 수 있다. 일반적인 인습을 버리고 스스로 변화의 필요성과 동기부여를 얻는다. 의도하는 이미지를 세우고 그것을 현실화시키기 위해서 노력한다. 그러니까 연약함과 소심함과 무경험이 자신으로부터 떨어져 나가게 될 것이라는 믿음을 갖는다. 결국 그는 변화한다.

둘, 목표 의지

자아실현 욕구가 강한 그이기에 선택과 집중에 능하다. 스티븐이 특히 돋보이는 것도 이 부분에 있다. 부모, 학교의 의견보다 자신의 신념을 우선했다. 강한 개성으로 피어났다. 무쇠 같은 용기요 신념의 결과다. 선택의 하이라이트는 성직자의 길이었다. 부모도 학교에서도 그 길을 권했다. 그러나 선택하지 않았다. 당시의 교권 파워를 감안해 보면 무시하기 어려운 결정이었다. 왕따와 시련도 많이 겪었다. 그러나 결국에는 예술가로 입신한다.

'그도 이제는 영혼의 자유와 힘을 밑천으로 하나의 살아있는 것, 아름답고 신비한 불멸의 새 비상체를 오만하게 창조해 보리라고 마음먹었다.'

셋, 실행 의지

스티븐은 자신만의 길을 선택하고 자기의 길을 갔다. 작품 속에서는 자기 유배의 길을 떠났다고 멋지게 표현되고 있다. 문학의 길, 시인의 길, 작가의 길 즉 예술가의 길을 떠난다. 소설의 마지막 부분은 스티븐의 행동하는 자아의 모습을 더욱 감동적으로 그리고 있다.

'다가오라, 삶이여! 나는 체험의 현실을 몇백만 번이고 부닥쳐 보기 위해, 그리고 내 영혼의 대장간 속에서 아직 창조되지 않은 내 민족의 양심을 벼리어 내기 위해 떠난다.'

자신의 진로를 선택한다는 것은 누구에게나 어려운 문제이다. 한 번도 가보지 않은 길을 가는 것이기에 그렇다. 그러므로 누군가가 가던 길을 찾아서 공부한다. 가장 확실한 미래는 과거라는 말이 그래서 고개를 끄덕이게 하는지도 모른다.

행복한 인생을 위해서는 어떤 선택을 해야 할까?

이 대목에서 영화 〈포레스트 검프〉가 생각나는 것은 무엇 때문일까? 아마 인생의 여러 가지 선택을 마주하며 자신의 삶을 개척해 나가는 이야기를 그린 영화이기 때문이리라. 주인공은 어린 시절부터 달리기에 재능을 보인다. 그는 달리기를 통해 자신의 인생을 개척해 나간다. 이를 통해 많은 사람에게 인정도 받는다. 자신의 삶을 더욱 풍요롭게 만든다. 영화의 메시지는 분명하다.

인생은 예측 불가능하다. 어떤 일이 일어날지 모른다. 하지만 자신의 선택에 대해 후회하지 않고, 그 선택을 바탕으로 자신의 삶을 행복하게 만들어 나가는 것이 중요하다.

스티븐이 체득하여 실천한 변화, 자존, 실행의 세 가지 의지는 오늘날에도 여전히 유효하다. 아니 오히려 더 필요하다. 개성보다는 획일화, 자신의 주관보다는 타인의 시선, 그리고 예술성보다는 현실적인 실리에 더욱 매몰되니 말이다. 스티븐을 따라 실행해 보는 것도 좋은 방법이 될 것이다. 자아실현, 꿈과 현실 그런 것에 대한 고민과 선택 말이다.

대단해. 믿을 수가 없어, 넌 정말 대단한 녀석이야. 코맥 매카시 <국경> 3부작 중 첫째 소설 <모두 다 예쁜 말들>

코맥 매카시의 작품으로, 국경 삼부작 중 첫 번째 소설이다. 16세 소년, 존 그래디가 가족 농장을 잃은 후 멕시코로 떠나며 겪는 이야기를 담고 있다. 성장, 모험, 인간의 삶과 죽음 등 다양한 주제를 다루며, 코맥 매카시의 문학적 특징인 건조한 문체와 강렬한 이미지가 잘 나타나 있다. 주인공인 기수 버바가 경마 대회에 참가하면서 자신의 한계를 극복하고 성장하는 모습을 보여준다.

'그는 철이 든 후 느껴보지 못했던 깊은 고독감에 빠져들었다. 이 세계를 사랑함에도 이 세계에서 철저한 이방인이 된 것만 같았다. 그는 세계의 아름다움에 비밀이 숨겨져 있다고 생각했다. 세계의 심장은 끔찍한 희생을 바탕으로 뛰는 것이며 세계의 고통과 아름다움은 각자 지분을 나눠 가지는데, 끔찍한 적자로 허덕이는 와중에 단 한 송이의 꽃을 피우기 위해 어마어마한 피를 바치는 것인지도 모른다는 생각이 들었다.'

"그 애를 보면 그 나이 때의 내가 생각나."
주인공 존 그래디는 알레한드라를 사랑했다. 어느 날 그녀의 고모할머니 알폰사가 그에게 툭 던진 말이다. 무슨 의미를 담은 것일까? 이 말은 어느 특정한 과거의 나를 되돌아보게 한다. 나는 노래를 통해서 그런 경험을 접한 바가 있다. 양희은의 '내 나이 마흔 살에는', 김광석의 '이등병의 편지'를 부르면서 특히 그랬다.

존 그래디의 나이는 16세이다. 자연스럽게 나의 16세 시절과 비교해 보고 그때를 되돌아보았다. 결론적으로 비교를 해서는 안 될 일이었다. 존 그래디의 일방적인 승리이기 때문이다. 왜냐하면 16세의 존 그래디는 한마디로 초(超)울트라 능력을 지닌 불사조 같은 소년의 모습을 보여준다. 작품 말미에 그의 절친 롤린스도 존 그래디를 이렇게 평가한다.

"대단해. 믿을 수가 없어, 넌 정말 대단한 녀석이야."

〈모두 다 예쁜 말들〉은 두 소년의 가출(家出) 사건에 관한 이야기다. 그런데 그 가출은 그렇게 낭만적이지도 더구나 녹록지도 않다. 단순 가출이 아닌 국경을 넘어선 밀입국(密入國) 사건이었다. 피비린내 나는 모험과 생존의 게임이었다. 나아가 아름답고 잔혹한 사랑과 이별의 스토리를 담고 있다. 그래서일까. 옮긴이는 이 소설의 줄거리를 이렇게 한마디로 귀띔하고 있다.

"꿈을 찾아 용감하게 집을 떠나 피비린내 나는 모험과 생존 속에서 어른이 되어 가는 한 카우보이 소년의 슬프고도 매혹적이며 쓰디쓴 성장의 이야기다."

물론 나는 이런 줄거리 요약에 전적으로 동의하지 않는다. 소년은 어른이 되어가기보다는 이미 '소년 어른'이었기 때문이다. 멕시코 목장 주인은 이 당돌한 미국 소년들에 대해서 집을 떠나온 이유를 묻는다. 물론 그들은 이렇게 이야기한다. 그러나 그들의 속사정과는 많이 다른 새빨간 거짓말이다.

"여기엔 왜 왔나?"

"그냥 이곳에 와 보고 싶었습니다."

소년들이 이런 희대의 가출 사건을 저지르게 된 발단은 심플하다. 사건을 주도한 존 그래디의 가정환경이 급격히 변했다. 외할아버지가 돌아가시고 부모가 이혼했다. 목장도 팔렸다. 목장 경영의 꿈이 사라졌다. 고향에 머무를 이유가 없어졌다.

더구나 아버지는 이미 15세에 가출한 경험이 있었다. 집안의 가출 DNA 때문인지 집 떠남이 두렵지 않았다.

그래도 이런 경우는 혼자서 감행하기 어려운 법이다. 다행히 죽마고우 친구 롤린스가 의기투합했다. 그들의 가출 스토리는 세칭 산전·수전·공중전의 모진 시련으로 전개된다. 줄거리의 이해를 돕기 위하여 기승전결의 구조로 묶어 요약해 본다.

기(起)

존 그래디와 롤린스가 가출한다. 멕시코로 향하던 중 블레빈스라는 악동과 우연히 조우한다. 그들은 국경을 넘어 멕시코에 도착한다. "우리가 해냈어!" 풍찬노숙을 반복하는 등 갖가지의 경험을 한다. 천신만고 끝에 거대한 목장에 도착하고 잠자리와 먹거리를 해결한다. 그러던 중 존 그래디가 목장주인 로차 씨의 딸을 보고 한눈에 반한다. 이곳에서 100년을 살고 싶다고 말한다.

승(承)

　소녀 아버지 소유의 목장에서 일하게 된다. 달인(達人)급의 말 조련 솜씨를 인정받는다. 운명적인 사랑을 시작한다. 그러나 이루어질 수 없는 위험한 사랑이다. 당연히 거센 반대에 직면한다. 소녀의 대고모는 조카딸의 소문, 평판을 걱정하며 만나지 말라고 충고한다. 그녀의 아버지도 애정 행각의 중단을 촉구하는 메시지를 보낸다. 존 그래디는 그래도 마음을 접지 않는다. 어느 날 갑자기, 존 그래디와 롤린스는 체포되고 어디론가 끌려간다.

전(轉)

　그들은 이름도 없는 어느 감방에 수감(收監)된다. 그곳에서 블레빈스를 다시 만난다. 굴욕적인 심문을 당한다. 말 도둑이고 살인자이고 밀입국자라는 혐의를 받는다. 인간 이하의 지옥 체험을 한다. 블레빈스가 청부 살해당하여 죽는다. 청탁하면 살 수 있다는 제의를 받지만 거절한다. 칼싸움 등 독한 감옥 생활을 하다 존 그래디가 살인을 저지른다. 소녀의 고모할머니가 돈을 주고 석방 청탁을 하여 풀려난다. 그녀와 헤어지라는 조건이다. 그러나 애인 당사자의 진심을 확인하고자 그녀에게로 향한다.

결(結)

　존 그래디는 목장으로 와서 대고모와 대화한다. 그녀로부터 핏줄의 저주 등 명예롭지 못한 사랑에 관한 이야기를 듣는다. 이루어질 수 없는 사랑을 확인한다. 그녀도 그를 사랑하지만, 그와 헤어져야 그가 살아서 미국으로 갈 수 있음을 안다. 결국 그와 헤어진다. 그들은 마지막 사랑을 하고 영원한 이별을 한다. 은목걸이를 사랑의 징표로 남기면서 말이다.

존 그래디는 블레빈스를 죽게 한 서장을 철저히 복수로 응징한다. 다리에 총을 맞는 등 고난 끝에 모든 일을 해결한다. 자신의 말, 친구 롤린스의 말, 죽은 아이 블레빈스의 말과 함께 고향으로 돌아온다.

퍼스널브랜딩은 달리 말하면 한 사람의 치명적인 매력을 만드는 일이기도 하다. 그러므로 존 그래디의 매력 뿜뿜 이유를 알아보는 것은 퍼스널브랜딩 측면에서도 흥미진진한 탐색 주제가 된다. 과연 무엇일까?

존 그래디 매력의 뿌리이자 줄기는 그의 인생철학, 즉 정신에 있다. 그는 올바른 세상이 되는 데 필요한 무언가, 혹은 자신이 세상에 올바로 서기 위해 필요한 무언가가 빠져있음을 알고 있었다. 그것을 찾기 위해 언제까지고 방랑할 것이며, 우연히 마주친다면 그것이 바로 자신이 찾던 것임을 깨달을 것이고 그 깨달음은 옳다는 사실을 인식하고 있었다. 대단한 인물이다.

그의 깨달음의 핵심은 무엇인가?

삶의 진실은 정확히 알 도리가 없다. 하지만 그 진실이라는 부분에 대한 몰입, 즉 '진실주의'에 한평생을 바칠 가치가 있다. 그의 영혼은 진실에 꽂힌 것이다. 이를 기반으로 삼아 존 그래디 그만의 개성적인 매력의 꽃을 피웠다.

"진실은 하나뿐입니다. 진실은 실제로 일어난 일이지, 누군가의 입에서 나오는 것이 아닙니다."

"그저 이익보다 진실을 더 소중히 여기지 않으면 어떻게 살든 아무런 차이가 없다는 것을 알 뿐이다. 도덕적이어야 한다는 말이 아니라 진실을 알고 있어야 한다는 뜻이다."

16세 카우보이 소년의 정신 수준이라고는 이해하기 어렵다. 누구에게 속성 과외를 받거나 그렇지 않으면 타고난 것이다. 나는 후자라고 본다. 그렇지 않으면 달리 설명할 방도가 없다. 진실의 기운은 그의 온몸으로 퍼져서 그의 매력으로 나타난다. 불의에 저항하는 용기에서부터 정의에 대한 실천, 선한 사람에 대한 사랑과 우정, 그리고 일에 대한 탁월한 전문성까지. 그가 발산하는 이끌림의 원천이다.

진실의 힘에 따라 구체적으로 드러나는 존 그래디의 매력덩어리는 셀 수 없이 많지만, 그중에서 핵심적인 내용 세 가지만을 골라서 하나씩 짚어 보자.

하나, 말(馬) 전문가

이 소설에서 말의 상징성은 매우 높다. 목숨과도 같다. 존 그래디 정신의 뿌리다. 그가 말을 좋아하는 이유는 사람을 좋아하는 이유와 똑같았다. 그들에게는 피가 있고 피에는 열기가 있다. 그의 모든 존경과 모든 사랑과 모든 취향은 뜨거운 심장을 향한 것이었다. 그것은 영원히 변함없을 것이었다.

둘, 의(義) 전문가

그는 검은 청탁 거래에 반발한다. 불의, 폭력에는 복수로 화답한다. 이에는 이 눈에는 눈이다. 그는 올바른 세상이 되는 데 필요한 무언가가,

혹은 자신이 세상에 올바로 서기 위해 필요한 무언가가 빠져있음을 알고 있었다. 그것을 찾기 위해 언제까지고 방랑할 것이며 우연히 마주친다면 그곳이 바로 자신이 찾던 것임을 깨달을 것이고, 그 깨달음은 그에게 옳을 것이었다.

셋, 사랑 전문가

그는 카사노바다. 어린 여자아이도, 할머니도 그를 따른다. 친구는 그를 바람둥이라고 놀린다. 그는 불꽃처럼 사랑하고 불꽃처럼 헤어졌다. 그의 사랑이 명예롭지 못한 사랑이라는 사실을 알았다. 목숨보다 더 소중한 사랑이었지만, 그녀의 명예를 위해서 용기 있게 포기한다. 아! 목숨보다 소중한 나의 사랑 알레한드라! 진실을 추구하는 사나이의 사랑에 대한 자세란 이런 것임을 보여준다. 참으로 멋진 놈이다.

21세기 디지털 시대에는 전쟁이 없을 줄 알았다. 순진한 생각일 뿐이었다. 전쟁은 사람이 살아 있는 한 계속될 것이라고 다시 마음을 고쳐먹었다. 누가 '국경이 사라진 유럽'이라고 말했던가? 여성과 아이들이 피 흘리며 울부짖는 모습을 담은 외신 사진 보면서 문득 피카소의 〈게르니카〉가 떠올랐다. 그렇게 전쟁을 반대한다는 메시지를 보냈는데도 불구하고 세상은 '위드 워(With War)'로 돌아가고 있으니 끔찍하기 그지없다. 새삼 국경(國境)이란 무엇인가를 고민하게 된다.

〈모두 다 예쁜 말들〉의 작가 코맥 매카시는 미국 현대 문학을 대표하는 작가로 평가받고 있다. 그는 윌리엄 포크너, 허먼 멜빌, 어니스트 헤밍웨이 등 이름만 들어도 쟁쟁한 작가들과 비견된다. 〈모두 다 예쁜 말들〉은 〈국경을 넘어〉, 〈평원의 도시들〉과 함께 이른바 '국경 삼부작'으로 불리며 그의 상징 작품이 되었다.

　그런데 〈모두 다 예쁜 말들〉이라는 책 제목은 '국경 3부작'에 어울리지 않는다는 의문이 들었다. 예쁜 말과 국경이 어떻게 연결될까?

　결국 그 의문이 호기심으로 작동하여 이 책을 제일 먼저 손에 잡게 되었다. 그런데 책장을 넘기다 보면 16세의 가출 소년, 존 그래디의 잔혹한 운명과 묵시록적 분위기로 대변되는 묘한 매력에 빠져들게 된다.

　평론가들은 서부 장르소설을 고급 문학으로 승격시켰다는 찬사를 보냈다. 일반 대중들은 그의 책에 흠뻑 빠지는 것으로 찬사에 대신했다. 국경을 의식하다 보니 우리의 국경 문제도 다시 생각하게 되었다. 나아가 반전(反戰)의식까지도 고취된다. 사전에는 전혀 예측하지 못했던 이 책이 제공하는 또 다른 선물이다.

나는 반항한다, 그러므로 우리는 존재한다.
카뮈의 실존주의 작품 <반항하는 인간>

카뮈는 인간이 처한 부조리한 상황에서 반항 정신을 발휘하여 이를 극복할 수 있다고 주장한다. 기존의 철학적, 문학적 전통에서 강조되던 이성이나 도덕적 가치와는 다른 새로운 관점이다. 실존주의는 인간의 존재와 삶의 의미를 탐구하는 철학적 사조다. 〈반항하는 인간〉은 실존주의 문학의 대표작으로 꼽힌다. 독특한 문체와 표현 방식을 사용하여 인간의 내면을 깊이 있게 묘사한다. 인간의 삶과 가치에 대한 다각도의 시각을 제시한다.

'반항하는 인간이란 무엇인가? '농(non, 아니오)'이라고 말하는 사람이다. 그러나 그는 거부는 해도 포기는 하지 않는다. 그는 또한 반항의 첫 충동을 느끼는 순간부터 '위(oui, 네)'라고 말하는 사람이기도 하다. 한평생 주인의 명령을 받기만 했던 노예가 돌연 새로운 명령은 더 이상 받아들일 수 없다고 판단한다. 이 '농'의 내용은 어떤 것인가? 반항은 원초적 자명함, 그 자체이다. 그러나 이 자명함은 개인을 그의 고독으로부터 끌어낸다. 반항은 모든 인간 위에 최초의 가치를 적립(積立)시키는 공통적 토대다. 나는 반항한다, 그러므로 우리는 존재한다.'

"해도 너무했어. 그때 왜 반항하지 못했을까?"

나는 충청도 시골에서 국민학교를 다녔다. 학교에서 급식 빵을 배급했다. 서로 빼앗고 빼앗기곤 했다. 그때 주로 빵을 빼앗겼던 친구들이 뒤늦은 후회를 한다. 50년 전의 아련한 추억이다. 하지만 동창 모임이 있을 때마다 지금도 이 말은 도돌이표처럼 반복된다. 가난했던 그 시절이다. 빵이라는 존재는 한 끼 그 이상의 의미를 지녔었다. 그러기에 더욱 잊힐 수가 없는 빵의 추억이다.

작품보다 작가의 인생이 더 작품 같은 경우를 많이 본다. 카뮈도 그렇다. 카뮈의 인생은 그 자체가 철학이자 문학이자 사상이다. 아마도 나만의 생각이 아닐 것이다. 카뮈는 먹고살기 위해서 이런저런 온갖 일들을 했다. 그러면서도 창작의 세계에 눈을 떠간다. 마침내 위대한 작가가 되었다. 비교적 젊은 나이인 마흔네 살에 노벨문학상을 받았다. 그러나 하늘은 보물을 그냥 두지는 않는 모양이다. 카뮈는 그로부터 삼 년 후에 자동차 사고로 사망했다.

카뮈의 삶은 반항의 삶이었다. 카뮈는 그의 반항 철학이 그러하듯이 어떤 역경이든 좌절하지 않고 극복했다. 그리고 그 과정을 예술로 승화시켰다. 카뮈는 프랑스의 알제리 이주 노동자 집안에서 태어났다. 아버지가 전쟁에서 목숨을 잃은 뒤 가정부로 일하는 어머니와 할머니 밑에서 가난하게 자랐다. 그는 자신의 의지와 상관없이 주어진 가난에 대하여 부당함과 부조리를 느꼈다. 그렇지만 가난으로부터 얻을 수 있는 이점을 찾고 자신의 '긍정적인 삶'을 이끌어갔다.

실제로 그의 작품 하나하나는 자기 삶의 질곡에 대한 대응으로서의 작품이고 글쓰기다.

그래서 비평가들은 카뮈에 대해서 이렇게 이야기한다.

"카뮈는 수시로 쓰러지지만, 매번 투우사의 정신으로 되살아난다."

카뮈는 자유롭고 자발적인 비판 정신을 유지하려고 했다. 인간은 합리를 지향한다. 그러나 세상은 인간의 합리적인 이해를 조롱한다. 즉 비합리적인 속성을 가지고 있다. 그것을 극복하려는 노력과 그 간극 사이에서 부조리를 느끼게 된다. 그래서 사람들은 이런 부조리를 이해하기 위해서 또는 회피하기 위해서 종교나 철학에 기대게 된다. 하지만 카뮈는 그 반대다. 부조리에 반항해야 한다고 말했다.

카뮈가 말하는 부조리에 대항하는 방법은 두 가지다.

하나는 우리에게 주어진 삶을 가장 충만하게 누리면서 행복을 추구하는 것이다. 또 하나는 세상의 부조리함을 명징(明徵)하게 인식하는 것이다. 명징하게 인식한다는 것은 곧 부조리에 저항하고 반항한다는 뜻이다. 그럼으로써 부조리의 반대급부적인 측면에서 삶은 또 다른 나갈 기회를 얻을 수 있다고 본다.

카뮈의 위대함은 퍼스널브랜딩 측면에서 더욱 찬란하게 빛난다. 그는 최고의 퍼스널브랜딩 대학자이자 본인 스스로가 강력한 하나의 퍼스널브랜드이기도 하다. 카뮈는 이른바 파워브랜드(Power Brand)가 지니는 요건을 두루 갖추고 있다.

파워브랜드의 가장 핵심 요소는 차별화된 콘셉트(Concept)이다. 콘셉트는 중심 개념이다. 브랜드의 본질 즉 정체성의 근간이다. DNA다. 또한 콘셉트는 자신의 핵심 실체를 경쟁력 있게 응축한 엑기스다. 가장 자기다운 것이자 남과는 차별이 극대화되는 요소다. 고객의 이끌림을 불러일으키는 자신만의 매력 포인트이다.

카뮈라는 인간 브랜드의 콘셉트는 '부조리'다.

이는 기가 막히게 매력적인 콘셉트라고 평가할 수 있다. 가장 카뮈답고 또한 그의 라이벌들과도 확연히 구분된다. 그리고 독자들이나 카뮈를 아는 사람들이 그를 좋아하는 이유이자 핵심의 포인트이기도 하다. 강력한 콘셉트는 비옥한 대지처럼 풍부한 상징(symbol, 象徵)을 잉태한다. 나무로 비유하자면 콘셉트는 뿌리와 줄기요, 상징은 열매와 나뭇잎 같은 것이다. 퍼스널브랜딩에서의 핵심 상징 요소는 키워드(key word)나 스토리(story)가 그중의 하나에 해당한다.

카뮈 브랜드는 여기에도 극적으로 대응된다.

그의 콘셉트이자 키워드인 '부조리'를 비롯해서 반항, 실존과 같이 카뮈를 연상시키는 키워드의 열매가 탐스럽게 달렸다.

그리고 알제리의 고난, 노벨문학상 수상, 사르트르와의 논쟁, 불의의 사고 등 그의 파란만장한 인생 스토리는 카뮈의 브랜드를 영원불멸의 브랜드 위치로 격상시킨다.

파워브랜드의 가장 큰 특징은 스토리텔링(storytelling)이다.

"발 없는 말이 천 리 간다."라는 말이 있다. 브랜드에 얽힌 치명적인 궁금증을 불러일으키는 스토리도 그렇다. 그런 스토리는 스스로 이 사람 저 사람을 옮겨 다닌다. 흔히들 구전(口傳)이라고 한다. 그래서 구전 마케팅은 브랜드 전략에 있어서 매우 중요한 요소로 작용한다.

카뮈라는 인간 브랜드가 특히 강력한 이유는 무엇인가?

그것은 브랜드 측면에서 가장 이상적인 브랜드 아이덴티티(Identity)를 구축하고 있기 때문이다. 브랜드는 이미지와 실체가 동일화를 이룰 때 가장 폭발적인 힘을 발휘한다. 카뮈는 부조리에 반항하고 그 반항을 온몸으로 실천하고 작품 세계의 주제로 삼아 글을 썼기 때문이다.

〈반항하는 인간〉은 〈시지프 신화〉와 함께 카뮈의 중요한 철학적 저작이다. 카뮈가 세상을 떠난 지 60여 년의 세월이 흘렀다. 그럼에도 그의 윤리적 통찰과 균형 감각은 퇴색되지 않는다. 오히려 일련의 새로운 위기를 극복해야 하는 우리에게 깊은 성찰의 빛을 비춰준다.

〈반항하는 인간〉은 카뮈가 얼마나 세계 질서의 진정한 흐름을 앞질러서 꿰뚫어 보고 있는지를 깨닫게 해준다. 카뮈는 이 책을 통해 역사적 철학적 정치적 맥락에서 폭력과 테러를 고찰하며 이런 상황에서 인류가 어떻게 행동해야 하는지를 구체적으로 제시한다.

카뮈는 특히 국가 테러리즘에 반기를 들며, 오직 국가를 초월한 국제적 평화에 대한 강력한 요구만이 폭력에 대항할 수 있다고 주장한다. 인류 전체를 위협하는 특정 국가나 집단의 폭력이 정당화되고 있는 시대다. 이런 폭력에 대항하는 반항이란 무엇인지를 묻는 카뮈의 질문은 지금도 여전히 박수갈채를 받는다.

이런 카뮈의 주장은 당시의 프랑스 지성계를 들끓게 했다.

그 유명한 '카뮈-사르트르 논쟁'을 촉발했다. 결국 두 지성 친구는 폭력에 대한 견해 차이로 영원히 이별한다. 사르트르는 좀 더 이상적인 국가 사회가 되기 위해서는 어느 정도의 폭력은 불가피하다고 인정했다. 반면 카뮈에게는 어떤 경우에도 인간에 대한 폭력이라고 하는 것은 정당화될 수는 없다는 것이다.

전쟁은 인류 최고의 부조리 행위다.

최고의 폭력도 물론 전쟁이다. 러시아의 우크라이나에 대한 침공이 그 비극성을 더해간다. 21세기 전쟁의 당사자인 러시아의 푸틴은 20세기 소련 독재자 바로 그 스탈린의 후예다.

그러면서 새삼 카뮈-사르트르의 논쟁을 되새겨보게 된다. 그 당시에 스탈린의 소련은 국가 폭력의 주범이었다.

이에 대하여 사르트르는 암묵적 동의를 했다. 반면에 카뮈는 인간에 대한 폭력은 안 된다고 강조했다. 사르트르가 카뮈의 말을 귀담아들어서 함께 반항의 목소리를 냈으면 어땠을까 하는 생각을 하게 된다.

러시아는 그 당시에 스탈린의 깨우침이 없었기 때문에 오늘날 저렇게 경거망동하고 있는지도 모른다. 러시아를 대상으로 행하고 있는 경제 제재 등 각종 반항도 좋다. 나는 거기에다 반항 하나를 추가하고 싶다. 카뮈의 〈반항하는 인간〉을 다시 한번 읽어 보라는 일갈(一喝) 말이다.

"우리는 반항한다, 그러므로 전쟁은 종식된다."

한 마리의 개가 들려주는 감동 스토리
빙하와 숲의 알래스카 대자연에서 펼쳐지는
<야성의 부름>

　20세기 초 미국의 대표적인 작가인 잭 런던이 쓴 작품이다. 자연의 법칙과 인간의 욕망이 충돌하는 모험 소설의 걸작이다. 알래스카의 빙하와 숲, 대자연을 배경으로 주인공인 벅이 겪는 모험과 성장을 그리고 있다. 인간의 문명에 길들여진 개가 야성을 회복하는 과정을 통해, 인간의 삶과 가치에 대한 깊은 메시지를 전달하고 있다.

　'해마다 여름이면 한 방문객이 그 계곡을 찾는데 이해츠 족은 그 사실을 모른다. 그놈은 찬란하게 빛나는 털로 뒤덮인 커다란 늑대인데 다른 늑대들과 비슷하면서도 어딘지 다르다. 그는 홀로 부드러운 숲을 건너 나무들 사이에 있는 공터로 내려간다. 썩은 사슴 가죽 자루들에서 누런 물줄기가 흘러나와 땅에 스며드는데, 주위에 풀들이 기다랗게 자라나 있고 식물들이 우거져서 그 누런 색깔을 보이지 않게 가린다. 그는 여기에서 잠시 뭔가 생각하다가 떠나기 전에 한 번, 아주 길고 슬프게 운다.'

　〈야성의 부름·The Call of the Wild〉은 스물일곱 살의 잭 런던을 일약 세계적인 베스트셀러 작가로 만들어 주었다. 그는 1897년 클론다이크 골드러시에 참여해 알래스카에 다녀오기도 했다. 다른 사람들이 금에 눈독을 들일 때 작가는 대자연의 위력과 혹한의 모험을 하나하나 몸에 새겼다. 돌아와 미친 듯이 글을 썼다. 덕분에 황금을 캐는 데는 실패했지만, 유명세는 황금 이상의 성과였다.

〈야성의 부름〉은 1903년 유콘강에서의 체험을 바탕으로 썼다. 그러하기에 한층 리얼하고 설득력이 강했다. 벅이라는 개가 문명 세계에서 쫓겨나 약육강식의 야생 세계에 적응하고 생존하는 과정을 생생하게 묘사했다. 찬사가 이어졌다. 발달한 문명 속에서 잊혀가는 '야성'의 힘을 처절하게 되살린 자연주의 문학의 진수다. 전 세계의 위대한 개 이야기들 가운데 가장 인기 있는 장편이다.

작가는 그가 원하는 이상적인 인간형을 벅이라는 개에게서 찾았다. 벅에게 주인공의 인격을 부여하고 감정이입을 했다. 이런 전지적(全知的) 작가 관찰자 시점의 이야기는 너무나 자연스럽게 진행되고 또한 부각(浮刻)된다. 왜냐하면 개의 속성이나 심리상태를 작가가 그 속에 들어가 살아 본 것처럼 그렇게 쓰고 있기 때문이다. 이런 구성상의 독특함이 이 소설의 감동과 재미를 한껏 더해주고 있다.

〈야성의 부름〉은 한 마리의 개에 관한 이야기, 아니 개가 들려주는 인생 이야기다. 벅이라는 이름의 그 개는 인간들 사이에 끼어서도 왕처럼 지내던 상팔자의 개였다. 그러던 그의 팔자가 어느 날 갑자기 180도 바뀐다. 문명의 세계에서 야생의 세계로 곤두박질한 것이다. 문명 세계의 상징인 밀러 판사 집에서는 호의호식했다. 하지만 곤봉과 송곳니가 지배하는 야생 세계에서는 추락에 추락을 거듭한다.

벅은 혹독한 시련을 맨몸으로 맞서 이겨낸다. 결국에는 살아남는다. 벅은 험난하기만 한 새로운 삶 속에서 야성에 눈을 뜬다. 운명처럼 야성의 부름을 들은 것이다. 야생의 세계는 엄혹한 적자생존의 원리가 적용되는 곳이다. 벅은 때로는 죽음 일보 직전으로 곤두박질친다. 때로는 주인에 대한 사랑, 리더 위상 확보 등의 상승 곡선을 탄다. 오르내림을 반복한다. 결국 늑대개가 된다. 무리 속에서 대장이 되고 사람들도 무서워하는 가장 강력한 야생의 개체로 성장한다.

'벅은 단순히 동물 개가 아니다.'

자연스럽게 이런 생각이 든다. 벅의 인생관, 벅이 추구하는 가치관, 벅이 구사하는 삶의 전략 등이 마치 위대한 성인이나 철학자 니체가 말하는 초인과 닮았기 때문이다. 〈야성의 부름〉을 통해 전하려 한 '야성의 가치'는 고도로 발달한 현대문명 속에서도 더욱 빛을 발한다. 이런 맥락에서 〈야성의 부름〉은 디지털 첨단 문명의 시대인 21세기를 살아가는 우리가 모두 읽어야 할 한 편의 위대한 '통과제의'이자 '성장소설(initiation story)'이다.

야성(野性)은 사전적인 의미로 자연 또는 본능 그대로의 거친 성질을 말하는데 이 소설에서는 '어떻게 살 것인가?'에 대한 하나의 솔루션으로 작동한다. "젊은이들이여, 야성을 가져라!"와 같이 말이다. 힘이 들 때면 별을 보는 방법도 있지만 야성을 갖는 선택도 좋은 방법이다. 야성의 회복은 지루할 때 정신을 번쩍 들게 한다. 또한 현상 파악을 제대로 하게끔 하는 계기를 만들어 준다. 현실은 야생인데 온실 속의 화초처럼 사는 것은 아닌지 되돌아보게 한다.

하나, 확고한 자신의 정체성 구축

벅은 자신의 핵심 정체성을 몸 안에 두고도 모른 채 살았다. 그런데 인간에 의해 야생의 세계로 내몰리면서 자기 안의 본능을 살려내고 야성의 정체성을 회복한다. 자신의 핵심 정체성을 찾는다는 것은 부활, 즉 다시 태어나는 것이다. 자신의 역량을 가장 극대화할 수 있는 최적의 환경이나 조건을 갖춘 완전체로 거듭난다. 야성의 부름에 따른 벅의 정체성 회복은 벅을 더욱더 능동적이고 행복한 삶으로 유도한다.

둘, 자신만의 필살기 보유

벅이 발을 들여놓은 야생 세계의 본질은 '죽기 아니면 살기'다. 살기 위해서는 자신만의 필살기가 있어야 한다. 세칭 죽여주는 기술이라는 필살기란 차별적인 우위에 있는 핵심역량을 말한다. 확실한 필살기를 갖는 것은 곧 그 무리에서 리더로 자리 잡는 일이기도 하다. 벅이 터득하고 보유한 최고의 필살기는 상상력(imagination, 想像力)이었다. 그는 의지, 용기, 냉정함에다 머리를 쓰는 능력까지도 겸비했다.

"그러나 벅에게는 위대한 대장이 될 수 있는 기질이 있었다. 그것은 창의력이었다. 그는 본능적으로도 싸울 수 있었으나 또한 머리로도 싸울 수 있었다."

셋, 유비무환의 실천

야성은 급변하는 환경에 대응하고 적응하는 능력이다. 이는 단기 속성 과외로도 완성되지 않는다. 평소에 준비하고 공부하고 단련해야 한다. 벅은 날씨와 기온의 자연환경, 사람 등 함께 지내는 동반자 환경, 동료 썰매 개들과의 경쟁 환경 등 모든 환경을 예의 주시하고 거기에 대응했다.

벅은 강자와 약자 앞에서 달라져야 하는 처세술, 굶어 죽지 않기 위한 도둑질, 강자가 되기 위한 싸움 기술을 배웠다. 썰매 끌기에서 이상적인 팀워크를 구사하는 법, 눈 속에서 잠자리 만드는 법 등 원시의 법칙에서 살아남는 법도 배웠다. 이 과정에서 벅은 자연으로부터 자신을 부르는 야성의 소리를 듣고 격렬하게 반응했다.

결국 사람도 마찬가지다.

"나는 누구인가?"라는 이 물음에 간절하게 대하는 사람들은 자신의 정체성, 즉 가장 자기다운 모습과 자기다운 삶을 찾아간다. 벅의 야생 생존전략은 또한 오늘날 무한경쟁 시대에 좋은 생존전략의 하나로 평가 받고 있는 퍼스널브랜딩과 그 속성이 같다. 퍼스널브랜딩도 자신의 핵심 정체성을 찾아서 그것을 자신의 필살기로 부각(浮刻)시키는 전략이다. 그리고 브랜딩은 ing의 개념, 즉 평소에 꾸준히 갈고 닦아야 하는 과정이기 때문이다.

야성은 강력한 동기부여 방법의 하나다.

"꽃길만 걸으세요!"라는 지인의 안부 문자를 받았는데 예전처럼 반갑게만 다가오지 않았다. 그 인사가 야성의 부름과는 다른 온실의 부름처럼 느껴졌기 때문이다. 사실 인생이 어디 꽃길만 걸을 수 있을까? 인생은 고해라는 사실을 익히 알기에 더욱 그렇게 느껴졌다. 그러기에 더욱 잊지 말아야겠다. 멸종할 때까지 경쟁하라는 자연의 법칙을 말이다. 그리고 다윈의 적자생존을 말이다.

권태나 춘곤증에 시달리는 사람들이 이 책을 꼭 읽었으면 좋겠다.

그들에게는 '야성의 부름'이 아직 들리지 않으니까 그런 현상이 나타난다. 이럴수록 더욱더 시급하게 야성을 충전(充塡)해야 한다. 야성으로 무장한 당신, 더욱더 경쟁력 있는 전사가 될 수 있다. 지금 당장 알래스카의 늑대개, 벅을 만나보시라.

20년 후, 했던 일보다 하지 않았던 일로 더 실망할 것
마크 트웨인의 <톰 소여의 모험>

미국의 작가 마크 트웨인(Mark Twain)이 1876년에 발표한 소설이다. 미국의 서부 개척 시대를 배경으로 하고 있다. 어린이의 성장과 모험을 그린 작품으로, 어린이의 순수함과 용기를 강조하고 있다. 어린이의 시각에서 본 세상을 그리는 등 자유롭고 개성적인 문체가 돋보인다. 미국 문학을 대표하는 작품 중 하나로, 문학사에 큰 영향을 끼쳤다.

"이 책에서 다루는 이상야릇한 미신들은 하나같이 이 이야기의 배경이 되는 시기, 즉 지금으로부터 삼십 년이나 사십 년 전 서부의 어린이들과 노예들 사이에서 크게 유행했던 것들이다.

나는 주로 소년 소녀들을 즐겁게 해주기 위해 이 책을 썼지만, 그런 이유로 어른들한테서 외면당하지 않았으면 한다. 한때 자신들의 모습이 어떠했는지, 어떻게 느끼고 생각하고 이야기했는지, 그리고 때때로 어떤 이상한 짓에 몰두했는지 어른들이 즐거운 마음으로 회상하도록 하는 것이 내 계획이었기 때문이다."

---1876년, 하트퍼드에서 저자 마크 트웨인

코흘리개 친구 몇 명과 낮술을 했다. 해본 사람은 알 것이다. 그 기분은 이 세상을 다 준다 해도 바꿀 수가 없다. 왜 그럴까? 물론 막걸리와 파

전도 맛이 있지만, 아마도 어린 시절 동심의 세계로 돌아갈 수 있는 인생의 맛 때문이리라.

귀가하는 전철에서 초등학생으로 보이는 여자아이가 엄마와 이야기를 나누고 있었다. 그 내용이 〈톰 소여의 모험·The Adventures of Tom Sawyer〉이었다. 나도 모르게 왈칵 속울음을 터뜨리고 말았다. 막 헤어진 초등학교 친구들과의 여운이 올라왔다. 그리고 책과 영화, 드라마와 만화로 접했던 마크 트웨인의 〈톰 소여의 모험〉에 등장하는 톰과 허클베리 핀, 베키가 생각났기 때문이다.

마크 트웨인은 미국을 대표하는 문학가다.

이런 주장에는 별다른 이견이 없다. 그의 평판은 추호의 흔들림도 없어 보인다. 그를 부르는 데에 있어서 '미국'이라는 국가명이 앞자리를 차지하기 때문이다. '미국 문학의 아버지', '미국의 셰익스피어', '미국 문학의 링컨' 등등. 왜 그는 그렇게 한 나라의 시그니쳐(Signature) 작가로 불리고 있는 것일까?

마크 트웨인은 그 자신이 훌륭한 작품을 남겼다. 게다가 유머가 철철 넘치면서도 촌철살인의 허를 찌르는 아포리즘(aphorism)도 발군이다. 그것도 그의 유명세에 큰 역할을 했다.

"20년 후, 했던 일보다 하지 않았던 일로 더 실망할 것이다."

"장의사가 슬퍼하도록 잘 살아라."

그의 말은 가히 주옥같은 '퍼스널브랜딩 어록'이라고 칭해도 오히려 부족하다.

〈톰 소여의 모험〉은 성인기에 비해 모든 스트레스에서 자유로운 소년기에 대한 찬가라고 할 수 있다. 오래전의 광고 문구이자 나의 아버지가 가훈처럼 이야기했던 말을 생각나게 한다.

"개구쟁이라도 좋다. 튼튼하게만 자라다오."

장르 구분을 하자면, 동화로 구분되지만, 성장소설이나 철학서로 분류하는 게 더 어울린다. 〈어린 왕자〉 같은 그런 책이다. 어린이는 물론이고 어른들도 읽어야 할 이유가 여기에 있다.

주인공으로 활약하는 톰과 혁은 어릴 적 내 친구다. 그리고 지금은 나의 어린 시절의 모습으로 다가온다. 그리고 무엇보다도 지나간 세월과 꿈결 같은 추억을 더듬을 수 있도록 한다. 그러하기에 톰과 혁은 정지용의 시(詩) 〈향수〉와 같이 감성의 늪에 빠져들게 한다.

물론 불편한 점도 있다. 특히 인종차별과 성차별이다. 흑인들을 하인이나 검둥이로 노골적으로 표현한다. 흉악무도한 악당 역할에는 인디언 출신의 혼혈아가 맡는데 그는 이렇게 협박한다.

"내 몸속에 인디언 피가 공연히 흐르고 있는 게 아니라고…."

또한 여성을 하찮게 여기는 남성우월주의가 곳곳에 도사리고 있다.

"계집애들은 어차피 약속을 지키지 않거든."

톰 소여는 어린 나이에 부모를 잃고 폴리 이모의 보살핌 속에 지내는 소년이다. 그런데 그는 역대급 장난꾸러기다. 모범생과는 거리가 멀다. 마치 고삐 풀린 망아지처럼 행동한다. 달리 말하면 문제아이고 불량 청소년이라고 해도 할 말이 없다. 그런 그가 황당한 에피소드를 만들어 낸다. 이것이 곧 소설의 줄거리다.

어느 날 그는 친구 허클베리 핀과 함께 사마귀 제거라는 미신을 실행하기 위해서 공동묘지를 찾는다. 그리고 거기서 우연히 젊은 의사 로빈슨 살인 사건을 목격한다. 그런데 진범 인전 조의 간계로 머프 포터 영감이 엉뚱한 살인자로 몰려 교수형에 처할 운명에 이른다. 그는 양심의 가책과 복수의 두려움에 갈등한다. 하지만 용기를 내서 법정 진술을 한다.

톰은 또한 해적 놀이라는 핑계를 구실삼아 허클베리 핀과 조 하퍼 이 두 명의 친구와 함께 무인도로 가출한다. 이 사실을 누구에게도 알리지 않았다. 세 소년의 실종 사건은 온 마을을 뒤집어 놓는다. 급기야 합동 장례식이 치러지게 된다. 물론 그들은 장례식 도중에 홀연히 나타나는 '빅 이벤트'를 연출한다.

톰은 단체로 동굴로 소풍을 갔다가 동굴 속에서 베키와 길을 잃고 고립된 적이 있다. 사흘 동안 갇혀 지내며 공포와 배고픔에 시달리는 등 온갖 고생을 한다.

하지만 구사일생으로 돌아온다. 동굴 속에서 살인범 인전 조와 그가 숨겨 놓은 보물의 존재를 안다. 톰과 허클베리 핀은 인전 조 등 범인이 문제의 보물을 가지고 있다는 사실을 알고 그들을 미행한다.

그들은 더글러스 부인을 해치려는 계획도 알게 된다. 이 사실을 마을 사람들에게 알린다. 더글러스 부인은 위기에서 구출된다. 동굴 속에 숨겨져 있던 보물까지 발견하여 하루아침에 부자가 된다. 돈과 명성을 얻으며 해피엔딩으로 마지막을 장식한다.

주인공 톰 소여는 미국인들이 가장 사랑하는 캐릭터 가운데 하나라고 한다. 슈퍼히어로의 원조이고, 아메리칸드림의 시작이다. 가장 미국적이라고 불리는 이유다. 주인공 톰과 혁은 모험과 돈, 명예, 사랑, 정의 등 미국적 가치를 지닌 모든 것을 얻었으니 그럴 만도 하다. 1876년 출간 이래 한 번도 절판된 적이 없을 정도라니 미국인들의 톰에 대한 사랑을 짐작할 수 있겠다.

톰이라는 캐릭터는 오늘날 우리에게도 의미 있는 시사점을 던져준다. 짓궂은 장난꾸러기가 벌이는 좌충우돌 모험이지만, 반짝이는 지혜와 전략을 발견할 수 있기 때문이다. 거창하게 말하면 톰이라는 소년기의 인간 브랜드가 지닌 가능성의 발견이다. 그 매력의 원천은 무엇일까?

하나, 가치 창출의 꾀

"좋아하냐고? 글쎄, 내가 이 일을 좋아하지 않을 이유도 없지. 아이들 한테 담장에 회칠할 기회가 어디 날마다 있는 줄 아니?"

톰은 이모로부터 벌칙 하나를 부여받는다. 높이 3미터에 길이 30미터의 담장에 회칠하는 작업이다. 친구들이 놀려댄다. 토요일 아침에 수영하러 가는데 너는 하루 종일 일을 해야 하는 신세라며 말이다. 거기에 대한 톰의 대응이다.

회칠하는 것이 지루한 일이라기보다는 재미있는 놀이라고 하니 친구들이 서로 해보겠다고 한다. 그런데 기회를 쉽게 주지 않는다. 심지어 뭔가를 받고서야 일을 하게끔 한다. 돈을 벌면서도 이모의 벌칙을 완벽하게 마무리한다.

톰의 이러한 가치 창출 능력은 오늘날 마케팅이나 브랜딩에서도 매우 중요한 전략 중의 하나다. 톰은 일찍이 손에 넣기 어렵게 만드는 전략, 즉 고가 전략 또는 신비주의 전략을 구사했다.

둘, 약속의 무게감

"하지 않겠다고 함부로 선언하지 마라."

톰은 새로 생긴 '금주 소년단'의 화려한 허리띠가 마음에 들어 그 단체의 회원으로 가입한다. 그리고 어떤 서약을 한다. 회원으로 남아있는 한 담배도 멀리하고 욕설도 삼가겠다고 말이다.

물론 새로운 사실도 발견한다. 어떤 일을 하지 않겠다고 약속한다는 것은 곧 그 일을 하고 싶어 못견디도록 만드는 가장 확실한 방법이라는 사실 말이다. 톰이 화려한 허리띠를 화려하게 과시할 기회가 생겼지만, 얄궂게도 기회는 그를 비켜 갔다. 그날 그는 소년단에서 탈퇴했다.

사실, 인간 누구나 이런 본능과 속성을 지니고 있다. 그러기에 함부로 지키지 못할 약속을 해서는 안 된다. 공약(空約)이 되고 불신으로 연결된다. 선과 악, 현명함과 어리석음의 차이는 바로 이러한 약속의 차이에 있다. 이는 오늘날에도 많은 사람이 여전히 깨닫지 못하고 반복하고 있기에 더욱더 뾰족하게 다가온다.

셋, 용기 있는 행동

"제가 찢었습니다."

톰이 짝사랑하는 여학생 베키가 곤경에 처했다. 선생님의 책을 몰래 훔쳐보다가 한 장을 찢어버렸다.

선생님이 범인을 찾겠다고 반 전체 학생을 모아놓고 심문한다. 물론 톰은 베키가 범인이라는 사실을 알고 있었다.

그런데도 톰은 자신이 책을 찢은 범인이라고 바보처럼 용기를 낸다. 톰은 엄청난 양의 매와 각종 벌을 받아야 했다. 대신에 베키의 신뢰와 사랑을 얻었다. 스스로 어깨를 으쓱할 정도의 자부심은 덤이다. 모험 없이는 값진 그 무엇을 얻을 수 없다.

톰의 행위가 과연 용맹스러운 것이냐, 아니냐를 논리적으로 따지는 것은 무의미하다. 사람의 마음을 얻는 방법은 논리를 뛰어넘는 그 너머에 있다는 것을 인식할 뿐이다. 톰의 아름다운 거짓말, 약자를 위한 거짓말은 오늘날에 더욱 요긴한 능력일지도 모른다. 통찰력이기 때문이다.

미국 정신의 실체를 알고 싶다면 마크 트웨인을 읽어 보라는 말이 있다. 이는 이른바 모험 쌍둥이 소설인 〈톰 소여의 모험〉과 〈허클베리 핀의 모험〉을 읽어 보라는 말과 같은 말이다.

핵심 메시지는 "꿈꿔라, 탐험하라, 발견하라!"이다.

오늘날에도 여전히 최고의 필요 가치는 모험이다. 오히려 그 모험의 장소나 대상이 온라인이라는 또 하나의 세상으로 넓어졌기에 더욱더 모험이 필요한지도 모르겠다. 그렇다. 혁신의 대명사인 스티브 잡스가 그것을 증명했다.

꿈을 꾸고 탐험하고 발견하는 데에는 남녀노소의 구분이 있을 수 없다. 실천하기를 주저하고 있는 사람은 톰 소여를 만나야 한다. 그는 지금도 미시시피강의 강변에서 천방지축으로 날뛰며 해적 놀이, 산적놀이에 빠져있다. 그러면서 돈과 사랑과 명예를 함께 쥐는 아메리칸드림을 만끽하고 있다.

"자신을 위한 삶을 사세요. 지금도 늦지 않았습니다." 거짓 인생에 목매는 사람들을 위한 충고 <빅 픽처>

더글라스 케네디의 대표작이다. 주인공 벤은 자신의 꿈을 포기하고 현실에 안주하는 삶을 선택한다. 그러나 그 선택은 그에게 만족감을 주지 못한다. 결국 그는 자신의 삶을 파괴하는 선택을 한다. 벤은 자신의 정체성을 숨기고 다른 사람의 삶을 살아가는 방식을 선택한다. 이는 우리에게 큰 질문을 제시한다. 자신의 정체성을 어떻게 인식하고, 그것을 어떻게 지켜나가야 하는가? 인간의 욕망과 한계를 따져본다. 벤은 자신의 욕망을 이루기 위해 다른 사람을 희생시키는 선택을 한다.

'누구나 인생의 비상을 갈망한다. 그러면서도 자기 자신을 가족이라는 덫에 더 깊이 파묻고 산다. 가볍게 여행하기를 꿈꾸면서도, 무거운 짐을 지고 한곳에 머무를 수밖에 없을 만큼 많은 걸 축적하고 산다. 다른 사람 탓이 아니다. 순전히 자기 자신 탓이다. 누구나 탈출을 바라지만, 의무를 저버리지 못한다. 경력, 집, 가족, 빚. 그런 것들이 우리가 살아가는 발판이기도 하다. 우리에게 안전을, 아침에 일어날 이유를 제공하니까. 선택은 좁아지지만, 안정을 준다. 누구나 가정이 지워주는 짐 때문에 막다른 길에 다다르지만, 우리는 기꺼이 그 짐을 또 떠안는다.'

<빅 픽처>를 읽게 된 계기는 아주 우연이었다.

저자의 명성이나 판매 수량 같은 것이 아니라 순전히 제목이 눈길을 끌었기 때문이다. 간단명료하지만 많은 것을 상상하게끔 했다. 그런 측면에서 이 책은 마케팅 측면에서 매우 전략적이라고 판단하게 된다. 빅 픽처(The Big Picture). 큰 사진이라는 해석은 지극히 일차적이다. 의도하는 진짜 의미는 '나무만 보지 말고 숲을 보라.' '단기적 시각보다는 중장기적 안목으로 보라.' '부분보다는 전체를 보라.' 이런 의미다.

표지를 넘기고 본문으로 본격 진입하기 직전에 또 하나의 전략적인 장치가 있다. 멋진 문구가 페이지 넘김을 멈추게 한다. 이런저런 생각을 하게끔 자극한다. '이 책의 내용은 무엇일까?' 하는 궁금증이 절로 일어난다. 본론으로 급히 달려 들어가지 않을 수 없었다.

'그림자를 붙잡느라 실체를 잃지 않도록 조심하라.'
---이솝

〈빅 픽처〉는 읽는 내내 여러 착각을 불러일으킨다. 그중의 하나가 이 소설이 '어떤 장르의 소설일까?' 하는 의문이다.

범죄 스릴러소설, 사람을 죽이고 도망을 치고 하니까. 불륜 치정 복수 소설, 모든 일이 아내의 외도 남자를 죽이면서 시작되니까. 그럴 수도 있다. 그렇지만 나에게는 이것이 하나의 성장소설이나 자기 계발 소설로 다가온다. 왜냐하면 어떻게 살 것인가에 대해서 아주 현실감 있는 공감대를 제공해 주기 때문이다.

주인공 벤의 모습은 곧 우리들의 자화상이다. 벤이 잃어버린 꿈으로 인해 고독과 슬픔, 방황과 일탈에 빠져든 모습은 마치 거울처럼 우리를 비춘다. 이루지 못한 꿈에 대해 생각하느라 밤마다 잠을 설치는 우리들이 아닌가?

〈빅 픽처〉는 살인, 치정, 꿈 등 여러 가지 주제가 뒤섞여 있다. 그런데 이것이 혼선을 주기는커녕 오히려 굉장한 긴장감과 재미를 선사한다. 책을 읽는 속도가 느린 나로서도 매우 빠르게 읽어 내려간 소설이기도 하다. 그래서 그런지 이 소설에 대한 객관적인 평판도 나의 무릎을 '탁' 치게 만든다. 내 느낌을 그대로 적어놓은 것 같기 때문이다. '나'를 위한 삶을 살고 싶었던 한 남자의 이야기라고 요약할 수 있다.

'기발한 착상, 긴박감 넘치는 스토리, 폭발적인 스피드로 전 세계 독자를 사로잡은 화제의 소설.'
'한순간도 눈을 뗄 수 없다. 끝나는 걸 두려워하며 읽는 소설.'

"이 애는 커서 훌륭한 사진가가 될 거야."
벤 브래드포드. 그가 어린 시절 외할아버지에게 받았던 평가다. 그래서 한때는 사진가를 꿈꿨다. 결국에는 월가의 변호사가 되었다. 겉으로는 남 부러운 것도 없어 보이는 그다. 그런 그에게 가정불화가 닥치고 급기야 아내 베스는 이혼을 요구한다.
그는 아내의 외도를 의심하고 있었다. 어느 날 이웃집의 무명 사진가 게리 서머스와 아내의 불륜 현장을 목격한다. 문제의 그 남자 게리를 찾아가 말싸움을 시작한다. 우발적으로 게리를 살해한다. 벤은 게리가 무연고자임을 알고 게리의 신분으로 살아가기로 결심한다.
자신의 신분(벤 브래드포드)은 보트 여행 도중 사망한 것으로 처리한다. 그리고 본인은 게리가 되어 몬태나주의 산간지방 마운틴 폴스로 도주해 새 삶을 시작한다. 그곳에서 게리(벤)는 심심풀이로 사진을 찍는다. 그곳 사람들의 인물사진과 특히 소방관들의 산불 진화 사진으로 일약 유명 사진가가 된다. 그는 사진으로 유명세를 타기 시작한다. 얄궂게도 위기도 함께 찾아온다.

사진 전시회가 열리는 날, 하객으로 전 부인 베스와 그의 재혼 남편이 참석한다. 자신의 정체가 탄로 날까 두려워 도망한다. 도망하는 그의 차에 그 지역 신문 기자인 루디 워랜이 동승한다. 벤의 정체를 알아낸 루디는 벤을 협박한다. 실랑이를 벌이던 중에 마주 오는 차량을 피하려다 전복 사고를 당한다. 이 사고로 루디는 죽고 벤만 살아남는다. 벤은 다시 자신이 죽은 것으로 위장한다.

'앤드류 타벨'이라는 이름으로 두 번째의 가짜 삶을 살아간다. 비록 불륜, 살인 등 범죄 소설이지만 마무리는 비교적 해피엔딩으로 끝난다. 사진의 인연으로 만난 〈몬태난〉지 사진부장이었던 새 아내 앤과 그들 사이에서 태어난 아들 잭이 평생 동행하기 때문이다.

〈빅 픽처〉는 장르 구분상 범죄 스릴러 소설로 분류된다.

그렇지만 이 소설은 퍼스널브랜딩 측면에서도 시사(示唆)하는 바가 매우 크다. 주인공 벤이 나 아닌 다른 사람으로 사는 '정체성의 파괴'를 그리고 있기 때문이다.

퍼스널브랜딩의 핵심은 바로 정체성 구축이다. 가장 이상적인 정체성은 외부로 나타나는 이미지와 내부에 존재하는 실체가 상호 관련성을 갖는 형태다. 긍정적인 시너지 효과를 창출한다. 이런 측면에서 소설 속의 벤은 실패한 퍼스널브랜딩의 대표적인 사례에 해당한다.

정체성 구축에 있어서 자신의 실체는 씨앗이고 자신의 이미지는 꽃이라고 비유할 수 있다. 콩 심은 데 콩이 나고 팥 심은 데 팥이 나는 법이다. 마음의 정원에 맞는 최적의 씨앗을 뿌리고 잘 가꾸어야 한다. 그렇지 않으면 이미지와 실체의 괴리라는 비극적인 퍼스널브랜딩이 전개되는 것이다.

다음 두 사람의 삶을 비교해 보자.

한 사람은 변호사로 안정된 삶을 사는 것 같지만, 그는 자신의 직업을 끔찍이 혐오한다. 또 다른 한 사람은 자신이 진정으로 하고 싶었던 사진가의 삶을 살고 있지만, 경제적으로 배를 곯고 있다. 우리는 누가 더 행복한 인생이라고 할 수 있을까?

저자의 의도는 분명해 보인다.

후자의 삶에 손을 들어 준 것이다. 자신을 위한 삶을 사는 것이 우선이라고 말이다. 자신의 꿈을 찾아서 그 꿈의 실현을 위한 생활을 하라는 충고이기도 하다. 그것이 진정 나를 위한 삶이고. 그러한 삶이 행복한 삶이라고 주장한다.

"잭이 오래전 맥두걸 가 화실에서 꿈꾸었던 인생. 이제는 백일몽이 되어버린 인생, 안정된 삶을 선택하는 대가로 포기한 인생. 잭은 그 안정된 삶이 바로 지옥이라는 사실을 말해주고 싶었던 것이다."

내면의 욕구와 외양의 모습이 일치하지 않으면 인생의 먹구름이 몰려올 가능성이 높다. 우선 가정이 파탄 난다. 만일 그런 남편이라면 매일 징징댄다. 오로지 가족들 먹여 살리기 위해서 하기도 싫은 일을 억지로 한다고 말이다. 그러면서 자기가 하고 싶었던 그 꿈을 언급하며 신세타령만 한다. 가족들 특히 아내는 이런 스트레스에 시달리다가 남편에 대한 정이나 사랑 대신에 미움만을 쌓아두게 된다.

현재의 삶에 충실하지 못한 남편의 이런 모습은 급기야 아내의 일탈을 부추기게 된다. 사랑이란 움직이는 것이라는 사실을 증명하려는 듯이 말이다. 아름답고 돈도 많아 남들의 눈에는 부러움의 대상인 그녀는 왜 그리도 찌질해 보이는 외간 남자와 바람을 피우는가? 그녀는 이 또한 남편 탓이라고 돌리면서 급기야 이혼을 요구한다.

"하지만 당신 아내가 정말 싫어하는 게 뭔지 알아? 네가 네 자신을 싫어한다는 사실이야. 너의 그 자기 연민. 덫에 빠진 양 엄살을 떨어대는 빌어먹을 행동. 사진가로 성공하지 못한 건 그 누구 탓도 아니야. 바로 네 탓이지. 넌 그 사실을 받아들이지 않으려고 할 뿐이야. 네 일도 미워해, 여기서 살고 있는 자기 삶도 싫어하지. 너도 미워하고."

현실을 인정하지 못하고 비관에 빠지면 그 후유증은 상상을 초월한다. 그래서 반드시 탈출구를 찾아야 한다. 현실을 직시하고 현실에 충실하거나 다시 그 꿈을 실현하기 위해서 그 꿈에 도전하거나 양자택일의 선택을 해야만 한다. 그러기 위해서는 대화가 필요하다. 특히 나 자신과의 대화가 필요하다. 여기에도 골든타임이 존재하기에 때를 놓치면 모든것을 잃을 수도 있다.

"그 모든 일이 5초도 걸리지 않았다. 내 몸은 온통 피투성이가 되었다."

아내와 외도를 한 불륜남을 찾아가서 싸우다가 흥분하여 급기야 살인을 저지를지도 모른다. 모범적인 시민에서 졸지에 살인자가 될 수도 있다. 내가 가진 모두를 잃어버리는 데에는 5초도 채 걸리지 않는다. 천당과 지옥은 바로 손닿을 듯 거리의 바로 그 앞에 있다.

문명과 야만 사이의 가느다란 선을 넘어가면 혹시 그 두려움을 떨쳐버릴 수 있을까? 그 선을 정말 쉽게 넘어갈 수 있다는 사실을, 10억 분의 1초에도 넘어갈 수 있다는 사실을. 그저 손만 내밀면 그만이라는 걸 누구나 알고 있다. 그래서 우리는 그 선을 겁낸다. 이 모든 불행의 씨앗은 겉과 속이 다른 데서 오는 정체성의 휘청거림에서 싹튼다. 진정 자신이 좋아하고 잘하고 원하는 것을 해야 하는 이유가 여기에 있다. 그래야 뒤탈이 없을 가능성이 크다.

〈빅 픽처〉는 작가 더글라스 케네디의 매력이 유감없이 발휘된 소설이라는 평가를 받고 있다. 세계적으로 명성이 자자하지만, 특히 유럽, 그중에서도 프랑스에서 폭발적인 인기를 자랑한다. 프랑스 사람들은 왜 더글라스 케네디의 소설에 열광할까? 아마도 외면적으로는 그가 미국에 대해 비판적인 시각을 갖고 있기 때문이기도 하다.

하지만 작가의 소설 전반에 녹아 들어있는 박학다식한 면모, 완벽한 등장인물 탐구, 신비롭고 장엄한 대자연 묘사, 풍부한 예술적 소양이 크게 어필하기 때문일 것이라는 평가에 이의를 달지 못한다.

이 세상에 자기가 진정으로 하고 싶은 일을 하면서 사는 사람들이 몇 명이나 될까? 대부분은 꿈과 현실 사이를 오락가락하면서 하루하루를 지내고 있다. 그런데 그런 사람들이 이 책을 읽고 나면 정신이 번쩍 들 것이다. 주인공 벤은 자신을 위한 삶보다는 타인, 특히 아버지를 위한 삶을 살았다. 거기에서부터 그의 인생이 꼬이기 시작한 것이라는 주장에 전적으로 동의한다.

벤은 사진가의 삶을 꿈꿨다. 좀 더 멋지게 표현하자면 예술혼을 불태우는 삶을 살고자 했다. 그러나 현실은 월가의 변호사로 살았다. 그런 삶은 그에게는 빛 좋은 개살구였던 셈이다. 겉과 속이 엇박자가 나는 인생살이에는 엄청난 대가가 따라붙었다. 살인자가 되었고 평생을 거짓 인생의 도망자로 살아야 했다.

'우리의 몸은 월스트리트에 매여 있었지만, 마음속으로는 그 모든 일

을 혐오했다.'

  자기 몸 안에서 어떤 종류의 혼(魂)이 불타고 있는지 알고 싶은 사람은 이 책을 접해보아야 한다. 또한 하루하루가 지겹고 따분한데 그 이유를 모르겠다는 사람도 이 책을 읽어야 한다. 벤의 체험 가득한 인생 충고를 들을 수 있기 때문이다. 이렇게 말이다.

  "저처럼 되지 않으려면 당신 자신을 위한 삶을 사세요. 지금도 늦지 않았습니다."

짐승의 방법과 사람의 방법을 모두 활용할 줄 알아야
마키아벨리의 리더십과 통치 기술 지침서 <군주론>

마키아벨리는 인간의 본성을 이기적이고, 권력을 추구하는 존재로 보았다. 이러한 인간의 본성을 바탕으로 군주가 어떻게 행동해야 하는지 제시한다. 정치적 현실주의를 강조하고 정치적 이상주의를 비판했다. 리더십과 통치 기술에 대한 지침서이기도 하다. 군주가 갖추어야 할 리더십과 통치 기술을 제시한다. 그는 군주가 강력한 리더십과 통치 기술을 갖추어야 국가를 안정적으로 유지할 수 있다고 보았다.

"누군가는 너그러운 사람으로 인정받고, 누군가는 인색하다는 평을 듣습니다. 또 누구는 주는 사람인데 누구는 강탈하는 사람이라고, 누구는 잔인한데 누구는 자비롭다고, 누구는 신의가 없는데 누구는 충실하다고, 누구는 여성스럽고 소심한데 누구는 광포하고 용기가 있다고, 누구는 인간적인데 누구는 오만하다고, 누구는 음란한데 누구는 순결하다고, 누구는 정직한데 누구는 교활하다고, 누구는 완고한데 누구는 태평하다고, 누구는 중후한데 누구는 경박하다고, 누구는 신심이 깊은데 누구는 회의적이라고 생각합니다. 위에 열거한 자질 중에서 좋다고 생각하는 것들을 군주가 갖추었다면 모두가 칭찬할 만하다고 인정할 것입니다. 하지만 인간의 조건은 그런 자질들을 모두 가지고 온전하게 준수하며 살도록 허용하지 않는 법입니다."

주꾸미 삼겹살이 유명한 광화문의 한 음식점을 찾았다. 일군의 장년 남성들이 모임을 하고 있었다. 그들의 언변이나 겉모습은 왕년에 한 가닥씩 했음직하다는 추측을 낳게 했다. 그런데 갑자기 "야, 이 XX야." 하며 욕설과 고성이 오가는 싸움이 벌어졌다. 서로 다른 정치 지도자 스타일 때문에 한바탕 붙어 버린 것이다. 그런 혼란스러운 와중에도 귀에 쏙 들어오는 단어 하나가 있었다. 〈군주론〉. 그들은 싸움 이후에도 〈군주론〉을 들먹이며 오랜 시간 이야기를 나눴다.

마키아벨리의 〈군주론〉은 이렇게 이런저런 대화에 등장할 정도로 우리에게 친숙하다. 이 책은 가장 논쟁적인 저술 가운데 하나이기 때문에 극과 극의 평가를 받는다.

'어제의 교황청 금서, 오늘의 하버드 필독서. 500년간 수많은 리더가 손에서 놓지 않았던 책'

마키아벨리는 군주가 권력을 얻고 유지하려면 때로는 권모술수를 써야 하며 사악한 행위도 잊지 말아야 한다고 주장한다. 이러한 그의 사상은 '결과가 수단을 정당화한다.'로 요약되는 마키아벨리즘이라는 용어를 낳았다. 종교와 도덕, 윤리를 중시하던 당시 유럽 사회에 큰 충격을 주었다. 논란이 이어지자, 교황청은 군주론을 금서로 지정했다. 하지만 많은 지도자가 앞에서는 비난하면서도 뒤로는 이 책을 몰래 탐독했다고 전해진다.

〈군주론〉은 잔혹한 통치를 옹호하려고 쓴 책은 아니다. 당시 이탈리아의 현실에 대한 냉정한 진단과 그에 대한 지극히 현실적인 대책으로 제시한 것이다. 이탈리아는 크고 작은 나라들로 분열되어 전쟁이 끊이지 않았다. 강대국의 침략에 시달렸다. 마치 중국의 춘추전국시대와 같은 상황이었다. 마키아벨리는 강력하고 역량 있는 군주가 등장해서 이탈리아를 통일하고 외세의 지배에서 벗어나기를 열망했다.

〈군주론〉은 금기나 이상향을 깨고 현실정치의 대안을 제시했다. 그렇게 함으로써 근대정치학의 토대를 다진 책으로 평가받고 있다. 당시 유럽의 정세와 사회상을 세밀히 파악할 수 있다. 군주(리더)가 갖추어야 할 살아있는 지혜를 만날 수 있다. 실전에서 살아남은 날것의 지식이다. 나만 알고 싶은 책이라는 속설은 강한 설득력이 있다.

〈군주론〉의 남다름은 저자를 상징하는 소위 '마키아벨리즘(Machia-vellism)'과 맥을 함께 한다. 그는 아주 독특한 인물이었다는 평을 받고 있는데 그의 묘비에 새겨진 문구가 그것을 말해준다.

"어떤 찬사도 그의 이름과 견줄 수 없다."

"악의 교사", "근대 정치사상의 선구자"라는 그에 대한 평가도 극과 극을 달리기에 그의 독특함을 뒷받침하고 있다. 책을 쓴 계기도 그의 독특함을 말해준다.

마키아벨리는 〈군주론〉을 로렌초 데 메디치라는 사람에게 헌정(獻呈)하기 위해서 썼다. 그는 정치 환경에 따라 관직과 재산 박탈, 고문 투옥, 대사면 등 우여곡절을 겪었다. 감옥에서 나온 뒤 공직에 복귀하려고 다방면으로 애를 썼지만, 번번이 좌절했다. 말하자면 공직 복귀를 위한 노력의 하나로 이 책을 썼다.

〈군주론〉은 그의 부활을 위한 승부수였다. 하지만 뜻대로 되지 않았다. 다만 오랜 세월이 지난 지금 〈군주론〉이 고전 중의 고전이 되었다는 사실을 마키아벨리가 안다면 어떤 표정을 지을지 상상해 볼 뿐이다.

퍼스널브랜딩 관점으로 보면 〈군주론〉은 자기계발서의 고전이라고 평가할 만하다. 왜냐하면 마키아벨리는 역사를 통하여 얻은 '위대한 인물들의 행위에 대한 지식'을 이 책에 담았다고 말하고 있고, 또한 이 책에서는 퍼스널브랜딩의 핵심 내용인 평판 관리나 명성 유지에 관한 내용을 주된 강조점으로 다루고 있기 때문이다.

마키아벨리가 말하는 '강한 군주 브랜드 이미지'를 만드는 데에 있어서 현대 마케팅의 'STP 모델'이 잘 적용된다는 점도 매우 흥미롭다. STP 모델이란 기업이 개별 고객의 선호에 맞춘 제품 또는 서비스를 통해 타사와의 차별성과 경쟁력을 확보하는 마케팅 기법이다.

일정한 기준에 의해 전체 시장을 구분하고, 특정 시장을 타깃으로 하여 고객에게 타사와 다른 자사 제품의 이미지를 각인시킨다. 고객 세분화(Segmentation), 목표 고객 설정(Targeting), 포지셔닝(Positioning)의 세 단계로 이루어진다.

1단계. 고객 세분화(Segmentation)

마케팅의 목표가 모든 고객을 대상으로 하는 경우는 현실적으로 존재하지 않는다. 따라서 어떤 기준을 준거로 하여 고객을 세부적으로 나누고 그중에서 특정 고객을 전략적으로 선정하게 된다.

〈군주론〉에서는 전체 고객을 민중, 귀족, 군인이라는 3개 유형의 고객 군으로 세분화한다.

민중은 말 그대로 평범한 일반인 백성을 지칭한다. 귀족 세력은 기득권층을 말한다. 이들은 호시탐탐 자신에게 유리한 군주를 찾아서 배신과 충성 사이를 오락가락하는 사람들이다. 마지막은 군인 세력인데 이들은 탐욕과 잔인함으로 일반 민중이나 귀족과도 구별된다. 특히 이들은 그들과 궁합이 맞는 호전적이고 오만한 군주만을 따랐다.

2단계. 목표 고객 설정(Targeting)

목표 고객 설정은 제품의 이미지나 특징에 가장 적합한 고객을 선정하는 선택이다. 즉 선택과 집중이다. 마키아벨리가 선택한 전략 고객은 민중이다. 군주의 자리를 유지하고 또한 좋은 평판이나 명성을 이어가기 위해서는 최우선으로 민중을 자신의 편으로 만들어야 한다.

그렇다고 해서 귀족이나 군인을 무시한다는 말이 아니다. 민중에게 최선을 다하는 것을 원칙으로 하고 군인이나 귀족이 딴맘을 먹지 않도록 관리해야 한다고 제시한다.

"가장 훌륭한 요새(要塞)는 민중의 증오를 받지 않는 것이다."
"군주는 귀족들을 존중해야 하지만, 민중에게 미움을 받아서는 안된다."

〈군주론〉이 매우 독특한 책이라는 평가를 받게 된 것은 이 단계에서부터 시작한다고 볼 수 있다. 선정한 핵심 타깃을 어떻게 규정하고 그들의 본성이나 속성이 어떤 것이냐에 따라서 뒤이어 행해지는 포지셔닝(Positioning) 전략이 달라지기 때문이다. 이 지점에서 마키아벨리즘의 핵심이 형성되고 더불어 긍정과 부정이라는 양단의 논쟁이 시작된다.

마키아벨리는 외교 업무를 담당하면서 프랑스, 신성로마제국 등 여러 지역에 파견되었다. 그는 현지에서 많은 사람을 만났는데 특히 '체사레 보르자'에게 강렬한 인상을 받았다. 이 책의 모델이기도 한 그의 냉혹한 모습을 통해 마키아벨리는 '정치와 권력의 속성'을 깊이 인식하고 이탈리아의 현실을 '냉철한 시선'으로 바라보기 시작했다. 이런 세계관의 변화와 함께 인간을 바라보는 시선도 달라졌다.

"사람들은 사악(邪惡)할 뿐만 아니라 당신에게 신의를 지키지도 않는다."

"군주가 나라를 얻고 유지하면 그의 수단은 언제나 명예롭다는 평가를 받고, 그는 모두에게 칭찬을 듣는다. 왜냐하면 민중은 겉으로 보이는 것과 일의 결과에 끌리기 때문이다."

3단계. 포지셔닝(Positioning)

포지셔닝은 고객의 인식 속에 자신의 이미지를 만드는 전략이다. 〈군주론〉에서는 이 내용이 전체 내용 중에서 상당량을 차지하고 있는데 군주의 자질, 처세, 정신 등을 여러 사례와 더불어 세세하게 제시하고 있다.

군주의 자질은 기능적인 역량과 정서적 역량으로 구분할 수 있다. 기능적 역량은 무력과 행운으로 권력을 획득하는 군주의 능력을 말한다. 그런 군주는 자신의 지위를 쉽게 유지할 수 있다. 정서적 역량은 사람들을 대할 때 어떤 태도로 어떻게 행동하느냐 하는 것이다.

마키아벨리가 제안하는 군주의 목표 이미지는 반인반수(半人半獸)다. 사람의 모습과 짐승의 모습을 그때그때의 상황이나 목적에 따라 자유스럽게 발휘해야 한다.

"군주는 짐승의 방법과 사람의 방법을 모두 적절하게 활용할 줄 알아야 한다."

"자신의 지위를 유지하려면 착하게 굴지 않는 법을 배워야 하며, 필요에 따라서 그렇게 해야 한다. 나라를 구하기 위해서는 악덕도 필요하고 오명도 뒤집어쓸 필요가 있다.”

고전 〈군주론〉은 나를 비추는 하나의 거울인데 매우 독특한 거울이다. 내가 평소에 보았던 거울과 다른 부분이 많기 때문이다. 인간의 본성을 적나라하게 들춰내기에 발가벗은 느낌을 받는다. 에둘러 말하지 않고 직선적으로 솔직하게 말하기에 묘한 설득력을 느낀다. 지금껏 한쪽만의 교육을 받았다는 깨달음도 얻는다. 나에게 익숙한 공자의 모습이 대척점에서 어른거린다. 낯설기는 하지만 그만큼 신선하게 다가온다.

〈군주론〉을 나의 몫으로 만들어 보자. ‘군주’라는 단어 대신에 경영자, 대통령, 리더, 나 자신 등의 단어로 대체해서 생각해 보자. 좋은 방법이 된다. 나의 경우를 대입해 보니 500여 년의 시간과 공간을 뛰어넘기는 하지만 오히려 오늘날의 처세에 딱 맞는다는 느낌이 든다. 물론 긍정적 공감과 부정적 공감이 동시에 존재한다.

“바로 이거야!” 하는 느낌이 있는가 하면, “이건 아닌데?” 하는 의문도 생긴다. 그만큼 〈군주론〉의 주장은 현실적이고 본질적이다.

- 내가 검토해야 할 고객의 유형은 몇 개의 그룹이나 될까?
- 그중에서 내가 최우선 고객으로 삼아야 할 고객은 어떤 유형의 고객일까?
- 그리고 나는 그 고객에게 어떤 자질이나 성격을 갖춘 모습으로 인식되어야 할까?

이런 문제로 고민하는 사람이라면 지금 당장 〈군주론〉에 담긴 마키아벨리의 처세술과 리더십을 찾아보자. 생생한 자문을 들을 수 있다.

꿈을 이루려면 자신의 노력과 열정이 가장 중요하다. 파스칼 메르시어의 <리스본행 야간열차>

파스칼 메르시어의 소설로, 2013년 같은 이름으로 영화화되었다. 스위스 베른의 학교에서 그리스어를 가르치는 고전 문헌학자인 그레고리우스는 어느 날 학교 수업을 가르치러 가던 중 키르헨펠트 다리를 지나다 난간에서 자살하고자 하는 한 여인을 구하게 된다. 그레고리우스는 학교 수업을 포기하고 무작정 리스본을 향해 떠난다. 그는 프라두의 책을 읽으며 그를 만나고자 하는 강한 욕망을 느끼며, 책 속에 등장하는 인물들과 그들의 삶을 알아가게 된다.

"프라두는 아주 많은 일에, 타당하지 않은 일에도 어머니 핑계를 댔어요. 실패한 경계 짓기, 도를 넘어선 일 욕심, 스스로에 대한 지나친 요구, 춤을 추지도 못하고 놀지도 못하는 성격 등이 모두 어머니와 어머니의 부드러운 독재와 관계가 있다는 거였지요."

우리는 어디론가 떠나고 싶어 한다. 떠날 때는 무작정 빈손으로 갈 수도 있다. 하지만 무엇을 챙겨 가야 할 것인가를 고민한다. 그중에 책이 빠질 수 없다. 어떤 책을 선택할 것인가? 결론적으로 <리스본행 야간열차>를 추천한다.

여행은 상당 부분의 스케줄이 열차를 이용하는 것으로 짜여있다. 그것도 잊지 못할 야간열차를 타고서 움직인다. 또한 어디론가 향해간다. 이 책은 리스본을 향하고 있다고 하지 않는가! 책 제목과 여행의 관련성이 직관적으로 연결되어 있다. 더 이상의 덧붙임은 구차하다. 열차를 탔다면 〈리스본행 야간열차〉를 그냥 읽고 싶어질 것이다.

〈리스본행 야간열차〉의 특징 중의 하나가 액자식 구성이다. 액자식 구성은 글을 쓸 때 자주 사용되는 구성 방식 중 하나다. 하나의 주제를 중심으로 그 주제를 설명하거나 뒷받침하는 내용을 담은 틀을 만들어 전개하는 방식이다. 각각의 틀은 글의 주제를 명확하게 전달하고, 글의 내용을 체계적으로 정리하는 역할을 한다.

그레고리우스가 우연한 계기로 찾아간 리스본에서 경험하는 이야기가 큰 테두리의 액자다. 그 안의 작은 액자는 그레고리우스가 읽고 번역하며 추적해가는 〈언어의 연금술사〉라는 소설 속의 또 다른 책이다.

〈언어의 연금술사〉에는 개성 뚜렷한 남자 세 명과 여자 한 명의 인물이 등장한다. 세 명의 남자는 프라두, 조르지, 주앙이다. 이들은 저항운동을 함께하는 동지이자 각별한 친구 사이다. 특히 평생 우정을 다짐했던 프라두와 조르지는 여자 때문에 갈라선다. 그 중심에 서 있는 한 여자는 에스피노자다.

우정과 사랑은 공존할 수 있는가? 필자의 견해는 공존할 수 없다는 쪽이다. 한 지인은 다음과 같은 착한 생각을 펼쳐 보여 놀라웠다. 즉 우정과 사랑은 서로 다른 감정이지만, 공존할 수 있다. 물론 다음의 사항을 덧붙였다.

우정과 사랑은 서로 다른 특징을 가지고 있다. 하지만 두 가지 감정 모두 상대방을 존중하고 배려하는 것이 중요하다. 상대방의 의견을 존중하고, 서로의 감정을 이해하며, 서로에게 도움을 주는 것이 우정과 사랑을 공존시키는 중요한 요소다. 그러나 책 속에서는 우정과 사랑은 공존하지 못했다. 정반대 방향인 비극으로 치달았다.

퍼스널브랜딩 관점으로 볼 때 등장인물 중에서 가장 눈여겨볼 인물은 프라두다. 그는 이렇게 표현되고 있다.

"자신의 직업을 초지일관 철두철미하게 수행한 의사, 죄가 아닌 죄를 씻기 위해 목숨을 걸었던 저항 운동가. 침묵하는 인간적 삶의 경험을 무언의 상태에서 건져내려던, 뜨거운 정열을 지닌 언어의 연금술사."

이처럼 완벽한 이미지를 갖고 있는 사람이 있을 수 있는가? 그렇다. 외견상의 화려한 평가와 스펙과는 달리 그의 인생은 불행 덩어리 그 자체였다. 모든 것을 가진 듯했지만 손에 쥔 것은 하나도 없다. 동맥류(aneurysm 動脈瘤)로 일찍 돌연사(突然死, 갑작죽음)했다. 동맥류는 동맥벽이 약해져 동맥 일부가 풍선처럼 늘어나는 질병이다. 그는 우정도 사랑도 가족도 모두 다 잃었다.

무엇이 그를 불행의 늪으로 빠지게 했는가?

그 시작은 잘못된 출발에서 기인한다. 그는 작가가 되고 싶었다. 그는 응당 글쓰기의 길을 가야 했었다. 그러나 그러지 못했다. 부모의 성화, 특히 어머니 앞에 굴복하고 의사가 되었다. 고행의 씨앗이 되었다.

그는 얼마나 힘이 들었겠는가? 예나 지금이나 소설 속에서나 현실에서나 부모님의 기대와 자신의 꿈이 충돌할 때 사람들은 고민한다. 그러나 결국 자신의 꿈을 이루기 위해서는 자신의 노력과 열정이 가장 중요하다. 부모님의 기대나 사회적, 경제적 압력에 굴복하지 않고, 자신의 꿈을 이루기 위해 최선을 다하면, 결국에는 자신이 원하는 삶을 살아갈 수 있을 것이다.

물론 어려운 이야기다. 우리의 주인공 프라두도 마찬가지의 생각을 했을 테지만, 그렇게 하지 못했다. 그에게 우리나라의 '국민교육헌장'

을 읽게 하고 싶은 마음이 든다. 국민교육헌장에는 바로 퍼스널브랜딩의 핵심을 담고 있는 내용이 가득 들어 있기 때문이다. 특히 아래의 대목이 그렇다.

"타고난 저마다의 소질을 계발하고 오늘의 처지를 약진의 발판으로 삼아 창조의 힘과 개척의 정신을 기른다."

나도 이런 멋진(?) 가르침을 받고 자랐지만, 그렇게 되지 못했다. 그러나 그런 와중에서도 이른바 성공했다고 하는 사람들의 공통점은 퍼스널브랜딩 정신에 있다. 퍼스널브랜딩은 타인의 시선이 아니라 자기 멋에 취해 사는 방법이다. 대표적인 사례는 역시 스티브 잡스다.

그는 자신만의 독특한 디자인 철학과 혁신적인 제품으로 세상을 바꾼 인물이다. 그는 자신이 만든 제품에 대한 강한 자부심과 열정을 가지고 있었다. 이를 통해 애플을 세계적인 기업으로 성장시켰다. 오로지 타고난 자기 소질에 집중해서 창조하고 개척했다. 자신이 가진 것을 적극적으로 활용하고, 자신이 추구하는 가치를 이루기 위해 노력했다. 많은 사람에게 영감을 주었다.

〈리스본행 야간열차〉에서 프라두의 삶이 비판받을 수 있는 측면은 여러 가지다.

첫째, 프라두는 자신의 신념과 이상을 추구하기 위해 가족과 친구들을 희생시켰다. 그 바람에 가족이나 친구들과의 관계가 나빠졌다.

둘째, 프라두는 자신의 이념을 지키기 위해 폭력적인 수단을 썼다. 그는 혁명 운동에 참여하면서 폭력적인 행동을 저질러 많은 사람이 상처를 입었다.

셋째, 프라두는 자기의 삶에 대한 책임을 회피했다. 그는 자기의 행동으로 인해 발생한 문제를 해결하지 않고 도망쳤다. 자신의 삶을 망쳤다.

문학에서도 현실에서도 마찬가지인 셈이다.

내가 좋아하고 잘하는 곳에 집중해야 남다른 의미가 생기는 법이다. 좋아하고 잘하는 일을 하면 자신감이 상승한다. 새로운 도전을 시도할 수 있고 더 나은 성과를 창출할 수 있다. 몰입도가 높아진다. 일의 효율성이 높아지고 완성도도 높아진다. 해당 분야에 대한 지식과 기술을 계속 습득하고 발전시킬 수 있다. 전문성을 강화할 수 있다. 만일 프라두가 그가 원하는 대로 글을 썼다면 그는 노벨문학상을 수상했을지도 모른다는 상상을 해본다.

제5장

별

퍼스널브랜딩은 밤하늘의 별과 같다. 별은 어두운 밤하늘을 밝게 비추며 자신의 존재감을 드러낸다. 퍼스널브랜딩은 나의 가치와 정체성을 명확히 하여 나를 인식시키고, 나의 가치를 높이는 일이다.

별은 위치, 크기, 색깔 등에 따라 다양한 특성을 뽐낸다. 퍼스널브랜딩 역시 나의 성격, 역량, 경험 등에 따라 개성적인 방식으로 진행될 수 있다. 별은 시간이 지나도 그 자리에 남아있다. 퍼스널브랜딩 역시 지속적으로 나의 가치를 높일 수 있다.

"밤새 안녕하셨어요?"
사람 냄새 나는 정세랑 장편소설 <피프티 피플>

정세랑 작가의 소설이다. 예민한 사회적 문제를 수면 위로 꺼내 올린다. 가습기 살균제 피해자, 성소수자, 층간소음 문제, 낙태 문제 등을 다루며, 이들의 이야기를 통해 사회 문제에 관심을 촉구한다. 연대와 희망이 메시지의 핵심이다. 서로 다른 사람들이 서로를 이해하고 연대하는 모습을 보여주고 이를 통해 우리 사회에도 희망이 있음을 강조한다.

'윤나의 집은 동향이라 아침에 햇살이 깊이 들었다. 눈꺼풀이 무거워도 병원에서보다 잠이 일찍 깼다. 밤새 또 누가 살해를 당하고 사고를 당했을까. 윤나는 두 팔을 올려 스트레칭을 했다. 살아 있는 게 간발의 차이였다. 그 '간발의 차'의 감각이 윤나를 괴롭혔다. 자칫했으면 이 팔들이, 살아있는 팔들이 썩고 있을 뻔했다. 죽음은 너무 가깝다. 언제나 너무 가깝다. 전철에서 지나치게 몸을 밀착하는 기분 나쁜 남자처럼 너무 가깝다. 무시하고 잘 살아가는 사람도 있는가 하면, 윤나는 늘 등 뒤를 돌아보고야 마는 편이었다. 전철 전체가 암전되듯이 마음 전체가 까매지고 마는데도.'

<피프티 피플>이 이번 달에 읽을 책으로 선정되었다. 선정 이유가 여럿 있었다. 그중에서도 가장 핵심적인 이유는 책 선정의 다양화였다. 그

이전까지는 주로 '세계 고전 문학'을 중심으로 책을 선정했다. 그렇다고 해서 기준을 완전히 바꾼 것은 아니다. 세계 고전 문학을 중심으로 하고, 거기에다 '현재 시점'에서 의미가 있는 '우리나라의 문학'으로 그 대상을 넓히고자 함이었다.

〈피프티 피플〉, 이 소설은 제목이 말해주는 것처럼 50명, 아니 정확하게는 51명의 사람 이야기를 담고 있다. 왜 50명일까? 국가대표 월드컵 축구 대표 팀은 축구를 제일 잘하는 기준으로 26명을 선발한다. 50명의 선정 기준이 몹시 궁금했다. 해답은 작가에게 직접 물어보지 않고서는 알 도리가 없다. 그래서 스스로 정했다. 이들은 보통 사람의 대표 선수들이라고 말이다. 늘 만나는 이웃 같은 51명의 이야기다. 주제는 세 가지로 수렴되었다.

하나, 모두가 스승

세 사람이 길을 가면, 그 가운데 반드시 나의 스승이 될 만한 사람이 있다고 했다. 51명이 함께 하는 이 책에서는 수많은 스승을 발견할 수 있었다. 내 이야기인 것처럼 말하는 사람도 있다. 나의 고민을 해결해 줄 것 같은 사람도 있었다. 51명의 삶은 평범하기 그지없다. 하지만 그 어느 경우보다도 더 특별한 의미를 전해주었다. 일방적인 강요가 아니라 시나브로 마음속으로 스며들었다. 아픔으로, 웃음으로, 박수로, 부러움 등으로 공감의 잔물결을 일으키면서 말이다.

잘난 사람과 못난 사람, 운이 좋은 사람과 운이 없는 사람, 좋은 인연의 사람과 악연의 사람, 마음의 허기를 느끼는 사람과 그 허기를 채워주는 사람, 희귀한 난치병을 앓는 사람과 그 사람을 안아주는 사람, 죽는 사람과 그를 지켜보는 사람, 금수저 인생으로 태어난 사람과 그와는 정반대인 흙수저 인생을 사는 사람. 이 모두가 귀한 스승이 아닐 수 없었다. 보통 사람들에서 발견하는 특별한 퍼스널브랜딩이다.

그중에서도 닮고 싶거나 아니면 닮은 사람이라면 더 좋은 스승일 될 수 있을 것이다. 몹시 신경이 쓰이는 사람이 있었다. 한 번쯤 만나보고 싶은 마음이 생기는 그런 사람이었다. '한규익'이라는 사람이다. 그를 응원해 주고 싶었다.

그에게는 가정이라는 울타리마저도 처참하게 무너졌다. 불행이다. 부모의 이혼, 가습기 살균제에 의한 큰 누나의 죽음과 그에 대한 작은 누나의 기약 없는 투쟁, 연인과의 이별, 다니는 대학의 학과 통폐합에 따른 상실, 2번의 자해(自害) 시도 등. 그래도 그는 어떻게든 살아낸다. 그래서 그는 좋은 스승이다.

둘, 안전지대

〈피프티 피플〉의 공간적 배경은 주로 병원이다. 자연스럽게 주요 등장인물들도 병원에서 일하는 사람들이 대부분이다. 의사, 간호사에서부터 방사선사, 인사팀 근무자, 그리고 죽은 사람을 옮기는 일을 하는 사람까지. 게다가 나머지 다른 인물들도 병원에서 근무하는 사람들과 이런저런 인연으로 연결된다.

왜 병원을 배경으로 했을까? 병원의 상징성에 대하여 상상의 나래를 편다. 병원이 안전을 부각하기에 가장 좋은 공간일 것이라는 생각에 이르렀다. 사실 병원은 가장 리얼한 불안전이 안전으로 회복되는 곳이다. 병원은 심신(心身)이 다쳐 불안전해진 사람들을 치료하여 안전한 정상인으로 회복시키는 곳이 아니던? 물론 안타깝게도 많은 사람이 죽음에 이르기도 한다.

병원 스토리의 선택은 아마도 작가의 개인적인 경험이 크게 작용한 듯하다. 싱크 홀에 빠지는 등 불안전한 경험을 했다고 한다.

그 경험은 그 이후로도 작가를 사건, 사고 등 불안전에 대한 트라우마에 시달리게 했을 것이다. 작가의 말이 이를 뒷받침하고 있다. "이 책은 그들에 대한 애도에서 시작되었습니다." 그들은 불안전에 시달리는 사람을 말하는 것이다.

〈피프티 피플〉을 읽다 보면 자연스레 "밤새 안녕하셨어요?"라는 말이 생각난다. 그런데 모두가 안녕하면 좋겠지만, 사실은 그렇지 못한 것이 현실이다. 그래서 가슴이 아프다.

운칠기삼(運七技三)이라는 말이 있는데 운은 어찌할 수 없다손 치더라도 '기'라는 것은 여러 가지로 생각할 여지가 있다. '안전'이라는 것도 그중의 하나다. 즉 운에만 맡기지 말고 자신의 기를 더욱 넓혀서 안전지대를 확보하자는 것이다. 안전지대로 이동한다는 사실은 곧 불행을 피해 가는 방법이기도 하다.

셋, 인연의 소중함

〈피프티 피플〉은 또한 '케빈 베이컨의 6단계의 법칙'을 떠올리게끔 한다. 서로 모르는 두 사람도 6단계만 거치면 알 수 있다. 6단계의 법칙처럼 소설 속에서도 사람과 사람들은 서로서로 촘촘한 인연으로 연결되어 있다. 그런 인연의 꼬리를 물고 늘어지는 것도 이 소설을 읽는 재미 중의 하나다.

'세상이 무너져 내리지 않도록 잡아매는 것은 무심히 스치는 사람들

을 잇는 느슨하고 투명한 망(網)이라고 생각하고 있습니다.'

그렇다. 인연의 망은 정말로 소중하다. 나와 이어지는 망은 나를 구원해 줄 좋은 망일 수도 있지만, 나를 옭아매는 고통의 그물일 수도 있기 때문이다. 좋은 망(網)이 되도록 해야 한다.

어떻게 해야 할까? 공격이 최선의 수비이듯이 그 망을 적극적으로 관리해야 한다. 사람들을 잇는 투명한 망은 곧 인간관계의 망이다. 좋은 인간관계에 관한 결론은 늘 한결같다.

"평소에 잘해, 있을 때 잘해!"

SNS나 자기 계발 관련 콘텐츠를 살펴보아도 똑같은 결론이다. 그래서 톨스토이는 이렇게 말했나 보다.

"당신에게 가장 중요한 사람은 지금 만나고 있는 사람이다."

인생살이에서 진리는 먼 곳에 숨어 있는 것이 아니고 바로 우리 곁 가까이에 있다는 것을 다시금 깨닫게 된다.

인생의 지혜는 사람과 사람 사이에 숨어 있기에 사람에게서 구해야 한다고 한다. 그래서 인문학이 그토록 주목받고 있는지도 모르겠다. 우리는 인생이라는 퍼즐을 맞추는 데에 있어서 몇 명의 사람들과 이야기할 수 있을까? 가족, 친구 등 늘 옆에 있는 사람들을 제외한다면 고개가 갸우뚱해진다.

이 책에는 51명의 진짜 주인공 이야기가 담겨있다. 그런데 이들의 이야기가 묘한 감동을 자아낸다.

보통 사람들의 희로애락(喜怒哀樂)이 그 어떤 유명인들의 스토리보다 가슴속 깊숙이 스며드는 것을 느낄 수 있다. 평범한 우리 이웃 51명에게 비추어 본 나의 모습은 행복이고, 반성이고, 감사이고, 새로운 다짐이고 뭐 이런 느낌들이다.

강화도 해변에서 바비큐 '멍불'이라는 것을 경험했다.

'멍불'은 멍하니 불을 보는 일이다. 강한 깨달음과 힐링을 맛보기도 했다. 이 책의 51명의 이야기를 듣고 나면 멍하니 하늘을 보게 된다. 멍하니 그 사람을 생각하게 된다.

당신도 사람 냄새에 멍하니 빠져보시라. 선한 영향력이 담긴 51명의 인생 스토리가 당신을 위로하고 응원해 줄 것이다.

더 이상 나를 찾지 마세요.
페터 한트케의 <긴 이별을 위한 짧은 편지>

오스트리아의 작가 페터 한트케(Peter Handke)가 쓴 소설이다. 현대인의 고독과 사랑을 다루고 있다. 주인공인 '나'는 아내에게 이별을 통보하는 편지를 보내고, 그녀의 행적을 추적하며 자신의 삶을 돌아본다. 인간의 내면과 소통의 부재, 그리고 진정한 사랑의 의미를 탐구한다.

전통적인 소설의 형식을 파괴한다. 주인공의 내면을 독백 형식으로 서술하여 깊은 인상을 남긴다. 언어의 의미와 역할에 대한 고민을 담고 있어 문학적으로도 높은 평가를 받고 있다.

"이젠 당신들의 이야기를 들려주세요!" 존 포드가 말했다.

그러자 유디트가 우리가 어떻게 이곳 미국까지 오게 되었는지 말했다. 그리고 그녀가 그동안 나를 추적하면서 많은 해코지는 물론이고 살해까지 하려 했다는 이야기를 늘어놓았다. 지금은 마침내 서로가 평화적인 방식으로 헤어지기로 했다는 말도 덧붙였다. 그녀가 우리의 이야기를 다 들려주자 존 포드는 말없이 얼굴 가득 웃음을 지어 보였다. "오, 하느님!" 그가 독일어로 말했다. 그는 진지한 표정을 지으면서 유디트 쪽으로 몸을 돌렸다.

"이 모든 일이 사실이지요?" 이번에는 영어로 물어왔다. "그 이야기에 꾸며낸 것이라곤 전혀 없겠지요?" "예." 유디트가 대답했다. "모든 일이 실제로 일어났습니다."

평소 독서 동아리 이야기를 많이 한다. 예상 밖의 관심을 받곤 한다. 좋은 책을 추천하는 일이 그중 하나다. 그럴 때마다 선택 기준을 무엇으로 할까를 고민한다. 이번에는 고민하지 않고 고를 수 있었다. 제목 속의 '편지'라는 단어가 나를 잡아끌었다. 평소 편지에 대한 집착이 강한 나니까 말이다. 〈긴 이별을 위한 짧은 편지〉와의 만남도 그렇게 이루어졌다.

작가 페터 한트케(Peter Handke)는 제2차 세계대전이 한창이던 1942년, 오스트리아 그리펜의 소시민 가정에서 태어났다. 유년 시절의 대부분을 척박한 벽촌에서 보냈다. 일찍부터 궁핍을 경험했다. 스물아홉 살이 되던 해, 어머니가 건강 악화와 불행한 결혼 생활을 비관하여 자살했다. 이러한 성장 배경은 고정관념에 도전하며 매번 새로운 형식을 구현해 내는 독창성의 토대가 되었다.

그는 우리 시대의 가장 전위적인 문제 작가로 불린다. 작품이 발표될 때마다 숱한 화제를 뿌렸으며 유명한 감독들에 의해 영화화되기도 했다.

그는 상복도 많았다. 잘츠부르크 문학상, 실러 상, 게오르크 비휘너 상, 프란츠 카프카 상 등 독일의 저명한 문학상을 휩쓸었다. 2019년에는 노벨문학상을 수상했는데 선정 이유 또한 예사롭지 않다.

"페터 한트케는 독창적인 언어로 인간 경험의 주변부와 그 특수성을 탐구한 영향력 있는 작품 세계를 보여주었다."

〈긴 이별을 위한 짧은 편지〉는 제목과는 달리 편지에 관한 이야기가 아니다. 편지 때문에 이 책을 선택했으니, 시쳇말로 제목에 낚였다고 해도 과언이 아니다.

그렇지만 한 장 한 장 페이지를 넘기다 보면 편지 그 이상의 흥미로운 내용에 빠져든다. 어찌 보면 줄거리는 매우 간단하다.

주인공이 이별을 선언한다. 그러고는 미국으로 훌쩍 날아간다. 종적을 감춘 유디트라는 이름의 아내를 찾아 나선다.

제목에서 언급한 것처럼 부부는 이별 여행의 형식을 취하지만 복수 여행이 더 어울린다. 둘이 서로를 표현하는 말에는 배신에 따른 증오의 감정이 담겨있다. 서로 간에 살의(殺意)를 품기도 하고, 실제로 테러를 감행하기도 한다. 그러나 전운이 감도는 극단적인 이별 대신에 평화로운 이별을 하는 것으로 마무리된다.

"나는 〈긴 이별을 위한 짧은 편지〉를 통해 한 인간의 발전 가능성과 그 희망을 서술하려 했다."

작가의 집필 의도에서 나타나는 것처럼 이 소설은 장르 구분상 작가의 자전적인 성장소설이다. 여기서 성장의 핵심은 깨달음을 통한 재탄생이다. 그 깨달음의 계기가 되는 것은 자의 반 타의 반에 의한 환경의 변화다. 주인공인 '나'는 짧고 간명한 편지 한 장 써 놓고 종적을 감춘 아내를 찾으러 미국 전역을 쏘다닌다. 그러면서 자기의 내면에 있는 또 다른 자신과 대화를 한다. 아픈 만큼 성숙해진다고나 할까. 그는 이별을 통하여 변화하고 성장한다.

"나는 지금 뉴욕에 있어요. 더 이상 나를 찾지 마요. 만나봐야 그다지 좋은 일이 있을 성싶지 않으니까."

주인공이 발전적인 변화, 즉 성장을 하게 된 계기는 큰 틀에 있어서 여행이다. 즉 공간의 이동이다. "열심히 일한 당신, 떠나라!"라는, 예전에 유행했던 광고 카피가 생각이 나는 것도 이 때문이다. 분위기 전환에는 여행을 능가하는 것이 없을 것이다. 여행은 재충전이다. 그러나 다른 각도로 보면 익숙함과 이별하기에 딱 좋은 수단이기도 하다. 주인공은 아내를 찾기 위해서 미국으로의 공간 이동을 했다. 어쩌면 그것이 그 자신에게는 큰 행운이었다고 해도 과언이 아니다.

"장소 하나 바꾸는 것이, 우리가 사실로 받아들이고 싶지 않은 것들을 마치 꿈을 잊는 것처럼 깨끗이 잊어버리게 만드는 데 그렇게 많이 기여(寄與)한다면, 그거야말로 놀라운 일 아니겠는가?"

만일 주인공이 그의 고국인 오스트리아에서 이 같은 이별 프로젝트를 진행했다면 지극히 불행한 이별을 했을 것이라는 추측을 하게 된다. 깨달음, 즉 자신을 객관화해 보는 자극을 그만큼 강하게 받지 못할 것이기 때문이다. 여행으로 대변되는 공간의 이동, 그리고 낯섦과의 대화는 이토록 새로운 창조를 위한 강력한 마중물을 뿌린다. 주인공의 입장을 역지사지(易地思之)해 본다.

좋은 여행은 3가지의 대화를 통해서 가능하다. 그것은 또한 좋은 이별, 혹은 좋은 창조를 낳는 데 도움을 준다. 흥미로운 발견이다.

"왜 유디트에게는 지금처럼 아무런 거리낌 없이 친절하게 대해주지 못했을까?"

하나, 사람과의 대화

아내를 찾아가는 과정에서 여러 사람을 만난다. 그리고 그들과의 대화를 통해서 깨달음을 얻는다. 과거의 자신과 헤어지는 법을 배운다. 만나는 사람들은 크게 3개 그룹의 사람들이다.

첫 번째는 미국 현지의 애인 클레어와 그의 딸 베네딕틴이다. 두 번째는 '한 쌍의 연인'이라 불리는 화가 부부, 그리고 마지막은 76세의 영화감독 존 포드와 그의 부인 메리 프랜시스이다. 이들의 대화에 노래, 문학, 영화, 연극 등의 사례가 더해지는 것은 일종의 보너스다.

"나는 내가 무엇을 원하는지를 정확하게 파악할 수 있는 경우에만 행복감을 느낍니다. 그 경우에는 벅찬 행복감으로 인해 이가 모조리 다 빠져버린 게 아닌가 하는 생각이 들 정도예요." - 영화감독 존 포드

둘, 자연과의 대화

깊은 깨달음은 사람과의 대화뿐만 아니라 자연과의 교감을 통하여 이루어질 수 있다. 시골 촌놈 출신인 주인공은 처음에는 자연을 제대로 바라보는 안목이 없었다. 논두렁, 과일나무, 목초지 등에서 불쾌감만을 느꼈을 뿐이다. 그러나 점차 자연이야말로 좋은 대화상대가 될 수 있음을 깨닫는다. 주인공이 나누는 자연과의 대화는 실측백나무와의 교감을 통해 이루어진다.

"그 실측백나무가 잔잔하게 흔들리면서 내게로 점점 다가와 마침내 내 가슴 속까지 파고들어 왔다. 머릿속의 혈관은 박동을 멈췄고 심장도

멋었다."

셋, 시간과의 대화

사람들과 자연과 대화를 하면서 자신의 지난날을 되돌아본다. 그런 과정을 통하여 변신의 의지를 강화하고 과거와 이별을 한다. 그 깨달음은 자신이 다시 태어남을 의미한다.

그리고 또한 나 자신만의 개별적인 가치에서 벗어나서 나 아닌 타인과 함께 어울리는 공존 가치로 향하게 된다.

"우리 미국인들은 사적인 일에 대해 말할 때도 '우리'라고 합니다. 그 것은 아마도 우리가 행하는 모든 일이 우리에게는 함께하는 공적인 행동의 한 부분으로 작용하기 때문일 겁니다."

우리는 살면서 여러 가지 경험을 한다. 특히 아픔의 경험은 힘이 든다. 이별이 그중의 하나다. 어찌어찌해서 이별을 앞둔 남녀, 특히 부부라면 이 책을 꼭 읽어보면 어떨까? 죽음이 아니면 이별을 달라는 극단적인 방법이 아닌 평화적인 방식의 이별을 소개하고 있으니까.

변화를 모색하고 있는 사람들도 이 책을 집어 들어야 할 것이다. 변화에 성공한 한 남자의 사례를 담고 있으니까. 주인공 '나'는 한 마디로 찌질이 궁상의 남자였다. 매사 겁이 많고 옹졸했고 자기중심적이었다. 이랬던 그가 여행을 통하여 자기 자신과 대화하게 되고 변화를 이루어 냈다. 구체적인 방법이 궁금하다면 지금 당장 〈긴 이별을 위한 짧은 편지〉를 읽고 볼 일이다.

가장 잔혹하지만 가장 아름답다.
코맥 매카시의 국경 3부작 중 두 번째 <국경을 넘어>

<국경을 넘어 The Crossing>는 코맥 매카시의 국경 3부작 중 두 번째 작품이다. 1940년대 멕시코와 미국 사이의 경계를 넘나드는 젊은 카우보이 빌리 파라함의 모험을 그렸다.

주인공 빌리가 겪는 모험은 인간의 삶과 죽음, 그리고 운명에 대한 깊은 고찰을 담고 있다. <국경을 넘어>는 경계를 넘는다는 것의 의미이며, 주인공은 국경을 넘어 새로운 세계를 만나면서 자기의 삶과 가치관을 변화시킨다.

'일곱 마리의 늑대는 소년에게서 6미터도 안 되는 거리에서 달리고 있었다. 소년은 달빛 속에서 늑대의 아몬드 눈을 보았다. 늑대의 숨소리를 들었다. 강렬하게 뿜어 나오는 늑대의 영리함을 느꼈다. 늑대들은 우르르 나아가며 서로를 주둥이로 비비거나 핥아 주었다. 그러다 멈추었다. 귀를 쫑긋 세우고, 몇몇은 앞발 하나를 가슴에 치켜들고 있었다. 늑대들은 소년을 바라보았다. 소년은 숨을 죽였다. 늑대들도 숨을 죽였다. 그저 가만히 서 있었다. 그러다 방향을 틀어 조용히 종종걸음쳐 가버렸다. 집에 돌아오니 보이드가 깨어 있었지만, 소년은 자신이 어디에 갔었는지, 무엇을 보았는지 말하지 않았다. 그 누구에게도.'

예전에 코맥 매카시의 〈모두가 예쁜 말들〉을 읽고 결심 하나를 했다. 다시는 이 작가의 작품은 손대지 않겠다고 말이다. 이게 무슨 봉창 두드리는 소리인가?

이유인즉슨 이해하기가 너무 아련했기 때문이다. 우선 아름답다고 평가받는 문장력에 압도되어 질식할 뻔했다. 줄거리나 메시지 또한 무한 상상력을 자극하기에 감당하기가 벅찼다.

황당한 것이 또 있다. 〈모두가 예쁜 말들〉은 매카시 작품 가운데에서 가장 대중적이다. 그를 스타작가로 만들어 준 것도 이 작품이다. 가장 쉬운 책이 이 정도면 다른 작품은 어떨까 싶은 생각이 들었다. 도전할 엄두가 나지 않았다. 실제로 매카시의 작품을 번역한 어느 번역가는 '번역 폐인'이라는 말을 남겼다. 그만큼 번역하기가 난해하다. 그 표현을 빌자면 필자는 매카시 작품의 '독서 폐인'이 된 것이다.

사람의 마음은 묘하다. 문득문득 매카시의 작품이 생각났다. 정확히 표현하기는 어렵지만 그의 작품에는 묘한 이끌림이 있다. 그러던 차에 덜컥 사고를 치고 말았다. 매카시 작품에 다시 도전했다. 3의 법칙이라는 명분이 작용했다. 매카시에게는 '국경 3부작'이라는 한 묶음의 작품군이 있다. 그것만은 훑어보겠다는 결심을 했다. 그렇게 해서 〈국경을 넘어〉가 내게 넘어왔다.

작가 코맥 매카시(Cormac McCarthy)는 알면 알수록 매력적인 인물이다. 그의 진면목(眞面目)을 확인하고 보면 더욱더 선택을 잘했다고 생각하게 되었다. 그의 문학적 명성을 몇 가지 소개한다.

그에게는 '서부의 셰익스피어'라는 찬사도 모자랐는가 보다. 돈 드릴로, 토마스 핀천, 필립 로스와 함께 미국 현대 문학을 대표하는 소설가로 꼽혔다. 윌리엄 포크너, 허먼 멜빌, 어니스트 헤밍웨이 등 미국 문학의 전설들과도 비견되는 작가라는 평가를 받고 있다.

이 같은 탁월성과 독특성 덕분에 그의 작품은 그 자신만의 차별적인 아이덴티티를 형성하고 있다. 이른바 '서부 장르 소설'이라는 카테고리가 바로 그것이다. 어떤 분야에서든 자신만의 고유한 스타일에 대한 객관적인 평가를 획득한다는 것은 영광스러운 일이 아닐 수 없다. 퍼스널 브랜딩에서도 최고의 목표는 바로 자신만의 독창성 확보라는 점은 주지의 사실이다.

서부 장르 소설은 비유하자면 서부 영화다.

말 그대로 미국 서부 개척 시대풍의 스토리를 다루면서 거칠고 모험적이라는 특징을 지니고 있다. 그런데 이러한 개성은 동부의 시각으로 보면 저질이라는 평가를 받기도 했다. 그런데 매카시의 작품을 계기로 그러한 시각이 줄었다고 한다. 그래서 그는 서부 장르 소설을 고급 문학으로 승격시켰다는 찬사를 받고 있다.

〈국경을 넘어 The Crossing〉(1994)는 언급한 대로 〈모두 다 예쁜 말들 All the Pretty Horses〉(1992)에 이어 〈평원의 도시들 Cities of the Plain〉(1998)과 함께 코맥 매카시의 '국경 3부작'을 이루고 있는 작품이다. 한 소년이 긴 여행에서 겪는 엄혹한 모험과 잔혹한 상실의 아픔을 다룬 작품이다.

'절대 음감으로 빚은 듯하다. 완벽하고 열정적인 문장, 빛나는 상상력으로 가득한 이 책을 집어 드는 순간, 책장을 열렬히 넘길 수밖에 없다. 그러나 단 한 문장도 허투루 읽을 수 없다.' -〈시카고 트리뷴〉

이렇듯 〈국경을 넘어〉에 대한 평가 또한 작가의 명성만큼이나 현란(

絢爛)하다. 그렇지만 콕 집어서 어떤 소설이라고 말하기에는 잠시 주저하게 된다. 풍부한 상상력이 담긴 만큼 다양한 해석이 가능하니까 그렇다. 그런데 퍼스널브랜딩 관점으로 보면 장르가 또렷하게 구분된다. 이 책이야말로 바로 '독특한 성장소설'이라는 점이다.

주인공 16세 소년 빌리는 미국과 멕시코의 국경을 넘나들며 파란만장한 삶을 경험한다. 죽음의 질서와 상실의 아픔만이 서 있을 뿐이다. 그럴 때마다 사람들을 만나게 된다. 노상강도 등 악당들도 있지만 길 위의 스승들도 만난다. 그들과의 대화를 통하여 깨닫고 성장한다. 심오한 모험 끝에서 삶의 본질을 만난다.

한편의 위대한 성장소설임이 틀림없다. 사람들이 소년 빌리를 보고 하는 말을 보면 이에 대한 확신의 느낌을 더할 수 있다.

"자네는 이 세상에서 자네 몫의 고통을 이미 다 겪은 사람처럼 말하는군."

스승 1. 노인과의 만남

소년 빌리의 잔혹한 여행은 아버지의 지침을 어기면서 시작되었다. 아버지는 늑대가 덫에 걸리면 즉시 알리도록 지시했었다. 그러나 소년은 그렇게 하지 않았다. 아버지에게 알리기는 고사하고 오히려 늑대와 함께 멕시코로 가출 아닌 가출을 감행했다.

왜 그랬을까? 여러 추측이 가능하지만, 생명의 존엄성에 대한 깨달음이 가장 큰 이유다. 즉 늑대와의 교감이 이루어진 것이다. 덫에 걸린 늑대가 새끼를 밴 상태이고 늑대의 고향이 멕시코이기에 원래의 자리로 되돌려주고자 했다.

그렇지만 늑대의 운명도 자신의 운명도 소년의 의도대로 되지 않았다. 급기야 늑대를 빼앗기게 된다. 늑대는 투견장으로 끌려가 여러 개와 피투성이의 사투를 벌인다. 그러자 소년은 자신이 직접 총으로 늑대를 죽이고 돌무덤을 만들어 주며 영원한 이별을 한다. 소년은 이 같은 첫 번째 상실의 아픔을 어떻게 견디어 냈을까?

소년 빌리는 늑대와의 동행 및 이별을 하기 훨씬 이전에 독특한 깨달음을 얻은 바가 있다. 확실하게 늑대를 잡는 법을 배우기 위하여 아르눌포라는 늑대 전문가 노인을 찾아간 적이 있다. 그 노인은 마법사라고 불렸는데 그것은 하느님에게 버림받고 사탄의 죄, 자만(自慢)의 죄를 지었다고 해서 붙여진 칭호였다. 그런데 그런 그가 하는 말에는 득도의 기운이 가득했다. 그중의 하나가 생명 존중 사상이다.

노인은 소년이 하느님 행위와 인간의 행위가 하나 되어 그 둘이 구분되지 않는 곳을 찾아야만 한다고 했다. 즉 아무리 동물이라고 해도 남획하면 안 된다는 주장이다. 소년은 그의 말에 공감하게 되고 늑대를 대하는 자세와 상실의 아픔을 견디는 힘을 얻는다.

"늑대를 잡고 싶다니, 가죽을 팔아 돈을 벌고 싶은 거겠지. 부츠나 그런 걸 사려고 말이다. 얼마든지 그럴 수 있어. 하지만 늑대는 어디에 있나? 늑대는 눈송이 같은 거야."

"자네가 아주 강하게 숨을 내쉬면 늑대를 날려 버릴 수 있어. 눈송이를 날려 버리듯 말이야. 양초의 불꽃을 입김으로 꺼 버리듯 말이야. 늑대는 세상 만물이 만들어진 것과 똑같은 방법으로 만들어졌어. 자네는 세상을 만질 수 없어. 자네는 세상을 손으로 쥘 수 없어. 왜냐하면 세상 만물은 숨결로 만들었거든."

스승 2. 교회 관리인과의 만남

늦대와 동행한 소년의 모험은 상실의 아픔 즉 비극적 생활의 시작이었다. 그중에서도 가장 큰 아픔은 강도의 공격으로 집안이 풍비박산된 사건이다. 부모님이 죽고 농장의 말은 도둑들이 훔쳐 가버렸다. 다만 동생 보이드만이 끔찍한 기억만을 간직한 채 살아남았다. 빌리는 이런 아픔의 강을 어떻게 건널 수 있었을까?

빌리는 자신이 늦대를 직접 쏴 죽이고 묻는다. 고향으로 돌아가던 중에 한 사람을 만난다. 그는 모르몬교도 출신의 교회 관리인인데 그의 이야기는 잔혹하게 슬펐다. 빌리가 부모의 죽음, 말들의 실종 등 불운을 대하는 자세와 그것을 극복하는 지혜를 얻는 발판이 되었다.

"나는 이 세상에 남겨진 하느님의 손길을 찾고 있어…. 내가 원하는 것은 하느님의 마음을 아는 거야…. 하느님이 파괴의 손을 든 데는 뭔가 말로 할 수 없는 합당한 증거가 있을 거야…."

"……. 삶은 다른 사람이 존재하기에 있는 거지…. 결국 우리는, 우리 모두는 하느님 자체로 만들어진 거야. 왜냐하면 하느님의 은혜를 제외하고는 그 어떤 것도 진짜가 아니기 때문이지."

스승 3. 눈먼 남자와의 만남

빌리에게 있어서 동생 보이드는 대단히 특별한 존재다. 아버지, 어머니, 누이동생, 외할머니는 모두 하늘나라로 갔다. 동생은 지상에 남겨진 유일한 혈육이다. 또한 영민하고 의리도 있고 정의감에 불타는 동생이었다. 사람들은 그런 보이드를 보고 말했다. 대단한 젊은이다. 용감하다.

하지만 위험하기도 하다. 마치 부상한 동굴 속의 재규어 같다. 빌리는 그런 동생을 위해서 늘 기도했다.

"죽지 마, 너는 내가 가진 전부야."

그런 동생이 혁명의 희생자가 되어 이름도 없는 공동묘지에 잠들었다. 그는 동생의 유골을 가져다가 고향 땅에 묻어 주는 것으로 상실의 아픔을 달래고자 했다. 어떻게 할 수 있었을까?

빌리는 고향으로 가던 중에 눈먼 남자라는 사람을 만나고 그의 인생 스토리를 듣게 된다. 눈먼 남자는 연방군과 반란군과의 극한 대립이 전개되었던 혁명의 시기에 비르츠라는 연합군 외국인으로부터 두 눈알을 뽑히는 고통을 당했다.

눈먼 남자는 어둠 속에서 자기 자신과 자신에 대한 기억까지 모두 잃어버렸다. 그렇지만 더없이 깊은 상실의 어둠 속에도 땅이 있으며, 거기서 새로이 시작해야 함을 깨달았다. 이러한 눈먼 남자의 고통을 통한 깨달음은 빌리가 상실의 아픔을 견디도록 하는 예방주사 역할을 했다.

"그 괴물은 여전히 존재한다는 걸 명심하게. 눈알을 빨아먹는 자 말이야. 그자와, 그자와 비슷한 자들이 존재하지. 그들은 세상에서 사라지지 않아. 앞으로도 결코."

"결국 모든 것은 먼지라는 거야. 우리가 만질 수 있는 모든 것. 우리가 볼 수 있는 모든 것. 이 속에서 우리는 정의나 자비보다 더 심오한 증거를 보게 되지. 이 속에서 우리는 더없이 큰 하나님의 축복을 보네."

〈국경을 넘어〉는 잔혹하지만, 아름답다는 극한 양면성의 영향력을 내뿜고 있다. 작품 전체를 꿰뚫는 상실의 아픔과 그것에 대한 극복 및 치유를 두고 하는 말이다. 소중한 이들의 죽음에도 불구하고 소년 빌리는 걷고 또 걷고 달리고 또 달린다. 그리고 마침내는 소리친다. 험난한 모험을 하는 가운데 여러 명의 '길 위의 철학자'들로부터 깨우침을 얻는다. 죽음의 어둠에 갇혀 길을 잃었던 한 소년은 영혼을 깨우는 한 줄기의 빛을 보게 된다.

지금 이 순간에도 우리의 주변에는 상실의 아픔으로 고통받고 있는 이들이 많다. 그들은 영혼을 치유하고자 한 줄기의 빛을 찾고 있다. 주인공 소년 빌리처럼 말이다. 이 책에서 그 한 줄기의 빛을 찾을 수 있을 것이라 주장한다면 지나친 억측일까?

관계 맺기의 족집게 과외 선생 같은 퍼스널브랜딩
생텍쥐페리의 <어린 왕자>

소설 <어린 왕자>는 프랑스의 비행사이자 작가인 앙투안 드 생텍쥐페리가 1943년 발표한 소설이다.

전 세계적으로 큰 사랑을 받고 있다. 어린아이의 순수한 시선을 통해 삶과 인간 본질에 대한 깊은 성찰을 담고 있다. 간결하면서도 아름다운 문체로 쓰여 있어 깊은 감동과 여운을 선사한다.

아동 문학 작품이자 동시에 어른들을 위한 동화로 평가받고 있다. 광활한 사막에서 불시착한 비행사의 내레이션으로 시작하여 지구별에서 어린 왕자와 만난 일주일간의 이야기가 주 내용이다. 어린 왕자가 살던 소행성부터 지구에 이르기까지 다양한 인물과의 만남을 통한 인간의 삶과 본질에 대한 깊은 성찰을 담고 있다.

"내 생활은 단조로워. 나는 닭을 쫓고, 사람들은 나를 쫓지. 닭들은 모두 서로 비슷하고, 사람들도 모두 비슷해. 그래서 난 좀 권태로워. 그러나 네가 날 길들인다면 내 생활은 햇빛을 받은 것처럼 밝아질 거야. 다른 발자국소리와는 다르게 들릴 너의 발자국소리를 나는 알게 될 거야. 다른 발자국소리가 나면 나는 땅속으로 숨을 거야. 네 발자국 소리는 음악 소리처럼 나를 굴 밖으로 불러낼 거야. 그리고 저길 봐! 밀밭이 보이니? 나는 빵을 먹지 않아. 밀은 나한테 쓸모가 없어. 밀밭을 보아도 아무 생각도 떠오르지 않아! 그래서 슬퍼! 그러나 네 머리카락은 금빛이야. 그래서 네가 날 길들인다면 정말 신날 거야! 밀도 금빛이기 때문에 밀은 너를 기억하게 해줄 거야. 그래서 밀밭을 스치는 바람 소리까지 사랑하게 될 거고……."

어느 토요일, 슬픈 소식 하나가 나를 아연실색하게 했다. 대학 선배가 갑자기 세상을 떠났다. 인생의 무상함을 절절하게 느꼈다. 함께 했던 추억이 주마등처럼 지나갔다. 선배는 술과 이야기를 좋아했다. 유머와 해학이 넘치는 선배의 구라(?)는 가히 국보급이라는 평을 받았다. 그런데 특이한 것이 하나 있었다. 그 선배는 '구라'를 풀 때마다 늘 생텍쥐페리의 〈어린 왕자〉를 언급했다. 어린 왕자 같은 친구가 있어야 한다는 주장이었다.

〈어린 왕자〉를 읽어보지 않을 수가 없었다. 사실 어린 왕자는 누구나 한 번쯤은 읽어봤을 것이고 들어봤을 것이다. 〈어린 왕자〉는 읽을 때마다 새로운 느낌이나 생각이 싹튼다. 어린 시절의 〈어린 왕자〉와 어른이 되어서의 〈어린 왕자〉는 정말 달랐다. 더구나 선배가 영원한 이별의 흔적으로 남겨놓은 〈어린 왕자〉를 읽는다는 것은 말로 표현하기 어려운 이른바 만감의 교차였다.

〈어린 왕자〉의 줄거리는 우리가 익히 아는 것처럼 한 조종사의 동화 같은 경험담이다. 사하라 사막에 불시착한 조종사는 거기서 웬 어린아이를 만난다. 그는 어느 작은 별의 어린 왕자다. 견문을 넓히고자 이 별에서 저 별로 여행하게 되었는데 일곱 번째로 지구별에 왔다. 조종사는 그 어린 왕자와의 대화를 통하여 많은 지혜와 깨달음을 얻는다. 마침내 그와 소중한 친구가 되지만 어린 왕자는 자신의 별나라로 되돌아간다.

아쉬운 이별만이 남는다. 물론 믿거나 말거나 하는 이야기다. 그렇지만 실제 조종사였던 작가 생텍쥐페리의 경험과 상상력이 잘 결합한 작품으로 〈어린 왕자〉는 지금도 별 같은 고전으로 밝게 빛나고 있다.

〈어린 왕자〉를 읽을 때마다 느끼는 첫 느낌은 제목이 바뀌어야 한다는 것이다. 〈어린 왕자〉가 아니라 〈어른 왕자〉로 말이다. 어린 왕자가 전하는 메시지는 위대한 스승의 가르침은 물론이고 '지혜'로운 선현들의 말씀과 동격을 이룬다. 그래서 〈어린 왕자〉는 '지혜의 보고'라는 평가를 받기도 한다. "어떻게 살 것인가?"라는 인생의 질문에 정답을 제시하는 듯도 하다. "이렇게 사는 거예요."하고 말이다.

어린 왕자가 전해주는 지혜는 하늘처럼 높기에 한꺼번에 모두 취하기에는 다소 버겁다. 선택과 집중의 효율성이 필요하다. 퍼스널브랜딩 관점이 그 어느 작품보다도 적합한 프레임이다. 퍼스널브랜딩도 궁극적으로 "어떻게 살 것인가?"에 대한 답을 구하는 과정이기 때문이다. 특히 퍼스널브랜딩은 '나'라는 브랜드와 고객과의 관계 맺기가 핵심인데 어린 왕자는 이에 대하여 족집게 과외 선생처럼 그 해법을 제시해 준다.

퍼스널브랜딩의 본질은 자신의 고객에게 소중한 가치를 제공하는 일이다. 어린 왕자는 '길들임의 철학'을 통하여 그것에 대한 솔루션을 제시하고 있다. 길들임은 너와 나 서로에게 최선을 다하여 최상의 관계를 맺게 된다. 소설 속에서 어린 왕자에게 길들인다는 것에 대하여 코칭해 주는 여우의 말을 들어본다.

"내겐 넌 아직 수십만의 아이들과 같은 어린아이일 뿐이야. 난 네가 필요하지 않고, 너 역시 내가 필요하지 않아. 너에게는 내가 수십만의 여우들과 같은 여우에 불과하니까. 하지만 네가 나를 길들인다면 우리는 서로를 필요로 하게 될 거야. 너는 나에게 이 세상에 유일한 존재가 될 거야. 나는 너한테 세상에 단 하나밖에 없는 존재가 될 거고…."

여우는 퍼스널브랜딩의 대가답게 서로에게 길들여지는 구체적인 실행 방법까지도 제시한다.

"내 비밀은 이거야. 아주 간단해. 마음으로 보아야 잘 볼 수 있다는 거야. 중요한 것은 눈에 보이지 않아."

"네 장미를 그토록 소중하게 만든 건 네가 그 장미를 위해 소비한 시간이야."

"사람들은 이 진실을 잊어버렸어. 하지만 넌 그걸 잊으면 안 돼. 네가 길들인 것에 넌 언제나 책임이 있어. 넌 네 장미한테 책임이 있어…."

평생 고객은 나무와 같다.

나무는 오랜 시간 동안 한자리에서 뿌리를 내리고 성장한다. 계절에 따라 다양한 모습을 선보인다. 이처럼 평생 고객은 기업과 오랜 시간 동안 관계를 유지한다. 기업의 성장과 발전에 큰 역할을 한다. 나무가 뿌리를 깊게 내리면 바람에 흔들리지 않는다. 가뭄에도 견딜 수 있다. 마찬가지다. 평생 고객은 기업의 위기 상황에서도 흔들리지 않는 믿음과 지지를 보낸다.

나무가 열매를 맺어 주변 사람들에게 기쁨을 주는 것처럼 평생 고객은 기업의 홍보대사 역할을 한다. 기업의 제품이나 서비스를 이용하면서 얻은 만족감을 주변 사람들에게 전파한다. 평생 고객을 얻기 위해서는 나무를 키우는 것처럼 꾸준한 노력과 정성이 깃들어야 한다. 기업은 고객의 요구에 귀 기울이고, 고객의 만족도를 높이기 위해 노력해야 하며 고객과의 신뢰를 유지하기 위해 최선을 다해야 한다.

마케팅이나 브랜딩에 있어서 평생 고객을 만들기 위한 방법론도 이와 다를 바가 없다. 마음, 진실, 책임, 시간 등의 주옥과 같은 단어가 가슴을

콕콕 찌른다. 자신과 함께 성장하는 평생 고객을 만들기 위해서는 고객을 진정한 마음으로 사랑해야 함을 일컫는 말이다. 자연스럽게 지금 나는 고객과의 관계가 어느 수준인지를 비교해 보게 된다.

"과연 길들여진 관계일까?"

한숨과 함께 반성 거리만 넝쿨째 딸려 올라올 뿐이다.

"아저씨가 밤에 하늘을 바라보게 되면, 내가 그 별들 중의 한 별에서 살고 있고, 그 별들 중의 한 별에서 내가 웃고 있을 거라는 말이에요. 그러면 아저씨에겐 마치 모든 별이 웃고 있는 것처럼 보일 거예요. 아저씨는 웃을 줄 아는 별을 가지게 될 거예요!"

소설 끝부분에 나오는 조종사와 어린 왕자가 나누는 헤어짐의 대화다. 그런데 그 말이 나에게는 하늘나라로 떠난 선배가 내게 전하는 말처럼 들린다.

"자네는 웃을 줄 아는 별을 가지게 된 거야."

그래서 나는 대답한다.

"졸지에 저 별의 왕자가 된 선배님, 그곳에서는 스트레스 덜 받으시고 편히 쉬세요."

나는 반항한다. 그러므로 나는 존재한다. 알베르 카뮈의 <시지프 신화>

알베르 카뮈의 소설로 인간의 삶과 부조리에 대한 철학적, 문학적 고찰을 담고 있다. 시지프는 신들의 명령을 어기고 죽은 아내를 살려낸 죄로 평생 바위를 산 위로 밀어 올리는 벌을 받은 그리스 신화 속 인물이다. 그의 노력은 매번 바위가 다시 아래로 굴러떨어지면서 실패로 돌아가지만, 그는 포기하지 않고 끊임없이 바위를 밀어 올린다. 카뮈는 시지프의 신화를 통해 인간의 삶이 부조리하다는 사실을 강조한다. 인간은 자기의 삶에서 의미를 찾기 위해 노력하지만, 그 노력은 실패로 돌아간다. 그럼에도 인간은 포기하지 않고 계속 노력해야 한다. 반항과 자유가 필요하다. 반항은 부조리한 현실에 대한 저항이다. 자유는 자신의 삶을 스스로 선택하고 책임지는 것이다.

"나는 시지프를 산 아래에 내버려 둔다! 우리는 그가 짊어져야 하는 무게와 늘 다시 만난다. 하지만 시지프는 신을 부정하고 바위를 들어 올리는 우월한 성실함을 가르쳐 준다. 시지프 역시 모든 게 다 잘 됐다고 생각한다. 이제부터 주인 없는 이 세계는 그에게 불모로도, 하찮게도 보이지 않는다. 그 돌덩이의 부스러기 하나하나, 그 캄캄한 산의 광물 조각 하나도 그에게는 하나의 세계가 된다. 산꼭대기를 향한 투쟁 그 자체만으로도 인간의 마음을 가득 채울 수 있다. 행복한 시지프를 상상하지 않을 수 없다."

카뮈를 대변하는 대표적인 상징 언어는 부조리다. 카뮈는 어떻게 부조리를 발견하고 왜 그것에 집착했을까? 결론적으로 그의 탄생 및 성장 배경이 질문에 대한 답이 될 수 있다. 부조리는 카뮈 자신의 삶에 대한 고뇌와 통찰이다.

카뮈는 1913년 프랑스 알제리 이주민의 아들로 태어났다. 아버지는 포도원 관리인이었는데 카뮈가 태어난 지 1년 후 1차 세계대전 중에 전사했다. 어머니는 듣지도 말하지도 못했다. 이렇게 카뮈는 교육적이지 못한 가정환경이었다. 다행스럽게도 좋은 스승들을 만났다. 어린 시절에는 루이 제르맹 선생님을, 대학 시절에는 철학 교수 장 그르니에를 만나서 학업을 계속할 수 있었다.

17세에 찾아온 결핵은 그에게 삶과 죽음은 바로 맞닿아 있음을 인식하게끔 해주었다. 또한 자신의 모든 꿈과 열정은 한순간에 소멸될 수도 있음을 강렬하게 인식하게 되는 계기가 되었다. 이 밖에도 대학교수 자격시험 응시 자격 박탈, 평탄치 않은 결혼 생활 등이 그의 인생을 부조리라는 소용돌이로 쏠리게 했다.

그런가 하면 인간이 인간을 죽이는 전쟁, 그것에 앞장서고 위선과 거짓을 일삼는 당시의 지도층 행태는 카뮈에게 삶에 대한 환멸을 느끼게 해주었다. 이렇듯 카뮈의 부조리 감정은 젊은 카뮈가 직접 대면했던 벗어날 길 없는 인간의 비극적 조건과 결단코 무관하지 않다.

〈시지프 신화〉는 카뮈의 첫 번째 철학 에세이다. 희곡 〈칼리굴라(Caligula)〉, 소설 〈이방인〉과 함께 카뮈의 부조리 3부작 중 하나로 일컬어진다. 〈이방인〉과 함께 프랑스 지성계와 문학계에서 카뮈가 활동하는 여정에 결정적인 분기점을 마련했다는 평가를 받고 있다.

〈시지프 신화〉는 카뮈의 부조리 사상의 정수를 담았다고 해도 과언이 아니다. 카뮈는 부조리한 인간의 운명을 그리스 신화 속 인물 시지프에 비유했다. 그를 통해서 어떻게 살 것인가에 대한 카뮈식의 솔루션을 제공한다.

시지프가 누구인가?

그는 신(神)들로부터 저주를 받아 영원히 산 위로 바위를 굴려 올려야 하는 형벌에 처해진다. 천신만고 끝에 바위를 정상에 올려놓으면 그 순간 바위는 산 아래로 굴러떨어진다. 그는 다시 끊임없이 그 바위를 밀어 올려야 하는 부질없는 노동의 연속을 이어간다. 말하자면 시지프는 이 세계에 던져진 인간 실존의 비극성을 상징하는 인물이다.

그러나 카뮈는 시지프를 일반인의 시각대로 보지 않는다. 비극성의 시지프를 통해서 오히려 '인간의 운명 대처법'을 발견하고 이를 강조한다. 시지프야말로 자신의 운명을 회피하지 않고 똑바로 의식하며 그것을 감당해 냈으며 거기에서 자유와 행복의 기운까지도 얻을 수 있었음을 역설한다. 시지프야말로 가장 험한 부조리의 산을 넘고 가장 성난 부조리의 강을 건너는 부조리의 영웅이다.

부조리의 사전적 또는 일상적 의미는 '비합리'다. '이치에 맞지 않음' 또는 '부당한 행위' 등의 완곡한 표현이다. 나아가 철학에서는 반(反)합리주의 철학, 특히 실존주의 철학에서는 근대 합리주의 철학과 대립하는 새로운 가치로 언급되는 개념이라고 할 수 있다.

하지만 이 에세이 〈시지프 신화〉에서는 부조리 '철학'이 아니라 잠정적인 해석 차원에 머무는 부조리의 '감수성'을 다루고 있다.

다시 말해 어떤 형이상학이나 확고한 결론을 주장하는 본격적인 철학서라기보다는 부조리라는 병적 징후를 있는 그대로 묘사한다. 즉 어떤 한계를 전제하고 있다.

그럼에도 후반부로 나아가면 양상은 달라진다. 카뮈는 무척이나 열정적인 어조로 부조리를 대면한 인간이 이 세계를 살아가는 방식에 대해 일정한 지침을 제시한다. 즉 부조리는 카뮈식의 삶의 문제점이자 동시에 그 문제점에 대한 해결책이다.

카뮈가 말하는 부조리 사상의 귀결점은 '부조리한 인간'이 되는 일이다. 부조리한 인간은 자칫하면 부조리라는 의미에 매몰되어 비합리적인 사람으로 뜻이 잘못 전달될 우려가 있다. 카뮈가 의도하는 부조리한 인간은 부조리를 의식하고 그것을 극복하며 사는 인간이다. 즉 깨어 있는 인간을 말한다. 따라서 이 책은 일종의 자기계발서이자 카뮈식의 퍼스널브랜딩 에세이라고 볼 수 있다.

부조리한 인간은 부조리한 세계에서 구체적으로 어떻게 살아야 하는가?

이에 대한 큰 그림은 책 서두에 있는 판다로스(고대 그리스의 합창시 작가)의 인용 시에서 찾을 수 있다.

"오, 나의 영혼이여, 불멸의 삶을 꿈꾸지 말고, 가능의 영역을 남김없이 소진하라."

해설을 덧붙이자면 이런 것이 아닌가 싶다. 인간에게는 불멸과 영원은 존재하지 않는다. 다만 한정된 시간만이 우리 앞에 있고 우리를 기다리는 것은 정확히 죽음뿐이다. 그러니 회피하지 말고 설령 신에게라도 의지하지 말고 자기 자신을 믿고 최선을 다해 현재를 살아야 한다는 것 말이다. 카뮈의 부조리한 인간의 귀결점은 각론적으로 다음의 3개의 키워드로 모아진다.

하나. 반항

"나는 반항한다. 그러므로 나는 존재한다."

카뮈의 반항 철학이 고스란히 묻어나는 지점이다. '부조리한 인간'은 어디에도 호소하지 않고 명철한 의식만으로 움직이는 삶을 선택한다. 이것은 삶의 무의미라는 문제에 직면했을 때 취해야 할 유일하게 일관성 있는 철학적 입장이라는 점이 카뮈의 생각이다.

부조리한 인간은 자기 능력 바깥의 영역인 비약을 거부하고 부조리를 고집스럽게 버틴다. 이것이야말로 자기 길을 가는 부조리한 인간이 자신의 반항과 혜안으로 현재라는 지옥이자 왕국으로 복귀하는 방법이다. 부조리한 인간은 부조리라는 자명한 운명을 살아가기 위해서, 즉 그것을 계속 유지하기 위해서는 모든 것을 감수한다. 모순을 살아가게 만드는 것, 이것이 곧 살아가는 것이라고 믿는다.

둘, 자유

부조리한 인간은 영원과 초월이 배제된 이 지상에서 사는 사람들이다. 그런 지상에서 부조리가 확실하게 가르쳐 주는 것은 바로 인간의 필멸이며, 내일의 부재이고, 우리는 집행이 유예된 사형수라는 사실일 따름이다. 즉 삶의 유한성 때문에 더욱더 자유롭고 윤택한 삶을 위해 노력한다.

부조리한 사람은 일종의 자유인이다. 즉 부조리한 인간은 주도적으로 미래를 설계하고 스스로 결행한다. 내가 나 자신에게 의심 없이 부과할 수 있고, 나 스스로를 기꺼이 종속시켜 왔던 모든 사회적, 윤리적 목표로부터 그리고 이들이 부여해 주는 희망과 위안으로부터 놓여나게 한다. 열린 미래와 최대한의 자유라는 환상은 언제 급습할지 모르는 죽음 앞에 어처구니없이 차단당할 수밖에 없기 때문이다.

셋, 열정

부조리한 인간에게는 지금 자신에게 주어진 모든 가능성을 남김없이 소진하려는 〈열정〉이 생겨난다. 제한된 시간에 최대한 자유를 누려야 하니까 말이다. 자기의 삶, 반항, 자유를 느낀다는 것, 그것을 최대한 많이 느낀다는 것이 바로 산다는 것이며 많이 사는 방법이다.

인간의 삶은 인간의 의지에 달린 것이 아니라 그 의지의 반대인 죽음에 달려있다는 말처럼 부조리한 인간에게는 현재가 곧 그들의 이상일 수밖에 없다. 그들의 구호가 '지금 이 순간'이 가장 중요하다는 "카르페디엠(Carpe Diem)"이 아닌가 하고 짐작해 보게 되는 이유이다.

결론적으로 부조리한 인간은 과연 누구인가?

부조리한 운명을 알고도 부조리에 당당히 저항해 나가는 정신은 어떠한 권력과 우상도 막거나 이길 수 없는 것이다. 카뮈의 사례를 빌자면 부조리한 인간은 "본받을 만한 모범은 아니지만" 어떤 경우에도 부조리한 삶의 가능성을 남김없이 소진하는 것을 목표로 하는 이들이다. '돈 후안'주의자들, 연극배우들, 정복자들, 예술가들, 창조자들이 대표적인 사례이다.

그렇지만 카뮈가 그중에서도 최고의 고수(高手)로 꼽은 부조리한 인간은 '시지프 신화'의 주인공인 시지프다. 다시 말해 시지프야말로 부조리한 인간의 영웅이라고 주장한다. 시지프는 정체를 알지 못하는 운명은 감당하기 힘든 것이 진실이지만, 그 정체를 똑바로 인식하게 되면 고통이 새로운 국면을 맞이한다는 것을 보여주고 있다. 그래서 행복한 시지프도 그려볼 수 있고 부조리의 발견이 행복에 도달하는 방법일 수도 있다는 것을 보여준다.

인간의 삶의 목표는 무엇인가? 헤르만 헤세의 말을 빌자면 행복이다. "인생에 주어진 의무는 다른 아무것도 없다네. 그저 행복하라는 한 가지 의무뿐. 우리는 행복하기 위해 세상에 왔지."

괴테는 '생활의 8가지 행복'을 써서 행복이란 무엇인가를 깨닫게 해주었다. 그런데 그러던 그도 평생 행복했던 시간은 겨우 17시간이었다고 고백하고 있다. 독일 문학의 거장이며 세계 4대 시성(詩聖)의 한 사람인 괴테가 17시간밖에 행복하지 못했다니 행복은 노력해도 잘 오지 않는다는 말을 곱씹게 한다.

행복에 도달하는 것을 방해하는 요인 중의 하나가 바로 부조리다. 우리는 이것을 힘들고 괴로운 불행이라고 느끼며 그때마다 친숙한 시 하나를 소환해서 그것을 제압하려 한다. 러시아 시인 푸시킨의 절창 바로 그 노래 말이다.

"삶이 그대를 속일지라도 슬퍼하거나 노여워 말라⋯."

이제부터는 〈시지프 신화〉를 떠올려 보면 어떨까 싶다.

〈시지프 신화〉는 카뮈식의 '행복 방정식'이다. 이 책은 기존의 방식과는 매우 다른 삶의 방식을 제안하고 있다. 물론 한계는 있다. 신을 믿고 지금 여기가 아닌 또 다른 세상에서의 불멸을 믿는 이들에게는 절대 수용될 수가 없다는 자명함을 지니고 있다.

카뮈는 1942년 10월에 제2차 세계대전이 한창이던 시기에 〈시지프 신화〉를 출간했다. 이 책은 폐허가 된 유럽을 거쳐서 전 세계로 전해졌다. 자살, 의미의 부정, 가치체계의 무용함 등을 이야기했다. 자칫 허무주의와 패배감, 자살을 부추기는 책으로 오해를 받을 수도 있었다. 하지만 정반대다. 카뮈는 이 책에서 누구보다 강력하게 삶의 열정과 긍정을 제안한다.

오랜 세월이 흘렀다. 그 당시 그가 느꼈던 부조리는 오늘날의 그것과 비교하면 어떤 변화가 있을까? 인간의 욕구는 다양해지고 과학 기술 등 문명이 발달하는 만큼 인간들은 더 이기적으로 변한다. 전쟁과 갈등은 여전히 끊이지 않고 있다. 이런 환경에서 현대를 살아가는 우리는 더욱더 다양한 부조리에 접하고 있는 것이 사실이다.

어떻게 할 것인가?

카뮈의 통찰에 귀 기울이는 것이 하나의 방법이 될 것이다. 비극의 상징인 시지프에게서도 희망과 행복과 반항과 열정과 자유의 빛을 찾은 카뮈가 아니던가!

"세상은 부조리하다. 인정하라. 그렇다고 자살은 하지 마라. 회피다. 어차피 우리의 미래는 죽음뿐이다. 오히려 반항하라. 도전하라. 포기하지 마라. 너의 모든 것을 한 점 남김없이 다 쓰고 가라."

나의 잠재된 폭력성에 소름이 돋다.
윌리엄 골딩 <파리대왕 Lord of The Flies>

윌리엄 골딩의 작품으로 인간의 본성 중에서 권력욕과 폭력성, 그리고 집단 이기주의 등을 다루고 있다. 인간이 사회적 존재로 살아가면서도 언제든지 나타날 수 있다. 무인도에 고립된 소년들의 모습을 통해 보여준다. 사회적 규범과 질서가 얼마나 중요한지를 강조한다. 소년들은 처음에는 서로 협력하여 생존을 모색하지만, 점차 권력욕과 폭력성에 지배되어 서로 대립한다. 사회적 규범과 질서가 부재한 상황에서 인간이 얼마나 타락할 수 있는지를 보여주는 안타까운 예다.

'랠프는 말없이 그를 쳐다보았다. 순간 그전에 모래사장을 뒤덮고 있던 신비로운 마력의 모습이 잽싸게 눈을 스쳐 갔다. 그러나 이제 섬은 죽은 나무처럼 시들어져 버렸다. 사이먼은 죽고 잭은…. 눈물이 흐르기 시작했다. 그는 몸부림치며 목메어 울었다. 이 섬에 와서 처음으로 그는 울음을 터뜨린 것이었다. 몸을 비트는 듯한 크나큰 슬픔의 발작에 몸을 맡기고 그는 울었다. 섬은 불길에 싸여 엉망이 되고 검은 연기 아래서 그의 울음소리는 높아져 갔다. 슬픔에 감염되어 다른 소년들도 몸을 떨며 흐느꼈다. 그 소년들의 한복판에서 추저분한 몸뚱이와 헝클어진 머리에 코를 흘리며 랠프는 잃어버린 천진성과 인간 본성의 어둠과 돼지라고 하는 진실하고 지혜롭던 친구의 추락사가 슬퍼서 마구 울었다.'

"인간의 본성은 변하지 않아 마땅히 사형이야."

60대 초반과 중반 그리고 70대 초반 이렇게 3명의 중년 남자가 점심 번개를 했다. 만남의 반가움보다는 침 튀기는 흥분이 압도한 시간이었다. 어느 흉악범에 대한 법원의 판결이 도마 위에 올랐다.

죄질 대비 형량이 가볍다는 판단이 그 이유였다. 인간 본성에 대한 철학적 담론이 이어졌다. 설렁탕 한 그릇 먹자던 점심이 소주잔만 들이키는 시간으로 바뀌었다.

하루 일상의 주된 루틴(Routine)은 글을 쓰고 책을 읽는 일이다. 읽을 책을 정하는 일이 스트레스 아닌 스트레스가 되었다. 어느 날 경제신문에 소개된 책 하나가 관심을 끌었다. 우선 선배들과 나눈 인간의 본성을 다루고 있었다. 독특한 책 제목과 노벨문학상을 수상한 사실도 관심도를 높였다. 책에 대한 모든 것이 낯설었다. 부리나케 광화문으로 달려갔다. 〈파리대왕〉을 집어 들었다.

〈파리대왕〉의 작가 윌리엄 골딩(William Gerald Golding)은 '냉전 이후 가장 영향력 있는 영국의 대표 작가'라고 불린다. 그 이유가 궁금했다. 그 해답은 자신만의 분명한 목소리를 냈다는 사실이었다. 그를 특히 주목하게 만든 것은 바로 그의 인간관이다. 군대, 전쟁, 잔인함, 폭력성, 기만성에 대한 그의 경험을 다루면서 인간을 시종일관 어둡고 비관적이며 악마적인 존재로 바라본다.

1911년생인 골딩은 옥스퍼드대를 졸업하고 교사 생활을 하다 해군으로 2차 세계대전에 참전했다. 전쟁은 인간 말상을 가장 극명하게 체험할 수 있는 사건이다. 사람이 죽고 죽이는 전쟁 경험이 그의 인간관에 크게 영향을 미쳤다는 것은 쉽게 짐작이 가는 대목이다.

골딩은 자기 고백적인 자서전이 소개되어서 화제의 중심에 선 적이 있다. 불편한 진실을 담았기 때문이다. 자서전에 따르면 골딩은 사춘기 시절에 15세 소녀를 강간하려 했다.

그뿐만 아니라, 교사로 일할 당시 수학여행 장소에서 인솔하던 학생들을 두 패로 나눠 싸움을 붙인 뒤 이를 관찰했다.

골딩이 고백한 사실들이 1983년 노벨문학상을 안겨준 '파리대왕'의 주제인 인간의 잔인한 본성과 그 맥을 함께한다는 것은 우연의 일치가 아니다. 이러한 개인적인 경험이 인간 본성의 잔인함과 악마성을 이야기하게 된 결정적인 계기가 되었다. 내 몸속에 악마가 있다는 사실을 안다면 그 심정은 가히 짐작하고도 남음이 있다.

〈파리대왕〉은 다양한 색의 깃털을 가진 팔색조 매력을 지니고 있다. 작품을 어떻게 바라보느냐에 따라 각양각색의 해석을 할 수 있기 때문이다. 그 변화무쌍한 특징을 3가지의 키워드로 구체화해 보았다. 탐구하기가 한결 손쉬울 것이다.

하나, 알레고리(Allegory)

'인간 본성의 결함에서 사회 결함의 근원을 찾아낸 섬뜩한 우화'. 〈파리대왕〉의 소설적인 장르는 전형적인 어린이 모험소설이다. 극적 반전을 위해서일까? 친절하게도 유사 모험소설들의 작품이 구체적으로 언급되기까지 한다. 스티븐슨의 〈보물섬〉, 아더 랜슘의 〈제비호와 아마존호〉, 밸런타인의 〈산호섬〉 같이 모험과 정의가 살아있고 묘미와 재미가 넘쳐 해피엔딩으로 끝나는 그런 소설 말이다.

〈파리대왕〉의 겉모습이 모험소설이라면 속 모습은 우화소설이다. 예컨대 조지 오웰의 〈동물농장〉과 같은 소설이다. 풍유와 비유, 그리고 상상의 나래를 자극한다. 풍부한 상징적인 기호가 가득 담겨있다.

작가가 이 소설을 쓴 진짜 이유와 의도가 여기에 있다. 〈파리대왕〉은 여러 차례 영화로도 만들어져서 그 성가를 한껏 높였다. 풍자의 힘이 큰 역할을 했다.

　〈파리대왕〉은 무인도에 불시착한 10대 청소년들이 '지성'과 '야만'으로 적대적인 패거리를 형성하고 대립한다. 점점 악마성을 드러낸다. 급기야 두 명의 소년이 죽는 등 씻을 수 없는 상처를 남긴다. 다행히 소년들은 결말에 구조된다. 하지만 이는 해피엔딩이 아닌 그 어느 비극보다도 안타까운 새드 엔딩(Sad Ending)이다.

　"난 랠프 패거리의 졸개 노릇은 안 할 테야…."

　두 주인공인 랠프와 잭이 벌이는 대장 싸움, 이것은 곧 인간의 권력 싸움이다. 나아가 국가 간의 전쟁을 상징한다. 그들이 주도하는 이분법적인 패거리 문화 또한 우리 사회의 모습이기도 하다. 이들의 모습을 보면서 인생은 수많은 선택의 순간이라는 말을 실감하게 된다. 구조나 희망과 같은 명분과 이성은 폭력, 무기, 살인, 고기와 같은 야만적인 선택 앞에 무기력해진다. 어떤 선택을 할 수 있을까?

　알레고리는 인물, 행위, 배경 등이 표면적 의미와 이차적 의미를 모두 가지도록 고안된 이야기다. 알레고리 소설은 진국을 우려내듯이 곱씹으면서 읽어야 한다. 그 느낌이 더욱 리얼하게 다가온다.

　〈파리대왕〉에는 상호 대립하는 상징들이 있다. 상징이 시사하고 풍자하는 의미가 무엇인지 생각해 보면 또 다른 재미를 느낄 수 있다. 연기를 피워 봉화를 올린다는 것, 멧돼지 사냥을 한다는 것, 소라를 손에 쥔다는 것, 얼굴에 색칠한다는 것, 돼지 소년이 안경을 쓰고 있다는 것, 장교와 순항함이 등장한다는 것 등

둘, 퍼스널브랜딩(Personal Branding)

퍼스널브랜딩은 차별화되는 나만의 가치를 높여서 인정받게끔 하는 과정이다. 효율적인 실행 방법 중의 하나가 사람에게서 배우는 일이다. 〈파리대왕〉에는 각기 다른 개성을 지닌 인간 브랜드들이 등장한다. 그들의 모습과 나의 모습을 대조할 수 있다. 그들은 나의 롤모델일 수도 있고 반면교사의 대상일 수도 있다.

랠프와 잭의 역할과 개성을 나의 경우로 대입하여 살펴본다는 것은 나의 가치를 발견하는 데에 흥미롭고 유익한 작업이 될 수 있다. 그 밖의 등장인물에서도 마찬가지다. 어린이나 소년이라고 얕잡아보면 안 된다. 그들은 어린이 그 이상의 우의적(寓意的) 의미를 지니고 있다.

"나의 경우라면 어떤 인물에 해당할까?"

주요 등장인물들을 구체적으로 소개해 본다. 이들 각각에서 무엇을 취하고 무엇을 버리겠는가? 생각하기에 따라서 온 세상 사람들은 나의 가치를 높이는 데에 도움을 주는 나의 스승이다. 이는 퍼스널브랜딩의 기본자세이기도 하다.

랠프. 양심적 합리주의자이며 공동체 지도자이다. 잭의 폭력성에 성공적으로 대처할 만한 냉혹함이나 자기 고집이 부족하다. 자신의 우유부단함을 자책한다.

잭 메리듀. 악의 축을 대표하는 인물이다. 공론을 파괴하고 자기중심적으로 행동한다. 무력에 의존하는 권력 찬탈자를 의미한다.

근시 소년. 이름 대신 돼지라는 별명으로만 등장한다. 눈도 나빠 안경을 쓰고 집안도 좋지 않다. 지혜와 상식과 아이디어를 갖춘 핵심 브레인이다. 랠프와 잭의 대결에서 먼저 희생된다. 유약한 지식인을 상징한다.

사이먼. 남보다 한발 앞선 각성자이며 예언가를 상징한다. 모두가 두려워하는 '짐승'이라는 것이 사실은 시체에 지나지 않는다는 것을 알려주려 하다가 죽음을 당한다.

로저. 잭의 충직한 하수인으로 등장한다. 말없이 잔혹하게 행동하는 사디스트이며 고문 담당자다.

셋, 성악설

"인간의 본성은 선한 것이다. 아니다 악한 것이다."

성선설(性善說)과 성악설(性惡說)에 대한 물음은 철학적 사유가 시작된 이래, 오래도록 회자해 온 질문이다. 인간의 본성을 규정하는 문제가 왜 이렇게 중요하게 다루어졌을까? 아마도 그것은 인간이 어떻게 살아가야 하고, 인간을 어떻게 대해야 하는지를 보여주는 하나의 단서가 될 수 있기 때문이다.

개인적인 입장에서 성선설에 손을 들어주는 편이었다. 이런 이야기가 나올 때마다 양심, 정직, 진실을 운운하며 그런 사람들을 손꼽았으니까. 그런데 나이를 먹어감에 따라서 성악설에 더 무게를 두게 되었다. 기대가 큰 만큼 실망이 컸기 때문일지도 모르겠다. 아니면 성선설을 주장한 맹자님 말씀에 너무 경도되어 맹신(盲信)했기 때문일지도 모르겠고.

〈파리대왕〉의 주된 스토리는 인간의 본성 파헤치기다. 그런데 읽는 내내 불편한 마음을 지울 수가 없다. 아마도 성선설적인 인간관에 배치되는 인간의 모습을 보여주기 때문인 것 같다. 〈파리대왕〉은 성악설 교과서이고 작가 윌리엄 골딩은 성악설의 대표 지지자일 수 있다. 작품 속에서 상식과 순리가 파괴되는 순간 즉 선이 패배하고 악이 승리하는 순간을 밝혀 이러한 추측을 뒷받침해 본다.

"규칙을 만들자! 여러 가지 규칙을 말이야! 그리고 이 규칙을 위반하는 자는…."

무인도의 그들 스스로는 다짐했다. 선거를 통해서 대장을 정하고 또한 생활의 규칙을 만들고 그것을 지키고 그것을 지키지 않는 자는 용서하지 말자고 말이다.

그러나 규칙 파괴자의 행동을 막아내지 못했다. 극한적인 상황에서 더 많은 소년이 악의 편에 줄을 서고 악의 명령에 순종했다.

인간 본성의 악함은 돼지 소년의 죽음에서 정점으로 치닫는다. 돼지 소년의 목소리야말로 선함과 옳음을 대변했다. 야만 앞에 대항하는 결기가 부족하여 굴복하고 말았다. 지식과 문명이 폭력과 무질서 앞에 무기력하게 무너지고 말았다.

"한쪽에는 사냥과 술책과 흥겨움의 세계가 있었고, 다른 한쪽에는 좌절된 상식의 세계가 있었다."

소라의 파괴도 성악설을 강력하게 뒷받침하는 사건이다. 소라는 회의 진행에 있어서 발언권을 의미한다. 이는 하나의 권위이기도 하다.

그러나 소라의 권위는 무시되고 흔적도 없이 파괴된다. 양식과 합법성의 파괴를 상징한다.

악의 승리, 즉 선의 패배에는 불편함이 따른다. 불편한 진실을 마주하게 되기 때문이다. 또한 불편한 선택을 강요한다. 선과 악, 공익과 사익, 명분과 폭력에서 어느 것을 취하고 누구를 따를 것인가?

〈파리대왕〉의 어린이들은 폭력과 고기와 살인을 택했다. 어른들이라고 해서 어린이들의 선택과 다를까? 그렇지 않을 것이다. 인간 본성은 악이라는 주장이 설득력을 얻는 순간이다. 이 책을 쓴 궁극적인 목적을 상기해본다. '억악부선(抑惡扶善)' 즉 선한 인간의 본성을 확산시키고 깊게 한다.

그리고 악한 인간의 본성을 억제하고 막아 선한 행위로 이끈다.

책을 다 읽고 나서 눈을 감아본다.

'저마다의 어떤 느낌을 얻고 싶어서다. 최초 독후일감이다. 〈파리대왕〉의 느낌은 '소름'이다. 내 몸속에 있는 악마성이 남에게 들킨 것처럼 느껴졌다. 화가 날 때나 일이 잘 풀리지 않을 때 욱하며 화를 내는 모습을 발견하곤 한다. 일상에서 이 정도라면 작품 속의 소년들처럼 극한적인 상황에서라면 어떠했을까? 그들 이상의 반항과 욕심과 탐욕을 발휘할 수 있을 것이라는 생각에 살갗이 오그라들었다.

〈파리대왕〉은 또한 예상하지 못했던 추억 하나를 떠올리게 했다. 중학교 시절 친구와의 싸움 장면이었습니다. 그리고 그 장면을 목격했던 어머니 같았던 영어 선생님의 타이름이었다. 선생님은 말씀하셨다. "정응이 모범생인 줄 알았는데 그게 아니구나…" 실망하던 선생님 표정과 함께 나의 잠재된 폭력성에 스스로 놀랐다.

〈파리대왕〉이 세계문학의 현대판 고전이라는 평을 받는 데는 다음과 같은 이유가 있다. '〈파리대왕〉은 광기 어린 불안과 공포가 도사리는 이분법적 사회의 축소판이다.' 씁쓸하지만 공감이 간다. 오늘날의 세상도 여전히 파리대왕의 축소판이다. 리더의 부재, 불공정, 약자에 대한 무시, 무질서, 무원칙, 이분법적인 진영논리. 이런 것들이 여전히 우리를 힘들게 하고 있지 않은가?

너 자신을 알라는 소크라테스의 말처럼 남을 탓하기 이전에 '나는 과연 누구인가?'를 확인하고 싶다면 아니 겉으로는 착해 보이는 내가 어느 정도의 악마성을 지니고 있는지를 가늠해 보고 싶다면 지금 당장 〈파리대왕〉을 만나볼 일이다.

퍼스널브랜딩의 대가가 펼쳐놓은 찬란한 무대
윌리엄 셰익스피어의 <한여름 밤의 꿈>

윌리엄 셰익스피어의 대표적인 희곡 중 하나다.

1611년에 초연되었다. 꿈과 현실을 넘나드는 이야기로, 사랑과 우정, 성장을 주제로 하고 있다. 셰익스피어의 언어유희와 비유, 인물들의 개성과 매력 등이 잘 나타나 있다.

가장 낭만적이고 환상적인 작품으로 평가받는다. 특히 대중적인 인기가 높다. 연극, 영화, 뮤지컬 등 다양한 분야에서 재해석되며, 현대에도 많은 사람에게 사랑받고 있다. 당시의 사회와 문화를 반영하고 있다. 낭만주의 문학의 대표작 중 하나로 꼽힌다.

'법에 따라 죽임을 당하거나 아니면
남성과의 교제를 영원히 포기하는 것이다.
그러니까 허미아야, 네 욕망을 살펴보고
네 젊음을 이해하고 혈기를 잘 따져 봐,
(아버지의 선택에 따르지 않을 경우)
수녀의 제복을 견딜 수 있는지,
어두운 수도원에 영원히 갇힌 채
쌀쌀맞은 달에게 가냘픈 찬송가를 부르며
불모의 여자로 한평생을 살아갈 수 있는지.'

한여름 밤은 잠을 자주 설치기에 괴롭다. 해마다 찾아오는 여름 불청객 때문이다. 최고의 불청객은 열대야(熱帶夜)다. 또 다른 하나는 여름 손님 매미다. 특히 매미 울음소리는 이제 소음으로 들린다. 안타까운 마음이 든다. 한 번 깬 잠은 쉽게 다시 오지 않는다. 대신 밤하늘을 자주 보게 된다. 서울의 밤하늘은 도대체가 운치가 없다.

시골 고향에서의 어린 시절 여름 밤하늘을 추억한다. 그 많은 별은 도대체 어디로 갔단 말인가? 알퐁스 도데의 〈별〉처럼 헤아릴 수 없는 총총한 별들이 거대한 양떼 같이 흘렀었는데 말이다. 이런저런 한여름 밤의 상념은 책 〈한여름 밤의 꿈〉까지 떠올리게 했다. 다시 읽어보리라 마음먹는 순간 진짜 꿈속으로 빠져들었다.

〈한여름 밤의 꿈〉의 작가는 셰익스피어다.

무슨 설명이 필요하겠는가? 그런데 이참에 그를 제대로 들여다봐야겠다고 생각했다. 그의 창작 능력은 어디에서 나오는가? 그의 작품은 고전이면서도 현대성이 풍부하다. 그 때문에 오늘날에도 여전히 세계인의 마음을 사로잡고 있다. 시쳇말로 내가 당장 써먹을 만한 것은 없을까? 그렇게 해서 건져 올린 보물 하나는 셰익스피어의 '상상력'이다.

그의 상상력이 잉태한 능력은 무궁무진하다. 그중의 하나가 재창조 능력이다. '하늘 아래 새로운 것은 없도다(There is nothing new under the sun).' 성경의 한 대목인데 셰익스피어는 일찍이 이 문장에서 통찰을 얻었던 듯하다. 완전 무(無)에서 유(有)를 창조하기가 어렵다는 말이다. 아니 실제로 그런 일은 많지 않다. 오히려 유(有)에서 유(有)를 만들어 내는 경우가 더 현실적이라는 말이다. 이는 표절이나 복사의 의미와는 다르다. 의미의 전용과 변형을 통하여 또 다른 독창성을 만들어 내는 작업이다. 바로 창조적 모방을 일컫는다. 요즈음의 콜라보레이션

(collaboration) 같은 것이다. 서로 연관성이 없는 것이 협력, 합작하여 새로운 가치를 창출하는 식이다.

셰익스피어의 위대한 작품 〈로미오와 줄리엣〉도 그의 천재적인 재창조 능력이 빚어낸 결과이다. 〈로미오와 줄리엣〉은 이탈리아의 작가 아서 브루크의 시 〈로메우스와 줄리엣의 비극적인 이야기〉를 줄거리의 기본으로 삼았다. 그렇다고 원전을 그대로 모방하거나 비슷하게 만든 것이 아니다. 기존의 이야기를 수정하고 보완하여 그만의 독창적 작품 세계를 만들어 냈다.

〈한여름 밤의 꿈〉은 셰익스피어의 상상력이 가장 왕성하게 반영된 작품이다. 셰익스피어는 '4대 비극'의 작가로 잘 알려져 있다. 하지만 그는 정반대 성격의 희극도 잘 썼다. 〈한여름 밤의 꿈〉이 그중의 하나다. 특히 이 작품은 '셰익스피어 4대 희극'으로 꼽히는 작품이며 '단 하나의 결점도 없는, 셰익스피어의 첫 번째 걸작'이라는 평가를 받는다. 꿈같은 상상력이 발휘되었기 때문이다.

작품을 읽다 보면 일장춘몽이 떠오르고 장자의 '호접몽(胡蝶夢)'이 연상되는 것은 당연하다. A여자와 B남자는 서로 사랑한다. 그런데 A여자의 아버지는 C라는 남자를 사윗감으로 찍었다. 그런데 D라는 여자는 C라는 남자를 일편단심 짝사랑한다. 이 복잡한 사랑의 실타래를 어떻게 풀 것인가? 요정이 제공하는 사랑의 묘약이 솔루션으로 나온다. 요정이 두 남자의 눈에 묘약을 바른 덕에 두 남자 B와 C가 일순간에 여자 D에게 홀딱 반해서 절절한 사랑의 고백을 하게 만든다.

주인공들은 이런 황당한 가정을 통하여 한바탕 곤욕을 치른다. 물론 해피엔딩으로 포장되며 그 대가로 진정한 사랑에 눈을 뜬다. A(허미아)와 B(라이샌더), 그리고 C(드미트리우스)와 D(헬레나)가 공식 커플이 되어 결혼한다. 이 같은 셰익스피어의 기발한 상상력 덕분에 낙관적이고 희망 가득한 상상의 세계에 빠진다.

상상력은 문학 작품을 창작하는 데 있어서 매우 중요한 요소다. 인간은 현실의 한계에 부딪힐 때가 많다. 이러한 한계를 극복하기 위해 상상력을 발휘하여 새로운 세계를 창조하고, 이를 통해 인간의 삶을 더욱 풍요롭게 만든다. 상상력을 통해 기존에 존재하지 않았던 새로운 가치를 창출할 수 있다. 예를 들어, 문학 작품 속에서 상상력을 발휘하여 새로운 인물이나 사건을 만들어 낸다. 독자들은 이를 통해 새로운 가치를 발견하고, 자기의 삶에 적용할 수 있다.

인간의 내면은 복잡하고 다양하다. 그 때문에 이를 직접적으로 표현하기는 어렵다. 상상력을 발휘하여 인간의 내면을 상징적으로 표현함으로써 독자들은 작가가 전달하고자 하는 메시지를 더욱 쉽게 이해할 수 있다. 문학 작품은 시대에 따라 변한다. 상상력은 이러한 변화를 도출하는 원동력 중 하나다. 작가들은 상상력을 발휘하여 새로운 주제나 소재를 발굴한다. 이를 통해 문학의 발전에 이바지한다.

셰익스피어가 그랬다.

브랜딩의 본질은 차별화다.

퍼스널브랜딩도 마찬가지다. 브랜딩은 일종의 의미 부여 전쟁이다. 경쟁자 보다 다른 가치나 매력적인 의미를 만들어 내는 작업이다. 고객을 나의 편으로 모셔 오는 게임이다. 차별화의 기원은 상상력이나 창조성에 있다. 그러기 위해서는 우선 나의 가장 큰 장점, 특징, 실력을 선택해야 한다.

그다음에는 상상력을 발휘해서 의미의 극대화를 꾀해야 한다. 그런 후에 고객의 인식 속에 착 달라붙게 만들어야 한다. 셰익스피어가 문학 시장에서 역사상 최고의 퍼스널브랜드 작가가 된 것도 바로 그의 탁월한 상상력 때문이다.

디지털, 메타버스(Metaverse), AI(Artificial Intelligence) 등 4차 산업혁명 시대인 요즈음에는 지식과 정보를 넘어서 창의성과 함께 상상력이 핵심역량이 되고 있다. 아주 빠르게 말이다.

상상력은 남녀노소의 구분이 필요 없다. 학생, 직장인, 블루칼라, 화이트칼라 그 모두에게 필요하다. 상상력만이 우리의 일자리를 지켜줄 수 있다고 하지 않는가! 우리가 익히 알고 있는 질문하기, 브레인스토밍 등 여러 실천 방법이 있을 수 있다.

〈한여름 밤의 꿈〉도 좋은 대안이 될 수 있다. 시종일관 상상력을 자극하기 때문이다. 게다가 결혼행진곡으로 잘 알려진 맨델스존의 〈한여름 밤의 꿈〉을 들으면 꿈나라가 따로 없을 듯하다. 그 음악은 맨델스존이 희곡 〈한여름 밤의 꿈〉을 읽고 나서 그 환상적이며 괴이한 여운에 감흥을 받고 작곡했다고 한다.

수감번호 '172364'의 비밀
인간의 존엄성과 자유를 존중하는 장 아메리의
<자유 죽음>

　　작가 장 아메리는 자살자를 자유롭게 자기 죽음을 선택한 사람으로 이해했다. 그 때문에 자살보다는 자유 죽음이라는 대체 용어를 더 선호했다. 주인공은 자유 죽음을 선택하기 전에 자신의 삶을 되돌아보고, 삶의 의미와 가치를 고민한다. 자유 죽음을 선택하는 것은 인간의 존엄성과 자유를 존중하는 것으로 볼 수 있다. 인간은 자기의 삶과 죽음을 스스로 선택할 수 있는 권리가 있다.

　　'자살할 뜻을 품은 사람을 둘러싼 정황은 좋지 않다. 이미 자살을 저질러 버린 사람의 상황도 최선은 아니었다. 우리는 그들의 선택과 행위 앞에 경의를 표해야만 한다. 그들을 관심과 애정을 가지고 지켜보는 데 소홀함이 없어야 한다. 더욱이 그들 앞에서 우쭐대며 무시하는 행동은 보이지 말자. 불쌍히 여기는 마음을 가지고도 얼마든지 따질 수 있지 않은가. 누가 봐도 한눈에 알 수 있도록 조리 있게 따지고 들 수 있지 않은가. 이처럼 우리가 원하는 것은 자유로운 선택으로 우리를 떠나간 사람 앞에 차분하고 침착한 태도로 머리를 숙이고 왜 우리를 버렸냐며 조리 있게 따지는 일이다.'

인간이라면 누구나 죽음을 생각하고 싶지 않을 것이다. 그런데 그 죽음이라는 것을 부쩍 많이 떠올리곤 하는 요즈음이다. 필자 스스로도 움칫움칫 놀란다. 가장 큰 이유는 병상에 계시는 아버지 때문일 것이다. 90 중반의 연세로 요양병원에 말없이 누워계시는 아버지의 삶을 지켜본다. 삶과 죽음이라는 것이 과연 무엇인가를 생각하지 않을 수 없다.

이태원에서의 참사(慘事)는 머릿속에서 죽음이라는 단어가 요동치게 했다. 그래서일까? 눈앞에 쏙 들어오는 책 제목이 하나 있었다. 〈자유 죽음〉. 자유롭게 죽는다. 어떤 죽음일까? 강한 의문과 호기심이 생겼다. 곧장 서점으로 달려갔다. 장 아메리의 〈자유 죽음〉, 그 책이다.

'172364.' 저자 장 아메리는 오스트리아의 빈에 자리 잡은 중앙묘지에 안장되어 있다. 그런데 그의 묘비에는 출생과 사망 연도 아래에 의문의 숫자가 적혀있다. 아우슈비츠 수용소 수감 번호다. '172364', 이런 상징 하나를 보더라도 그가 예사롭지 않았던 인물이라는 사실을 느끼기에 충분하다.

아메리는 작품만큼이나 불꽃으로 삶을 살다 간 사람이다. 1912년 오스트리아 빈에서 유대인으로 태어났다. 대학에서 문학과 철학을 공부했다. 갓 26세 때인 1938년 벨기에로 망명해서 레지스탕스 활동을 했다. 1943년 아우슈비츠, 부헨발트, 베르겐벨젠 등의 나치스 강제수용소에서 수감 생활을 했다. 전쟁이 끝난 1945년 이후에는 브뤼셀에 정착하여 자유기고가와 방송작가로 활동했다.

아메리는 타성적인 사고를 거부하고 도저(到底)한 수준으로 사유를 밀어붙였다. 이런 치열함 때문에 유럽 지성계와 문학계로부터 높은 평가를 받았다. 〈자유 죽음〉을 비롯하여 〈죄와 속죄의 저편〉, 〈늙어감에 대하여〉를 출간해서 깊은 충격과 강렬한 논쟁을 불러일으켰다. 〈자유 죽음〉출간 2년 뒤인 1978년 고향 잘츠부르크의 한 호텔에서 수면제를 먹고 스스로 목숨을 거두었다. 마치 자유 죽음을 증명해 보이는 것처럼 말이다. 그의 나이 66세였다.

〈자유 죽음〉은 장르 구분상 철학적 에세이다. 그런데 일반적인 에세이처럼 편안하지 않다. 뜨거운 논쟁의 진원지다. 아니 논쟁이라기보다는 일방적인 비판의 봇물이라는 표현이 더 정확하다. 비판의 핵심은 자살을 옹호하고 죽음을 미화하는 무책임으로 향해 있다.

긍정적인 평가가 아주 없는 것은 아니다. 자살 예찬이라는 비판에서 자유롭지는 못하지만, 작가의 진짜 의도에 주목할 필요가 있다는 주장이다. 자살이야말로 인간 존엄을 지키기 위해서 선택할 수 있는 유일한 수단일 수도 있다. 자살자들에 대한 일방적인 비난을 멈추어야 한다. 이런 주장이다. 독후감을 세 가지로 추려서 공유한다.

하나, 생즉사 사즉생

자유 죽음은 이순신 장군의 '생즉사 사즉생'을 떠올리게 한다. '기우(杞憂)'라는 말이 있다. 하늘이 무너질까, 땅이 꺼질까 염려하는 걱정이다. 걱정하는 본원적인 이유는 무엇일까? 죽음에 대한 두려움이다. 그렇다. 우리 인간에게 죽음은 두렵고 견디기 어려운 대상이다.

책을 읽다 보면 죽음에 대한 두려움이 희석되는 것을 느낄 수 있다. 자살을 '자유 죽음'이라고 말하는 것처럼 죽음도 자신이 선택할 수 있는 수많은 것 중의 하나다. 세상일이 그렇지 않은가? 죽기로 각오한 당당함은 오히려 참된 삶의 길을 열어 준다.

둘, 에셰크(echec)

〈자유 죽음〉에서는 자유 죽음을 알게 됨과 동시에 에셰크라는 것을 발견한다. 사전 정의에 따르면 체스를 둘 때 외통수에 걸린 것을 나타내는 단어라고 한다. 돌이킬 수 없는 완벽한 실패를 말한다. 〈자유 죽음〉의 핵심 메시지는 어쩌면 인생의 막다른 골목인 에셰크를 만들지 말아야 함을 경고하는 데에 있다. 에세크에 빠지면 대단히 비(非) 자유적인 죽음으로 이어진다.

에셰크를 방지하기 위해서는 어떤 삶을 살아야 할까? 개인이 운명을 어찌할 수는 없다. 그렇지만 내가 취할 수 있는 자기 결정권은 있다. 세상 그 누구도 나를 대신할 사람은 없다.

인간은 오로지 자기 자신만이 책임을 질 수 있는 존재다. 자유 의식, 자기 존엄성 이런 생각을 가지고 산다면 이것이 에셰크라는 어두운 그림자를 피해 가는 하나의 방법이 된다.

셋, 사유와 고찰의 힘

〈자유 죽음〉은 놀라움 그 자체다. 우선 자살이라는 주제에 놀란다. 또 다른 놀라움의 파도에 휩쓸린다. 핵심 주제를 하늘 끝까지 밀어 올리는 힘이 그렇다. 철학, 역사, 문학, 사회학, 정치이론에 대한 사유와 고찰의 무게가 감당하기 어렵다. 이것은 마그마가 되어서 자살이라는 주제를 화산처럼 폭발시킨다.

'고대 그리스, 중세, 근대, 그리고 현대를 자유로이 넘나드는 아메리의 지성은 그 생생한 고뇌만큼 언어의 탑을 높이 쌓았다. 섬세한 뉘앙스의 차이를 살려내기 위해 전력투구하는 아메리의 문체는 지적 태도의 성실함을 넘어선 숭고함 그 자체였다. 생각을 끝까지 밀고 나간다는 게 어떤 것인지 느끼고 싶다면 아메리에 도전하라. 생생하게 확인할 수 있으리라 믿는다.'

〈자유 죽음〉의 가장 큰 매력은 반전에 있다. 자살이라는 무거운 주제 때문에 앞이 컴컴해 보인다. 하지만 마지막 페이지를 넘기고 나면 오히려 장엄한 희망의 불꽃을 볼 수 있다. 인생이 답답하고 피곤하다고 생각하는 사람들이 이 책을 읽어보면 좋을 것 같다. 자유 죽음이라는 메시지가 가장 논쟁적이기는 하지만 역설적으로 자신의 존엄을 지켜내야만 한다는 가장 묵직한 삶의 응원가로 다가온다.

하늘나라로 가버린 후배가 생각났다. 그리고 이 책을 선물로 그에게 바쳤다. 살아생전에 그에게 주제넘은 잔소리를 많이 했다. 그를 아프게 했다. 그의 처지를 얼마나 안다고. 우울증에 힘겨워하던 그였다. 어느 날 어린 딸 셋을 남겨두고 자살했다. 홀로 천국의 문을 열었다.

책을 읽는 내내 그가 '자살'이 아닌 '자유 죽음'을 선택한 것이었기를 진심으로 바랐다.

"나의 삶, 조율(調律) 한 번 해주세요."
아름다운 울림을 위한 마음 조율
<가문비나무의 노래>

가문비나무는 자연의 일부로서 인간과 함께 공존하는 존재다. 가문비나무를 통해 자연과 인간의 조화와 공존을 강조하며, 인간이 자연을 파괴하고 지배하는 것이 아니라, 자연과 함께 어우러져 살아가는 것이 중요하다는 메시지를 전달한다. 삶의 의미와 가치를 찾는 과정을 담고 있다. 가문비나무를 통해 자신의 삶을 되돌아보고, 삶의 의미와 가치를 생각하게 한다.

"우리는 자주 다른 사람을 있는 그대로 받아들이기를 거부합니다. 그 사람을 지금 그대로 받아들여 보십시오. 어두운 마디를 지닌 나무가 아마티 가(家)의 노련한 솜씨를 더 빛나게 합니다. 바이올린 제작자로서 나는 내 손에 들어온 나무를 버리지 않습니다."

초등학교 동기들과 환갑 소풍을 갔다. 강화도에서 1박을 하는 일정이었다. 어린 시절 소풍의 설렘과 더불어 즐겁게 시간을 보냈다. 그런데 '옥에 티'가 하나 있었다. 친구 춘우와 호민이가 심한 언쟁을 벌였다. 다행히 다른 친구들이 겨우 뜯어말려 큰 싸움으로 번지지는 않았다. 어색한 분위기가 꽤 오래 지속되었다.

당사자는 아니었지만, 다음날까지 찝찝한 마음을 지울 수가 없었다. '마음의 조율'이 필요했다. 퍼뜩 떠오르는 방법이 없었다. 습관적으로 인터넷을 검색하기 시작했다. 키워드는 '마음 조율'이었다. 여러 좋은 글과 책들이 올라왔다. 특히 눈에 띄는 것이 하나 있었다.

아름다운 울림을 위한 마음 조율 - 〈가문비나무의 노래〉

〈가문비나무의 노래〉는 좋은 글뿐만 아니라 멋진 사진이 함께 하기에 더욱 특별해 보인다. 마틴 슐레스케의 글이다. 그는 독일의 바이올린 마이스터다. 바이올린 제작 과정을 통해 삶과 신앙에 대한 통찰을 썼다. 세계 최고의 바이올린 제작 학교로 손꼽히는 독일 미텐발트 국립 바이올린 제작학교를 졸업하고, 바이올린 제작 연구소에서 공부했다. 뮌헨에서 바이올린 제작 아틀리에를 운영하고 있으며, 해마다 약 20대의 바이올린, 비올라, 첼로를 만든다.

사진을 찍은 이는 도나타 벤더스다. 세계적인 인물사진의 대가라는 평가를 받는 작가다. '내면의 태도'나 '내적인 울림'을 담아내는 재능이 탁월하다고 한다. 영화 〈베를린 천사의 시〉의 감독인 빔 벤더스가 그녀의 남편이다.

〈가문비나무의 노래〉는 바이올린을 만들면서 깨달은 삶에 대한 성찰과 구원이 풍성하게 담겨있다. 마치 푸른 하늘 은하수를 가문비나무로 만든 지혜의 쪽배를 타고 가는 듯하다. 하느님이 지혜와 진리의 별을 가지고 가슴을 비추고 있는 것처럼 느껴지기도 한다.

아름다운 울림이 마음속에 가만히 전해진다. 좀 더 깊게 다가온 세 개의 울림을 공유해 본다.

하나, 시간 울림

책을 펼쳐 들자마자 한참 동안 생각에 잠겼다. 머리말 제목에 사용된 '카이로스(Kairos)'라는 단어 때문이었다. 그러면서 이런 생각을 했다. 이 책은 궁극적으로 하루하루의 시간을 알차게 하기 위해서는 어떻게 살아야 하는지를 말하는 책이구나. 실제로 그런 것 같았다.

"인생에 주어진 시간을 알차게 보내려면 하루하루 지혜가 필요합니다. 나중에 돌아볼 때 삶을 가치 있게 하는 것은 우리가 보낸 세월의 양이 아니라, 얼마나 충만한 시간을 보냈느냐 하는 것입니다. 고대 그리스 사람들은 의미 없이 그저 흘러가는 시간을 크로노스(Chronos)라 하고, 특별한 의미가 담긴 시간을 카이로스(Kairos)라 했습니다. 깨어있음으로 현재에 충실한 삶은 카이로스가 무엇인지 아는 삶입니다. 카이로스는 생명으로 채워진 현재입니다."

카이로스라는 울림이 솟구쳤다. 구체적인 방법론을 고민하게 되었다. 라틴어 경구 '카르페 디엠'(Carpe Diem)을 새삼스럽게 바라보았다. '카르페 디엠'은 '내일을 너무 기대하지 말고 오늘 최선을 다하라'는 의미다. 그렇다. 카이로스는 오늘 바로 '지금 이 시간'에 최선을 다하는 것 그 이상도 이하도 아니다.

카이로스는 곧 카르페디엠이다.

둘, 계시 울림

"이 책에 담은 문장은 단순히 책상머리에 앉아 생각한 것이 아니라, 작업장에서 바이올린을 만드는 동안 '듣고 본 것'입니다. 나는 이처럼 비유적인 계시의 순간이 모든 사람의 일상에 있음을 확신합니다."

작가는 바이올린 마이스터이자 나무 인문학자였다. 인문학 감각을 가지고 나무의 의미를 비유적 계시를 통하여 우리의 삶과 연결한다. 바이올린을 만드는 과정에서 그리고 바이올린의 재료가 되는 나무를 고르는 과정에서 삶의 통찰을 발견했다. 그 통찰이 깜짝 놀랄 공감으로 다가왔다. 어떤 비결이 있었던 것일까?

가장 큰 이유는 나무와 인간에 대한 사랑이다. 작가가 좋은 울림의 바이올린 재목을 찾는 비법은 바로 나무 박사가 되는 것이었다. 좋은 나무는 1만 그루 중에서 한 그루 정도에 해당한다고 한다. 그것도 그냥 찾아지지는 않는다. 잔가지, 섬유질, 나이테, 고지대, 저지대, 세포벽, 빛과 가지의 관계, 고도, 방위, 풍향, 기후, 토질 등등 나무에 관한 모든 것을 집요하게 관찰하고 나아가 대화를 해야만 얻을 수 있다. 사랑이 없다면 하기 어려운 일이다. 사람에 대한 사랑이 그런 것처럼.

셋, 개성 울림

"나무는 악기의 울림을 방해하지 않습니다. 나뭇결을 존중하면 바로 그 나뭇결이 비로소 개성 있는 울림을 만들어 줍니다. 제작 과정에서 한결같이 나뭇결을 존중할 때, 비로소 나는 좋은 제작자가 될 것입니다. 실수투성이에, 특이한 생장, 이상한 결에도 불구하고 신은 우리가 좋은 울림을 내도록 만들 것입니다."

나뭇결의 '개성 있는 울림'에 주목한다. 나무가 그렇듯이 우리의 삶도 마찬가지임을 강조하고 있다. 우리도 언제나 좋은 영향만 받고 살지는 않았다. 많은 일이 어긋났고, 오랫동안 부담에 눌려있었다. 폭풍우 같은 사건에 휘말리기도 했다. 특이한 결을 갖게 되었다. 영혼이 편협해지고 상처가 생겼다. 그렇지만 자기 자신만의 고유의 음을 가지게 되었다.

나무처럼 자기 삶에 주어진 고유 개성을 살릴 때 좋은 삶의 음이 생겨난다. 그러기 위해서는 무엇을 해야 할까? 나 자신을 믿는 것이 가장 중요함을 강조한다. 그런 것 같다. 사람들 각각을 저마다 유일하고 독특한 예술작품으로 바라본다면, 세상을 보고 듣는 우리의 자세도 달라질 것이다. 우리 자신은 더 '성숙한 사람이 될 수는 있어도 결코 '다른 사람'이 될 수는 없다.

〈가문비나무의 노래〉를 읽은 후의 느낌은 좀 특이했다. 그 옛날 하늘빛처럼 조율 한 번 해달라고 읊은 가수 한영애의 〈조율〉이 생각났다. 조율(調律)은 어떤 문제를 대상에 알맞거나 마땅하도록 조절함을 비유적으로 이르는 말이다. 그 조율의 중심에는 하느님이 있고 사랑이 있다. 그래서 그런지 이 책은 성경의 한 구절을 읽고 있다는 착각을 불러일으키기도 한다.

〈가문비나무의 노래〉는 언제 어디서나 어느 페이지를 펼쳐도 마음 조율이 가능하다. 영혼의 밥상과 같다. 누구에게나 조곤조곤 말해주며 마음을 토닥거려 주는 이야기로 가득 차 있으니까.

"하나하나 또박또박. 삶을 멈추고, 점찍고, 돌아보면서 길어 올린 잔잔하고 깊은 글."

"저 작고 괴죄죄한 늙은이가 이토로구나…."
안중근을 그린 김훈의 소설 <하얼빈>

역사적 사실을 바탕으로 하면서도, 작가의 상상력을 통해 안중근 의사와 이토 히로부미의 인간적인 면모를 그려내고 있다.

역사적 인물들의 삶과 가치관을 이해하고, 그들의 행동이 가져온 역사적 변화를 살펴볼 수 있다.

안중근 의사의 삶과 죽음을 통해 인간의 삶과 죽음의 의미를 탐구하고, 삶과 죽음에 대한 깊은 고민을 던진다.

'저것이 이토로구나…. 저 작고 괴죄죄한 늙은이가…. 저 오종종한 것이…. 안중근의 귀에는 더 이상 주악 소리가 들리지 않았다. 다시, 러시아인 틈새로 이토가 보였다. 이토는 조준선 위에 올라와 있었다. 오른손 검지손가락 둘째 마디가 방아쇠를 직후방으로 당겼다. 손가락은 저절로 움직였다.

총의 반동을 손아귀로 제어하면서 다시 쏘고, 또 쏠 때, 안중근은 이토의 몸에 확실히 박히는 실탄의 추진력을 느꼈다. 가늠쇠 너머에서, 비틀거리며 쓰러지는 이토의 모습이 꿈속처럼 보였다. 하얼빈역은 적막했다.'

어느 날 신간 안내 이메일을 받았다. 소름이 쫙 돋았다. 좋아하는 작가의 신간이었고 평소의 관심사였던 안중근 의사와 이토 히로부미(伊藤博文)에 관한 내용이었다. 특히 안중근 의사는 존경과 사랑, 그 이상의 인물이다. 그 때문에 더욱더 그런 느낌이 들었던 것 같다. 〈칼의 노래〉를 넘어서는 새로운 작품이다. 찬사(讚辭)가 아닐 수 없다. 김훈의 장편소설 〈하얼빈〉이다.

책을 사고 나니 걱정과 의심이 생겼다. 과연 무엇이 새로울까 뭐 이런 생각이 들었다.

안중근은 역사적 인물이기에 모르는 사람이 거의 없다. 그에 관한 책도 있고 예술작품도 익히 여럿이 있다. 그래서 안중근에 대한 어떤 정형화된 이미지나 스토리텔링이 있다고 여겼었다.

역사적 사실에 근거한 안중근이기에 여기에 뭘 더하거나 뺄까? 소설, 즉 픽션(fiction)으로 만드는 것이 매우 어려울 것이라는 생각이 머리를 복잡하게 했다. 그런데 책을 읽고 나서 이 모든 것이 단견에 기인한 기우(杞憂)였다는 것을 깨달았다.

〈하얼빈〉은 독특한 결의 방식으로 인간 안중근을 새롭게 바라보게 했다. 안중근은 초인(超人. superman)이었다. 브랜드 용어를 빌자면 안중근이야말로 '수퍼 러브마크 퍼스널브랜드'다. 그러면서 '작가 김훈의 힘은 과연 무엇일까?' 하는 부러움 섞인 자문을 했다.

"안중근의 빛나는 청춘을 소설로 써 보려는 것은 내 고단한 청춘의 소망이었다. (……) 나는 안중근의 '대의'보다도. 실탄 일곱 발과 여비 백 루블을 지니고 블라디보스토크에서 하얼빈으로 향하는 그의 가난과 청춘과 그의 살아있는 몸에 관하여 말하려 했다."

〈하얼빈〉의 깊은 울림은 이 소설을 '다큐멘터리 소설'이라는 새로운 장르로 인식하게끔 했다. 이토가 탄 열차가 푹푹칙칙 소리를 내며 다가온다. 이토를 조준한 안중근의 총구가 나를 향한 듯이 생생하게 보인다. 그만큼 흡입력이 크다. 집중과 몰입의 세계로 이끈다. 이 책은 매력적이다. 어떻게 가능할 수 있었을까?

커뮤니케이션 이론을 통하여 〈하얼빈〉의 메시지 침투력을 분석했다. 커뮤니케이션 메시지를 구성하는 핵심 요소는 크게 2가지다. 하나는 'what to say'이고, 또 다른 하나는 'how to say'다. 따라서 이른바 끝내주는 메시지의 콘텐츠를 만들기 위해서는 '무엇을' '어떻게' 말할 것인가를 끝내주게 관리하면 그 가능성은 높아질 것이다. 〈하얼빈〉의 울림 비법도 바로 여기에 있다.

What to say 측면

'simple is best'라는 말이 있다. 강력한 메시지는 간결하고 군더더기가 없다. 이 소설이 그렇다. 10월 26일 이토 저격 거사를 중심으로 pre - in - post의 3단계로 구성되었다. 각 단계에 맞는 선택과 집중의 이야기를 배치시켰다. 작가의 표현에 의하면 이야기의 압축 강도를 높인 것이다.

How to say 측면

디테일은 악마에 숨어 있다고 하는데 디테일은 〈하얼빈〉에 숨어 있었다. 돋보기를 들이대고 안중근의 감정선을 바라보고 있다는 착각에 빠진다. 〈하얼빈〉의 감동은 이러한 디테일에서 비롯된 것이다.

'영웅'의 그늘을 걷어낸 '인간' 안중근의 치열했던 일주일에 주목했다. 작가의 이런 말은 겉으로 내비친 의도다. 진짜 의도는 안중근을 영웅 중의 영웅으로 만들려고 한 것은 아닐까? 그런 느낌을 받는다. 세 봉우리를 뛰어넘는 안중근의 모습 때문이다. 인정(人情)의 봉우리, 명분(名分)의 봉우리, 종교(宗敎)의 봉우리.

하나, 안중근과 인정(人情)

"저는 10월 26일에 이토를 쏘았는데, 저의 처자식이 27일에 하얼빈에 도착했습니다. 저의 처자식이 미리 도착해서 저를 만났다면 저의 마음이 크게 흔들렸을 것입니다. 저는 이 하루 차이에 감사하고 있습니다."

인정이란 사람이 본래 가지고 있는 감정이나 심정이다. 또한 남을 동정하는 따뜻한 마음을 가리키기도 한다. 궁핍했던 그 시절에 안중근은 부족한 것 없는 사람이었다. 그러기에 어떤 일에 목숨을 건다는 것이 쉽지 않을 것이라는 판단을 하게 된다. 그런 그였기에 안중근의 남다름이 더욱 깊게 느껴진다.

특히 처자식에 끌리는 인정 때문에 얼마나 고뇌가 심했을까를 짐작하게 된다. 가족을 만났다면 마음이 흔들려서 거사를 실패할 수도 있었다. 그러기에 못 만난 것이 오히려 복되다고까지 이야기한다. 인간의 본성을 뛰어넘는 안중근의 모습에서 안중근의 특별함이 더욱 빛난다. 보통 사람이라면 엄두도 못 냈을 것이다.

둘, 안중근과 명분

"나의 목적은 한국의 독립과 동양 평화다. 이토는 통감으로 한국에 온

이래 태황제를 폐위시키고 현 황제를 자기 부하처럼 부렸다. 또 타국민을 죽이는 것을 영웅으로 알고 십수만 한국 인민을 파리 죽이듯이 죽였다. 이토, 이자는 영웅이 아니다. 기회를 기다려 없애버리려고 생각하고 있었는데 이번에 하얼빈에서 기회를 얻었으므로 죽였다."

안중근이 더욱 위대해 보이는 것은 명분의 전사이기 때문이다. 동양평화와 자주독립. 31살의 청년이 세우기 쉽지 않은 높고 깊은 뜻이다. 명분을 방해하는 대상은 일본의 거두 이토였다. 청년 안중근은 일곱 발의 총알을 지니고 이토의 맞적수로 나섰다. 의로운 명분으로 이토를 압도했다. 그의 위대성이 번뜩이는 근거와 이유다.

저격 이유가 수사와 재판 과정에서 최대의 쟁점이 된다. 일본은 안중근의 크고 높은 명분 앞에서 곤혹스러워한다. 안중근을 억지로 깎아내린다. 미치광이의 과대망상이며 무지와 오해의 소치로 인한 살인이라고 말한다. 그러나 손바닥으로 하늘을 가리기는 어렵다. 안중근의 명분은 진리가 되어서 오늘까지 멀리멀리 퍼져가고 있다.

셋, 안중근과 종교

'주여 우리를 불쌍히 여기소서.
주여 망자에게 평안을 주소서.'

안중근은 도마라는 세례명을 가진 천주교 신자다. 안중근의 실행력은 종교적 믿음도 크게 작용했다.

그런데 아이러니컬하게도 종교적 신념을 극복해야만 했다. "원수를 사랑하라."는 하느님의 말씀처럼 살인은 천주교 신자가 해서는 안 되는 범죄이기 때문이다.

안중근은 "국가 앞에서는 종교도 없다."라고 말하며 빌렘 신부와 맞서 기도 했다. 이러한 소신을 지녔기에 신자임에도 불구하고 살인을 했다. 죽음의 길을 선택했다. 하느님을 배반하고 교회를 배반했다.

안중근의 고뇌가 얼마나 깊었을까를 생각하면 절로 고개가 수그러지 게 되는 까닭이다.

약육강식 풍진시대(弱肉强食 風塵時代)

〈하얼빈〉은 역사소설이다. 오늘의 상황을 소설 속의 역사적인 상황과 비교하게 된다. 안중근이 옥중에서 일본 옥리에게 써줬던 저 글과 지금 은 어떤 차이가 있을까? 똑같지는 않을 터이다.

그러나 힘의 논리만이 지배하는 어지러운 세상이라는 점은 비슷한 것 같다. 특히나 위정자들을 생각하면 역겨운 느낌마저 든다.

조선 사대부들은 5백 년을 이어온 국토와 백성들의 삶을 통째로 원수 들에게 바쳤다.

비슷한 일이 반복되고 있다.

미국과 중국이라는 초강대국의 틈바구니에서 우리는 힘겨워하고 있 다. 양 진영으로 분열되어 우리끼리 싸우느라 정신이 없다. 국민통합은 요원해 보인다.

과거 일본만을 주적(主敵)으로 싸우던 그 시절이 오히려 아련한 추억 처럼 느껴질 정도다. 안타깝고 비참한 심정뿐이다.

지금이야말로 제2, 제3의 안중근이 나와야 할 때다. 〈하얼빈〉이 그 역 할을 할 수 있다.

이 책을 읽어야 할 이유도 여기에 있다. 이토를 죽이듯이 사람을 사살 하라고 부추기는 것이 아니다. 인간 안중근의 핵심 콘셉트인 '의(義)와

기(氣)'를 배워야 한다는 의미다.

안중근의 목표는 동양 평화 자주독립이었다. 그것을 위하여 목숨을 바쳤다. 지금은 무엇을 목표로 해야 하나?

무엇을 조준할 것인가를 알 수가 없어 무력하다면 당장 〈하얼빈〉을 읽거나 남산에 있는 안중근 의사 기념관으로 달려가고 볼 일이다. 맨몸으로 세상에 맞선 안중근의 울분과 고뇌, 그리고 강렬한 애국의 소리를 들을 수 있을 테니까.

그럼에도 불구하고 포기하지 않는다.

봉우리를 향해 끊임없이 오른다. 때로는 미끄러져 넘어지기도 한다. 숨이 차서 포기하고 싶은 순간이 찾아오기도 한다. 그런 순간에도 포기하지 않고 계속해서 오른다. 어느 순간 정상에 도달한다.

씨앗은 처음에는 작고 연약하다. 포기하지 않고 영양분을 흡수한다. 조금씩 자라나 마침내 아름다운 꽃을 피운다. 포기하지 않는다는 것은 성공을 이루기 위해 매우 중요한 요소다. 그런데 쉽게 포기한다. 꾸준히 노력하면 좋은 결과를 얻을 수 있는데도 말이다. 성공은 노력과 인내의 결과다. 실패하더라도 그 경험을 바탕으로 더 나은 결과를 얻을 수 있다.

한 방울씩 떨어지는 물방울이 바위에 구멍을 낼 수 있다. 나무는 꾸준히 자란다. 개인적인 성장과 업적도 꾸준한 노력의 결과다. 모래시계를 보라. 모래알 하나씩 천천히 떨어지더라도 결국에는 시계를 비울 수 있다. 꾸준한 노력은 많은 작은 단계를 누적하여 큰 변화를 일으킬 수 있다. 마라톤을 완주하려면 지속적인 인내력과 속도가 필요하다. 인생의 여정에서도 꾸준히 노력하면 험한 장애물도 극복할 수 있다.

책을 남기는 일은 만리장성을 쌓는 일이다. 적어도 내게는 그렇다. 보람찬 일이기도 하다. 역사에 작은 흔적을 남기니 말이다. 책은 지식과 경험을 담은 소중한 자산이다. 제 생각과 가치관을 전달할 수 있다. 지식

318

과 경험을 체계적으로 정리하고, 이를 논리적으로 구성하는 능력을 키울 수 있다. 나의 역량을 향상시킬 수 있다. 나의 삶에 의미를 부여할 수 있다. 나의 작은 존재감도 느낄 수 있다.

책을 쓰는 일은 한 시대의 조각을 남기는 일이다. 고대 역사 기록자들이 왕국의 사건, 전쟁, 사회의 변화를 기록했던 것처럼, 오늘날 현대 사회와 개인의 경험을 담아낸다. 주의 깊게 사실을 기록하고, 그 사실들이 후대에 중요한 교훈이 되도록 신중히 처리했던 것처럼, 나의 책을 쓰면서 신중함과 책임감을 주문처럼 중얼거린다.

책의 내용은 독자에게 영향을 미치고, 때로는 그들의 사고방식이나 삶의 방향을 변화시킬 수 있다. 때문에, 정확하고 공정하며 가치 있는 정보를 전달하도록 노력해야 한다.

기록된 사건들은 시간과 사회에 따라 다양한 해석을 낳는다. 책도 다르게 해석될 수 있다. 역사적 맥락과 인간 경험의 복잡성을 잘 반영하도록 해야 한다. 결국, 책을 쓰는 책임감은 곧 역사적 기록의 중요성을 이해하고, 나의 작업이 독자와 사회에 미칠 영향을 깊이 고민하는 일이다. 의미 있는 교훈과 가치를 전달하고, 시간 속에서 중요한 역할을 할 수 있도록 최선을 다짐하고 또 다짐한다.

또 한 권의 책을 남긴다. 만리장성을 쌓은 기분이다. 막중한 책임감을 느낀다. 자책도 한다. 여전히 더 좋은 책을 만드는 길을 찾지 못한다. 다음으로 기회를 미룬다. 무언가를 창조하고자 했던 열망이 있었다. 페이지마다 스며들기는 했다. 미흡함과 미완성의 느낌만 남았다.

상상하던 완벽함과 현실 사이의 틈이 크다. 깊이와 섬세함과 감동을 완전히 표현하지 못했다. 아쉬움이 다음을 향한 동력이 될 수 있으면 좋겠다. 실패를 통해 배우고, 성장하며, 더 나아가면 좋겠다. 너무 실망은 말자. 위대한 작가들도 처음에는 부족함을 느꼈고, 그 과정에서 성취를 이루어 나갔다. 멈추지 않는 것이 중요하다.

이태원 글 농장에서
나답게 살기 위해 노력하는 모든 분을 응원하며